고정희 시 읽기

# 고정희 시 읽기

유성호 김재홍
신동옥 장예영
정치훈 권준형
김치성 김혜진
문혜연 양진호
이은실 정보영
정애진 조수빈
차성환

국학자료원

# 머리말

　고정희를 하나의 단어로 수식하기는 어려울 것이다. 그의 활동 가운데 가장 핵심적인 '여성주의 문학가'의 면모를 언급해야 할 것이고 여성운동과 민중운동을 같은 궤에 놓았다는 측면에서 '여성주의―민중주의 문학가'라 해야 할 것이며, 그것은 다시 기독교와의 연관성 속에서 '여성주의―민중신학 문학가'로 변주되기도 할 것이다. 이 모든 수식어의 배경을 가로지르고 있는 것은 80년대라는 시대이다.

　1948년 해남에서 태어난 고정희는 1991년 지리산 등반 중 실족사로 생을 마감했다. 박남수 시인의 추천을 받아 『현대시학』으로 등단(1975년)한 후 첫 시집 『누가 홀로 술틀을 밟고 있는가』를 발간한 해가 1979년이니 사실상 그의 시작 활동은 대체로 80년대로 수렴된다. 그러나 크고 넓은 사람들이 대체로 그러하듯 이 두드러지는 시기 이전에도 그의 행보는 자신의 빛을 밝혀가는 과정에 있었다. 20세 무렵의 『월간 해남』 기자 생활 동안 해남지역 사회의 다양한 현안들을 취재·기록한 이력은 후일 사회문화 활동가로 나아가는 바탕이 되었고, 이 잡지의 창간호부터 거의 매 호에 걸쳐 지속적으로 시를 써서 게재한 일은 시인으로서의 활동을 예비했다. 처음으로 지면에 시를 싣던 이때부터 그는 '고정희'라는 필명을 사용한다. 이후 YWCA 활동과 <목요시> 동인 활동, 첫 시집의 발간에 이르기까지, 그의 70년대는 80년대에 이르러 완연해지는 지적 활동가이자 예술가로서의 면모를 노정하던 시기였다.

  80년대를 대표하는 고정희의 행보라면 지속적인 <목요시> 활동 및 동인지 출간과 더불어 <또 하나의 문화> 활동이 자리할 것이다. 그는 1984년 이 단체의 창간부터 참여하면서 다양한 분야 동료들과의 공동 작업을 통해 '여성'의 문제에 대해 오래 품어왔던 생각들을 본격적으로 체계화했다. 이 과정에서 그가 남긴 두 편의 글, 「한국여성문학의 흐름: 시와 소설을 중심으로」(1986), 「여성주의 문학 어디까지 왔는가?: 소재주의를 넘어 새로운 인간성의 실현으로」(1990)는 이후 한국 페미니즘사의 주요한 기점으로 참조된다. '여성주의'를 둘러싼 그의 문학과 실천 들에는 1980년을 지나며 뼈아프게 각인한 '광주'와 '민중'이라는 이름, 그리고 '해방신학'이라는 관점이 모두 중첩되어 아로새겨져 있다. 그의 시는 이러한 바탕을 동시에 함께 통과하면서야 읽어낼 수 있다.

  고정희의 문학이 거느리는 여러 층위의 장력들을 우리는 지난 1년에 걸친 세미나를 통해 차근차근 짚어보고자 했다. 두 권으로 발간되어 있는 두툼한 고정희 시전집과 몇 권의 관련 저서들을 두고 동학들은 각자의 주제를 찾고 텍스트를 톺았다. 시인이 살아 활동하던 당대나 지금이나 아직 충분히 말해지지 않았으며, 어쩌면 아무리 언급해도 충분치 않을 고정희 시와 사유 세계의 장대함은 세미나에 끊임없이 활력을 불어 넣었다. 페미니즘이 '리부트'된 시대에 고정희를 읽는 일은 때로 자부심으로, 때로는 의무감으로 자리하여 동력이 되었다.

  고정희의 삶과 문학을 우리는 어느 정도는 감성적으로, 또 많은 부분 이성적으로 공유하면서 공부했다. 구성원들에게 다양한 지적 자극과 계기를 마련해주고 지원해주신 유성호 선생님을 비롯하여 김재홍, 신동옥, 장예영, 정치훈 선생님들의 논문들은 지난 세미나를 통과하며 얻은 소중한 결과물이다. 권준형, 김치성, 김혜진, 문혜연, 양진호, 이은실, 정보영, 정애진, 조수빈, 차성환 선생님들은 단평을 통해 고정희 문학에 새롭게 접근할 수 있는 초안을 마련하고자 했다. 이 책은 연구자들 각자의 결과물이지만, 또한 함께 한 시간들의 흔적이기도 하다.

유성호 선생님께서 이 시간들을 다정하게 이끌어 주셨다. 어느 날 선생님은 생전 고정희가 즐겨 불렀고 후일 그를 기리는 책의 제목이 되기도 한 '너의 침묵에 메마른 나의 입술~'로 시작되는 양희은의 노래를 희미하게 부르시기도 했는데, 세미나를 시작하던 무렵의 그 흥얼거림이 오래 맴돈다. 힘겨운 공부의 시간들을 따뜻하고 든든하게 메워주는 기억으로 자리할 것 같다. 세미나를 함께 꾸려온 동료들 또한 다르지 않으리라 생각된다. 모두 서로를 격려하고 북돋으며 협업했으니, 또한 서로에게 감사할 일이다. 조수빈 학형이 세미나 진행을 위해 크고 작은 것들을 챙기고 편집을 비롯한 출간 과정을 묵묵히 도맡아 주었다. 벌써 여러 차례에 걸쳐 우리 세미나의 활동을 신뢰하고 출간을 결정해준 국학자료원의 정구형 대표님께 감사의 마음을 전한다.

－2023년 3월, 필자를 대표하여
김혜진

# 차례

제1부

# 고정희 시에 나타난 종교의식과 현실인식

유성호

## 1. 머리말

미국의 종교학자 폴 틸리히(Paul Tillich)는 그의 저서 『문화의 신학(Theology of Culture)』에서 '종교'를 인간의 여타 정신적 활동과 마찬가지로 현실화된 '문화'의 한 형태로 보았다. 그의 이 같은 안목은 종교가 '언어'라는 문화적 창조력에 힘입어 질서화되고 체계화된 측면을 강조하는 것이지만, 인간의 복합적인 문화 활동에 의해서 그 부침(浮沈)을 거듭해온 종교의 역사를 바라볼 때 궁극적으로 정당한 말이다. 또 그 역으로 종교가 한 시대의 문화적 가치와 양식을 창출하는 데 결정적 역할을 해온 사실 역시 부인될 수 없을 것이라는 측면에서 틸리히는 종교와 문화의 각별한 친연성을 언급한 것이다. 이같이 인간의 역사 이래로 종교와 문화는 서로서로 조응하며 상보적인 영향 관계 아래 병존해왔다.

이와 같은 종교와 문화의 관계는 그 프리즘을 한국의 기독교에 한정하여도 마찬가지이다. 기독교가 이 땅에 발을 들여놓은 지 이미 2백여 년이

지났고 오늘날의 기독교가 한국의 정신문화를 형성하는 데 커다란 영향을 질과 양 두 측면에서 끼치고 있다는 사실은 매우 자명한 듯이 보인다. 그동안 우리 문화의 전개를 주도적으로 지배했던 유불선(儒佛仙)의 정신적 이념에 창조적으로 길항하고 도전했던 기독교는 그 과정에서 맞닥뜨리게 된 일정한 시련을 거치면서 이 땅에 뿌리를 내렸고, 여러 가지 측면에서 다른 종교들을 앞서는 문화적 결실을 가져오기에 이르렀다. 이러한 결실 가운데 경시할 수 없는 부분이 기독교의 성장과 더불어 형성된 문헌자료, 또 그에 따르는 한글 보급, 그리고 문학적으로 형상화된 창작성과 등이라고 할 수 있다. 특별히 기독교 정신을 언어적으로 육화(肉化)하여 새로운 윤리와 휴머니즘 정신을 고양해온 작가들의 노력은 자못 치열한 흔적으로 역력하다.

일반적으로 종교는 인간이 자기 자신의 존재값에 대하여 깊이 묻고 따지는 데서 생기는 인간 실존의 한 사건이다. 그리고 종교는 그러한 자기응시의 시선이 절대타자를 향해 확장되어가는 원형 회귀의 회로를 그 메커니즘으로 가진다. 이때 그 회귀의 매개적 힘이 되는 것이 인간의 이른바 '궁극적 관심(Ultimate concern)'이다. 그러나 그 궁극적 실재에 대한 관심은 또다시 자기 질문으로 순환하고 그 해답을 쫓아 인간은 실존적 결단을 해가며 삶을 영위하는 것이다. 따라서 종교는 그 성격상 인간의 자기인식 및 자기성찰과 떼어질 수 없으며 인간의 삶을 떠나서는 생각할 수 없는 것이다. 종교적 삶이 이성적 합리주의와 영적 초월이라는 두 경계선을 부단히 오가야만 하는 까닭이 바로 여기에 있다. 곧 종교적 인식에 토대해 세계를 이해한다는 것은 결국 자기를 포함한 인간의 역사와 현실에 관심을 투사하는 일과 추상적이고 절대적인 궁극적 실재에 대한 관심을 가지게 되는 것의 양 측면을 아울러 이름하는 것이다. 우리는 이 글을 통해 '기독교 정신'을 사유의 뿌리로 삼고 줄곧 창작 활동을 해왔던 한 시인의 창작 궤적을 살피고, 부수적으로 이러한 문화 창출의 중요한 역할을 떠맡고 있는 '기독교 문학'의 정체성의 확장에 대해서도 생각해 보려고 한다. 이는 '기독교 문학'이라는 시각으로 한 시인의 세계를 음미해 본다는 것과 같은 뜻의 말이기도 하다.

그러기 위해서 우리는 먼저 '기독교 문학'이라는 어휘의 함의를 생각해 볼 필요가 있다. 그것은 소박하게 정의해서 "기독교적 정신 또는 이념이 작품의 주제 및 형식을 구성하는 문학 작품"이라고 할 수 있을 것이다. 따라서 그것은 소재나 양식의 문제가 아니라 정신 또는 이념의 문제라고 할 수 있다. 그러한 기준을 적용할 때, 한 종교의 절대적 우월성을 격렬한 감정에 얹어 토로한 것이거나, 소재적 측면의 신앙 고백적 기도문, 또는 자기과시성 호교문학(護敎文學) 등은 '기독교 문학'의 핵심적 본령에서 멀찍이 벗어나 있는 것이라고 할 수 있다.

그런데 여기서 말하는 '기독교 정신' 또는 '기독교 이념'이란 무엇을 이름하는 것인가. 그것을 단정적으로 또는 선언적으로 결론지을 수는 물론 없다. 그러나 그것은 범박하게 말해서 신에 의한 창조, 사랑, 섭리, 구원의 역사를 자신의 사유의 근본 구조로 받아들이고, 그 질서에 따라 삶을 영위하는 신학적, 이념적 원리를 이름하는 것일 터이다. 거기에 우리는 신의 창조 질서에 비추어볼 때 변질되어버린 이 세계의 역사와 문화에 관심을 돌리는 것을 첨가할 수 있다. 이러한 가정이 가능할 때 '기독교 정신'은 인간의 구체적 삶과 의식에 대한 관찰을 통해 세속적 합리주의가 아닌 종교 이념적 극복 의지를 반영한 실천적 형상에서 구현되는 것이다. 그것은 또 신과 인간의 문제, 인간과 인간의 문제, 인간과 자연의 문제에 대한 바람직한 인식과 비전을 창출하는 데서 얻어지는 것이기도 하다. 따라서 '기독교 문학'은 신의 구원 사역의 의미와 더불어 그것의 속화된 의미 곧 인간 사회의 역사적 의미까지를 포괄해내는 개념인 것이다. 그런 의미에서 이 글에서 우리가 다루고자 하는 시인 고정희(高靜熙, 1948~1991)는 이러한 '기독교 문학'의 성격을 누구보다도 치열하게 구현해낸 시인으로 보인다.

고정희를 잘 아는 사람은 드물다. 흔히 대중매체에서 과장스럽게 부추기는 베스트셀러 시인도 아니고, 대단한 문제작으로 우리의 기억 속에 각인되어 있는 유명 시인도 아니다. 그렇다고 매명(賣名)에 익숙해 우리가 익히 들어온 바 있는 통속 작가는 더더욱 아니다. 그런 그가 1991년 6월 평소에 사랑했던 지리산 등정 중에 실족하여 타계하였다. 40대 초반이라는 좋은 나이에, 그것도 그의 작품이 나날이 숙성해가는 도중에 일어난 돌발스런 사고여서 그 망연한 허탈감은 결코 작지 않다. 흔히 어떤 작가가 운명했을 때 괜히 작품의 성과를 침소봉대하여 추모, 미화하는 풍토가 간혹 있지만, 이 글에서는 그러한 것과는 무관하게 그의 시세계를 온당한 안목으로 바라보려고 한다.


## 2. 고정희의 시세계 – 종교의식과 현실인식의 형상적 결합

### (1) '자유 의지'와 실존적 고통의 승인

1975년 『현대시학』에 「연가」, 「부활 그 이후」 등이 박남수의 추천으로 발표되면서 시단에 나온 고정희는 타계하는 해인 1991년까지 모두 10권의 시집을 상재하였다. 첫 시집인 『누가 홀로 술틀을 밟고 있는가』(1979) 이후 『失樂園 紀行』(1981), 『초혼제』(1983), 『지리산의 봄』(1987), 『저 무덤 위에 푸른 잔디』(1989), 『아름다운 사람 하나』(1990) 등으로 그는 지칠

줄 모르는 창작 여정을 보여주었다. 그 중에서 고정희의 '기독교 정신'이 집중적으로 형상화된 시집이 『이 시대의 아벨』(문학과지성사, 1983)이다. 이 시집은 고정희의 여러 시집 가운데 가장 치열하고 격조 있는 서정적 주체의 목소리가 담겨 있는 시집으로서 그의 다른 계열의 시들, 이를테면 전통적 문학 양식(이를테면 민요나 판소리 등)을 패러디하여 쓴 장시(長詩)들이라든가 후기에 집중적으로 쓴 연시(戀詩)들보다 빼어난 형상성을 가지고 있다.

> 상한 갈대라도 하늘 아래선 / 한 계절 넉넉히 흔들리거니 / 뿌리
> 깊으면야 / 밑둥 잘리어도 새순은 돋거니 / 충분히 흔들리자 상한 영
> 혼이여 / 충분히 흔들리며 고통에게로 가자
> ─「상한 영혼을 위하여」 중에서

'비극성'을 본질로 하는 인간의 삶을 훤히 내다본 이 작품에서 서정적 주체는 어떠한 상황에서도 절망하지 않으려는 의지와 생명력을 역설적으로 보여준다. 그 역설적 힘은 고통을 고통으로, 결핍을 결핍으로 순연히 받아들이는 넉넉한 실존적 승인에서 나온다. 또 이 작품은 이 시인이 신(神)의 형상을 구체적인 인간들의 모습에서 찾으려 하는 시적 모색의 출발점으로 읽힐 수 있다. 말하자면 하찮은 생명에게까지도 구원의 사역을 베푸는 신의 형상을 인간의 역사로부터 찾아가려는 시인의 모습이 충분히 나타나는 것이다. 그러한 의식을 기저에 두고 있기에 서정적 주체는 자기 자신을 말하는 것이 틀림없어 보이는 "상한 영혼"에게 "충분히 흔들리며 고통에게로 가자"고 말할 수 있다. 이러한 인식이 곧 기독교적 인식의 한 형식임은 말할 것도 없다. 이 시에서 '상한 갈대'와 '상한 영혼'은 결국 상동성(相同性)을 지니는데, 그러한 발상은 '상한 갈대'를 겪지 않는 신의 관

용과 인간의 상처 입은 영혼이 만나는 운명적 신뢰에 바탕을 두고 있다. 그리하여 시인은 이렇게 시를 끝맺는다.

> 고통과 설움의 땅 훨훨 지나서 / 뿌리 깊은 벌판에 서자 / 두 팔로
> 막아도 바람은 불듯 / 영원한 눈물이란 없느니라 / 영원한 비탄이란
> 없느니라 / 캄캄한 밤이라도 하늘 아래선 / 마주잡을 손 하나 오고
> 있거니

'고통'과 '설움'과 '바람'과 '눈물'과 '비탄'과 '캄캄한 밤'으로 얼룩져 있는 이 시에서 서정적 주체는 그 어둠의 형상들을 '빛'이나 '기쁨', '환희' 등으로 극복하려 하지 않는다. 그러한 신파적 극복이 이미 삶의 실재(實在)가 아님을 그는 이미 알고 있다. 다만 그는 어둠 속에서 자기의 손을 "마주잡을 손" 하나를 기다리고 있는데, 이와 같이 자기 자신을 되찾아 줄 타자에 대한 그리움과 기다림은 그의 삶을 근본적으로 추동하는 힘이자 이 시인의 현실인식의 가장 원초적인 방식을 이룬다. 그것은 슬픔으로 슬픔을 극복하는 방식, 고통으로 고통에 맞서는 방식 곧 이이제이(以夷制夷)적 방법이고, 바로 이 방식이 이 시인의 고유한 현실 대응방식인 것이다. 고정희의 이러한 기독교적 인식이 가장 명료하게 드러난 작품으로 우리는 위 시집의 표제시가 되고 있는 「이 시대의 아벨」을 들 수 있다.

> 오 아벨은 어디로 갔는가 / 너희 안락한 처마 밑에서 / 함께 살기
> 원하던 우리들의 아벨, / 너희 따뜻한 난롯가에서 / 함께 몸을 비비
> 던 아벨은 어디로 갔는가 / 너희 풍성한 산해진미 잔치상에서 / 주린
> 배 움켜쥐던 우리들의 아벨 / 우물가에서 혹은 태평성대 동구 밖에
> 서 / 지친 등 추스르며 한숨짓던 아벨 / 어둠의 골짜기로 골짜기로
> 거슬러오르던 / 너희 아벨은 어디로 갔는가

구약성서의 『창세기』에 나오는 가인과 아벨 이야기를 패러디의 모티프로 삼은 이 작품은 서정적 주체가 어떤 청자를 향하여 질타하며 추궁하는 형식을 빌리고 있다. 그 청자는 "회칠한 무덤들, 이 독사의 무리들"로 지칭되는데, 그 구체적 형상은 대부분의 알레고리적 작품이 그러하듯이 작품 안에 명시되지는 않는다. 그러나 우리는 이와 같은 대립적 형상 곧 '아벨'과 그를 억압하는 어떤 세력이라는 구도 설정에서, 이 작품이 이야기하고 있는 것이 인간다움의 참가치를 억압하고 말살하는 우리 사회의 폐부를 비판적으로 풍자하는 형상임을 읽을 수 있다. 그런데 여기서 아벨은 '우리들의 아벨'이자 '너희 아벨'로 나타나는데 결국 사회의 질곡과 부조리는 양 진영을 모두 피해자로 묶는 것임을 이 시의 서정적 주체는 말하고 있는 것이다. 청자를 향한 뚜렷한 적의(敵意)는 결국 진정한 화해를 위한 매개 고리로 설정된 것일 뿐이지 그 자체가 정당성을 띤 것은 아니다. 따라서 고정희가 현실로부터 받은 충격의 아픔은, '아벨'의 죽음으로 표상되는 양심·정의의 상실이라는 문제와 함께 우리 역사 속에서 짓눌림을 받아온 민중의 슬픔이라는 두 개의 환부를 갖는다.[1] 이와 같이 고정희의 시는 인간의 생명과 자유를 가장 본원적인 가치로 옹호하는 점에서 기독교적 휴머니즘의 현현이라고 볼 수 있다. 결국 시인은 이 시의 주제의식을 역사를 향한 혼연한 자기 투사로 몰아간다.

　　이제 침묵은 용서받지 못한다 / 돌들이 일어나 꽃씨를 뿌리고 / 바람들이 달려와 성벽을 허물리라 / 지진이 솟구쳐 빗장을 뽑으리라 / 바람부는 이 세상 어디서나 / 아벨의 울음은 잠들지 못하리
　　　　　　　　　　　　　　　　　　　　　—「이 시대의 아벨」 중에서

---

1) 김주연, 「고정희의 의지와 사랑」, 고정희, 『이 시대의 아벨』, 문학과지성사, 1983, 123쪽.

흔히 '기독교 문학'의 과제는 신의 '침묵'의 의미를 캐는 데 있다고 한다. 이 말은 신이 역사 안에 즉각적으로 현시(顯示)하지 않기 때문에 침묵하고 기다리는 신의 본질적 모습을 어떤 각도로 묘사하느냐에 따라 신의 성격이 완전히 달라진다는 뜻이 된다. 역사적으로 이러한 노력을 우리는 일본 작가인 엔도 슈사쿠의 『침묵』과 프란츠 카프카(Franz Kafka)의 『성』, 그리고 김은국의 『순교자』 등에서 목도한 바 있다. 그와 마찬가지로 고정희는 신의 침묵의 의미를 이 시대 권력의 부조리, 그리고 온갖 외세와 권위주의적 세력으로부터 소외된 역사 현장으로 동참하라는 절규로 의미화시키고 있다.

외틀어지고 수탈 받는 민중의 형상을 '아벨'로 표상하여 불평등한 사회적 구조에 침묵으로 일관하지 말고 주체적이고 능동적인 열정과 혼연한 참여의식을 권고함으로써 개인 고통을 우상화하고 실존적 자기구원에 탐닉되어 있는 기독교 의식의 폭을 역사적 지평으로 넓힌 기독교적 역사의식의 한 본보기가 된 셈이다. 이렇듯 그의 작품 세계는 기독교를 절대적 구심(求心)으로 놓은 배타적 세계인식으로서의 시세계가 아니라 허무주의를 극복하고 신의 뜻의 사회역사적 의미를 추구해내려는 시인의 성실한 노력에서 빚어지는 아름다운 '인간들의 세계'인 것이다.

여기서 우리가 투박하게 말하는 '민중'의 함의는 시인 스스로 "어떤 특정한 계층을 지칭하는 말이기보다는 우리가 지향하고 도달해야 될 이념체계, 혹은 가치체계를 형성해가는 주체세력을 의미"[2]한다고 했듯이 계층 개념이 아니라 일정한 지향성을 띤 정신을 기준으로 이름한 것이다. 따

---

[2] 고정희, 「민중과 시」, 김우규 편, 『기독교와 문학』, 종로서적, 1992, 447쪽. 시인은 이어서 "'민중'을 신분이나 계급으로 규정짓는 것이 아니라 그의 결단의 자리, 그의 신념의 방향에 의해 좌우되는 문제"로 인식함으로써 세계관 우위의 민중관을 드러내고 있다. 같은 글, 447쪽.

라서 그에게는 그러한 민중들이 여러 생활 및 정신의 부분에서 억압받는 것에 대한 통렬한 풍자가 가능한 것이다. 이러한 그의 민중 지향적 세계는 근본적으로 "계몽주의의 산물"³⁾로 이해할 수 있는데, 그것은 시의 내용뿐만 아니라 이 시의 방법이자 양식인 '풍자' 역시 근본적으로 계몽적 인식의 기제라고 할 수 있기 때문이다.⁴⁾ 결국 고정희는 이 시에서 신이 지배하던 세계의 질서는 깨어지고 서정적 주체는 더 이상 세계와 조화를 유지하지 못하는 것을 보여 준다. 이때 "세계는 신(진리)이 떠나버리고 신이 살던 시대의 영광만이 남아서 빛을 발하고 있는 것"⁵⁾이다. 그 상황에 대한 자신의 응전에 대해 고정희는 다음과 같이 말한다.

> 나의 시는 그러한 삶의 현장에서의 고뇌의 궤적 외에 다른 것이 아니다. 나는 정치가도 사회학자도 경제학자도 아니지만 개개인의 삶이 어떠한 경우에도 그것들의 규제 아래 놓여 있다는 것을 고통스럽게 생각해 왔다. 그러한 제도적 억압의 굴레를 극복하는 힘, 그것이 자유 의지라고 말할 수 있다면 나의 시는 항상 자유 의지에 속해 있는 하나의 에너지였다.⁶⁾

결국 '자유 의지'에 대한 적극적이고 생래적인 옹호와 그것을 훼손하는 힘들에 대한 줄기찬 저항, 그것이 그가 이해하고 있던 기독교적 인식의 구

---

3) 서준섭, 「현대시와 민중」, 문학사와비평연구회 편, 『1970년대 문학 연구』, 예하, 1994, 55쪽.
4) '풍자'는 본래 모순과 허위에 찬 대상이 갖고 있는 부정성을 예리한 비판의 수단으로 '교정'할 것을 목적으로 하기 때문에, 언제나 적극적인 생에 대한 비전에서 출발한다. 이는 곧 풍자가 진리 옹호와 합리적인 세계를 강조하는 계몽성의 문학적 발현의 한 양식으로 인지될 수 있는 성격임을 말하는 것이라고 할 수 있다.
5) 송현호, 「고정희론―리얼리즘의 시」, 김용직 외, 『한국현대시연구』, 민음사, 1989, 649쪽.
6) 고정희, 『이 시대의 아벨』, 문학과지성사, 1983, 뒤표지글.

체적 전개이고, 그의 시의식이기도 했던 것이다. 그러한 세계는 앞서 언급한 바 있는 슬픔과 고통을 실존의 형식으로 승인하는 정신과 맥을 같이하는 것이다.

따라서 그동안 우리 시사(詩史)에서 폭 넓게 이루어진 민중에 대한 시적 관심의 형상화, 이를테면 노동시라든가 농민시 그리고 혁명적 전통의 복원을 위한 서사시, 그리고 민중들의 이야기가 박진하게 담기는 이야기시 등과 고정희의 시적 안목은 매우 다른 성격을 띠는바, 그것은 종교적 상상력에 기대면서 자신의 실존을 매섭게 응시하는 시인 자신의 '자유 의지'에 토대를 두고 있기 때문이다.


## (2) 메시아니즘과 시적 앙가주망

기독교적 세계관이 과학적인 토대 위에 서 있느냐 아니면 반(反)과학의 성격이 더 두드러지느냐 하는 것은 한 마디로 잘라 말할 수는 없는 문제이겠지만, 그것이 '과학'에 대한 안티테제로 성립될 수밖에 없는 일종의 신비적, 불가해적 성격을 견지하고 있는 것만은 부인하기 힘든 사실일 것이다. 어쩌면 우리의 일상을 이끌어가는 운명적 힘에 대해서도 신의 섭리를 말버릇처럼 되뇌지만 그것은 뒤집어보면 인간이 합리적 이성으로 해독 불가능한 초월적 실재의 존재와 역사(役事)를 승인하는 이성의 굴복을 의미하는 것이기도 하다. 그러한 이성의 투항에 한몫하는 것은 미래에 대한 예측 불가능성이다. 그러나 그에 못지않게 인간의 기원이랄까 과거의 시간적 실재에 대한 불확정성 또한 그에 중요한 한몫을 거들고 있다. 그렇기 때문에 인간은 늘 자신의 원형(原形)에 대해 호기심을 가지며 궁금해하고 온갖 문학적 상상력으로 그 기원을 찾아 회복해야 할 우리의 원형을 각인한다. 그것의 상징적 이름은 성서 그대로 '에덴(Eden)'이다.

우리는 보통 신의 임재를 통해 고통스런 현실을 극복하기를 열망하는 심리적 메커니즘을 일러 '메시아니즘'이라 하는데, 그것은 결국 위에서 말한 '에덴'의 회복에 대한 열망의 다른 이름일 뿐이다. 그 정서적 핵심은 물론 '기다림'에 있다. 다만 그 기다림은 수동적이고 무방비적인 것이 아니라, 그 시기의 주권은 비록 신에게 있다 하더라도 그것의 모양과 양식의 형성에 인간적 노력의 몫이 숨어 있다고 보아 개선의 노력을 하는 능동적 성격을 띤다. 또 메시아니즘은 '정치적 과정'이거나 또는 민중이 메시아와 더불어 메시아적인 역할을 하는 역사를 이름하는 것이기도 하다.[7] 그런 면에서 그것은 "암호로 떠도는 이 시대의 언어를 / 망각으로 망각으로 흘려보내고"(「디아스포라—환상가에게」) 진정한 신의 입김을 만나는 상징적 행위이다. 고정희의 시적 특색은 그 메시아니즘을 시적 형상으로 담는 데에도 있다.

흐리고 어두운 날 / 남산에 우뚝 선 해방촌 교회당은 / 날벼락을 맞아 검게 울고 / 무더위로 가라앉은 내 몸 속에서는 / 그리운 신호처럼 전신주가 운다 / 끝간데 없는 곳으로부터 / 예감처럼 달려오는 그 소리는 / 한순간 고요히 물로 풀어지다가 / 불로 일어서다가 / 분노가 되다가 / 이내 다시 / 내 고향 해남의 상여소리가 되어 / 저승으로 뻗은 전신주를 따라 나간다 / 우리의 침묵 깊은 곳에서 / 민들레 한 송이 / 서늘하게 흔들리는 오후, / 민들레로 떠도는 사람들을 위하여 드디어 / 칼 쓴 예수가 갈지자로 / 걸어 들어오고 있다.
　　　　　　　　　　　　　—「디아스포라—슬픔에게」 전문

우리로서는 문학적 상상력이 종교적 감수성과 만나는 갈등의 지점을 종교 문학의 연원이라고 본다. 선과 악, 즐거움과 괴로움, 빛과 그림자 등

---

7) 김용복, 「메시아와 민중」, 『한국 민중과 기독교』, 형성사, 1981, 120쪽.

의 주제에서 전자만 일방적으로 편애하는 광신적 교회의 기복적 신앙을 지양하고, 행복과 고통을 함께 끌어안는 기독교의 정신을 문학화하는 작업이 필요하다[8]고 할 때, 고정희의 시적 작업은 우리에게 강력한 시사점이 된다. 과학주의와 세속주의로부터의 해방과 자유, 이것이 한갓 심미적 대상물인 시가 할 수 있는 영적 체험임을 그의 시는 잘 보여 준다. 위 작품은 그 사례가 될 수 있다.

위 작품은 그러한 영적 체험이 인간사의 행간 속에서 역동하는 형상을 잘 보여 주고 있다. 이 시의 배경이 되고 있는 "흐리고 어두운 날"이나 제목으로 설정된 "슬픔에게"에서 보이듯 작품의 기본 정조는 "그리움"과 "슬픔"으로 착색되어 있다. "우뚝 선 해방촌 교회당"은 서정적 주체가 처해 있는 현실적 상황과 정신적 지향의 모순을 반어적으로 암시하고 있는데, 비록 남루하고 빈한한 배경이지만(곧 그것은 인간적 실존이기도 하지만) 거기에는 인간의 자유와 '해방'을 향한 역동적인 비극적 힘이 분출하고 있는 것이다. "예감처럼 달려오는 그 소리", 그것은 내 몸 속에서 울려 나오는 해방에 대한 희구이자 '물'과 '불'로 변용되는 그리움의 힘이기도 하다. 결국 그것은 죽음과 침묵과도 몸을 섞으며 그들의 경계선을 허문 채 하나가 되는 것이다. 또 그것은 "민들레로 떠도는 사람들"을 위하여 등장하는 형벌의 예수상과 겹쳐지는데, 결국 해방과 구속이 하나임을, 그리고 기다림과 나타남이 시간적 선후 문제가 아니라 결국 동질적 양면이라는 사실을 이 시는 아프게 각인한다.

기독교에서 '역사'를 바라보는 관점은 그것이 신의 일관된 계획과 섭리의 결과라고 하는 해석에 근본적으로 토대를 둔다. 신은 자신의 뜻과 사랑을 '역사'라는 구체적인 현장에서 드러내고, 인간 또한 자신들의 구체적

---

8) 장일선, 「그리스도교와 문학」, 한신대학교 신학부 편, 『그리스도교와 문화』, 한신대학교출판부, 1996, 373쪽.

삶 속에서 그의 말씀과 뜻을 깨우치게 된다. 이러한 상호작용은 '창조주'와 '선택된 백성'이라는 관계맺음을 통해 악한 세상과의 선한 싸움에 가속도를 붙인다. 그런데 그러한 '역사'는 하나의 목표를 향하여 줄달음치는 일종의 직선의 형식을 띠고 있는데, 우리는 그것을 일러 '일직선사관' 또는 '발전사관'이라고 부르기도 한다. 그만큼 인간의 삶과 역사는 신의 철저한 개입과 주관에 의하여 이루어진다는 것이 기독교의 근본적인 사유 양식이다.

그러나 우리가 '역사'를 떠올릴 때 그것은 아득한 시간의 격차를 사이에 두고 과거와 현재가 일종의 유비 관계에 섬으로써 우리의 현재 삶에 하나의 지혜로 수렴된다. 그런데 종교에서의 시간은 측정 가능하며 다른 상품과 마찬가지로 금전적 가치로 환산 가능한 등가물로서의 성격을 지니는 자본주의 근대의 시간 개념과는 다른 주관화된 시간, 곧 계량화할 수 없는 시간의 뜻을 갖는다. 비판적 이성의 연대기적 시간을 부정하는 태도가 종교에 깊이 뿌리박혀 있는 것이다. 따라서 우리는 직선적이며 연속적으로 흘러가는 객관적인 시간 속에서 스스로 단절되어 '정지된 시간' 속에서 스스로 주관의 세계를 창조한다. 그뿐만 아니라 이제 앞으로 출현할 메시아사상도 시간이 지남에 따라 점점 더 명확해지고 뚜렷하게 의식되었다. 이같이 메시아니즘은 신의 개입을 열망하는 주관화된 시간의식 속에 존재한다.

> 나의 머리맡에는 저주의 낱말들이 웅성거리고 / 상복을 입으신 하느님의 신음 소리 / 새벽 유리창을 덜컹덜컹 흔드시니 / 사십 년 유랑하던 갈대밭 광야에, 오늘은 / 강 하나 제 갈길로 흘러갈 뿐이다 / 아 보고 싶어라 / 꿈에도 그리는 그대 살고 있는 땅 / 나는 예서 한 발짝도 다가갈 수 없구나
> ─「땅의 사람들4─쿼바디스 도미네」 중에서

이 시를 일러 메시아니즘의 시적 성취라고 부르면 축자적 어폐가 따르겠지만, 강렬한 유토피아니즘을 기저로 한 기다림과 결국 그곳에 가닿을 수 없는 실존을 암시함으로써, 신의 임재를 역설적으로 회구하는 형상을 보여 준다. 사실 우리 인간의 역사 현실 어느 곳을 들추어보아도 신의 질서를 벗어난 세력들에 의해 뿌리 뽑히지 않은 곳은 없을지도 모른다. 그것이 비록 단순하지만 발본적인 생각일 수 있다. 위 작품은 신이 '침묵'을 넘어서 '신음'한다고 표현한다. 어찌 절대 주권을 가진 신이 하찮은 인간 역사의 삐뚤어짐에 대해 '신음'하겠는가. 그러나 문제의 초점은 그 '신음'에 있는 것이 아니라 '신음'하며 어디론가 떠나가는 부재하는 신, 그리고 땅에 남겨진 고통 받는 사람들을 유발시킨 근본적 '어둠'의 세력을 묻는 데 있으며, 이것이 신에 대한 불경(不敬)이 아니라 신과 인간의 동참으로 역사를 꾸려가려는 시인의 인식으로 표출된 것이다. 다음의 시는 그러한 공속감(共屬感)의 충일 상태를 형상으로 일구어낸 작품이다.

> 이제야 알겠네 / 먹물일수록 찬란한 빛의 임재, 그러니 / 빛이 된
> 사람들아 / 그대가 빛으로 남는 길은 / 그대보다 큰 어둠의 땅으로 /
> 내려오고 내려오고 내려오는 일 / 어둠의 사람들은 행복하여라
> —「서울사랑―어둠을 위하여」중에서

원래 '종말론'에서 역사의 의미는 다음과 같이 이해된다. 첫째 종말론적 역사의식은 궁극적으로 새로운 미래에 대한 희망이다. 둘째 이 미래는 현재를 낡은 것으로 규정하므로 종말론적 역사의식은 위기의식이다. 셋째 역사의 새로운 미래는 약속의 형태로 현재로 다가오는 선취를 통해 현재의 낡은 것의 변화를 촉구하므로 종말론적 역사의식은 역사 변혁의 사명의식이다.[9] 이 시는 '빛'과 '어둠'이 결국 하나임을, 그래서 "빛으로 남는

길은" 이 시대의 현실을 온몸으로 긍정하고 껴안는 일임을 말한다. 그것이 바로 종말론적 상상력을 토대로 한 메시아니즘의 시적 발현인 것이다. 거기서 바로 어둠의 사람이 행복할 수 있다는 역설이 성립된다.

따라서 고정희에게 신은 관념적 우상이나 신비적 힘, 또는 어떤 권위주의적 계율이 아니다. 그러나 그렇다고 해서, 세속적인 친구나 지상의 한 표상적 양심도 아니다. 이 시는 그 관계를 분명히 보여 주는데, 이 땅 위에서의 돈, 명예, 권력, 향락을 행복으로 받아들이기를 거부하고, 고난 속에서 신의 참된 임재를 체험하는 믿음으로 말미암아 비로소 기독교 정신이 사회의 빛과 소금이 될 수 있음을 정직하게 입증하는 것이다.10) 우리가 시의 이미지를 말할 때에 그것들이 자체로서 찬란하고 의미 있는 것으로는 족하지 않고 또한 시 전체의 주제와 의미에 무엇인가를 공헌함으로써 제 구실을 다한다는 것11)을 염두에 둘 때, 이 시의 '어둠'의 이미지는 관습적 상징에 의한 부정적 의미가 아니라 그 어둠을 있게 만든 '빛'의 또 다른 형상임을 암시하며 시 전체 분위기를 통합의 상상력으로 만드는 데 공헌하고 있다.

> 우울한 이 세계 후미진 나라마다 / 풍족한 고통으로 덮이시는 내 / 하느님의 언약과 부르심을 / 우리들 한평생으로 잴 수는 없는 것이라서, 다만 / 이 나라의 어둡고 서러운 뿌리와 / 저 나라의 깊고 광활한 소망이 / 한몸의 혈관으로 통하기를 바랐다
> ―「서울 사랑―절망에 대하여」 중에서

---

9) J. Moltmann(전경연 외 역),『희망의 신학』, 현대사상사, 1975, 107쪽 이하 참조.
10) 김주연,「한국 현대시와 기독교」, 김주연 편,『현대문학과 기독교』, 문학과지성사, 1984, 125―126쪽.
11) C. D. Lewis(강대건 역),『시란 무엇인가』, 탐구당, 1987, 163―164쪽.

이 작품 역시 메시아니즘의 정서적 핵심인 "바람"의 시편이다. "후미진 나라"의 "풍족한 고통" 속에서 우리는 하느님의 언약이 어떤 경계선을 가진 것인지 "우리들 한평생으로 잴 수 없"음을 인식한다. 그래서 서정적 주체는 "이 나라(현실)의 어둡고 서러운 뿌리와 / 저 나라(유토피아)의 깊고 광활한 소망이" 결국 한몸임을 바란다. 그것이 삶의 비극을 비극으로 정직하게 받아들이는 이의 메시아니즘이다. 이 시의 제목에 있는 "절망"의 함의도 결국 이룰 수 없는 것에 대한 실망이 아니라 실존적으로 운명 지어진 삶의 비극성을 삶의 양식으로 승인하는 것 자체를 이름한 것에 지나지 않는다. 그것은 자기응시이자 현실응시이고 그것의 통합 과정이기도 하다. 우리가 박진한 기독교 문학을 근본적으로 '앙가주망'의 양식으로 읽을 수밖에 없는 까닭이 여기에 있다. 이 완강한 앙가주망은 고정희가 시를 통해 한결같이 이야기하려 한 상징적 메시아니즘의 시적 관심이자 그것의 예언적 성취를 열망하는 서정적 주체의 절규이기도 하다. 다음 시는 그것을 잘 보여 준다.

> 마지막까지 세상 죄 다 짊어지고 / 피 한 방울 남김없이 다 쏟아버린 / 그 사내가 성금요일 오후 세시 / 마지막 숨을 거둘 때 / 성당의 휘장이 갈라지고, /그를 본 영혼들은 한꺼번에 쩍, / 금이 가고 있었습니다.
>
> —「히브리傳書」 중에서

### (3) 내면 회귀의 성찰, 남은 자의 그리움

서정시의 가장 근원적인 존재 이유는 서정적 주체 스스로의 자기 확인 또는 인식에 있을 것이다. 이러한 자성(自省)의 심리적 연원은 앞의 자유

의지 및 앙가주망과 다르지 않다. 그것은 시안(詩眼)을 현실로부터 자기 자신으로 돌린 데서 얻어진 방법적인 변이일 뿐이다. 고정희는 "부드럽고 융융한 품 만들어 주"(「서시」)는 '산의 대척점에 자기 자신을 위치시키는 이른바 반(反)나르시시즘을 통해 자기 자신을 반추한다. 고정희는 "네가 아무리 당당하게 살아도 / 혼자 가는 뒷모습 한없이 춥구나"(「장미꽃이 불」)라는 형상으로 자신을 읽는다.

겨울 숲에는 눈이 내리고 있다 / 도시에서 지금 돌아온 사람들은 / 폭설주의보가 매달린 겨울 숲에서 / 모닥불을 지펴놓고 / 대륙에서 불어오는 차가움을 녹이며 / 조금씩 뼛속으로 파고드는 추위를 견디며 / 자기 몫의 봄소식에 못질을 하고 있다 / 물푸레나무 숲을 흔드는 / 이 지상의 추위에 못질을 하고 있다 / 가까이 오라, 죽음이여 / 동구 밖에 당도하는 새벽 기차를 위하여 / 힘이 끝난 폐차처럼 누워 있는 아득한 철길 위에 / 새로운 각목으로 누워야 하리 / 거친 바람 속에서 밤이 깊었고 / 겨울 숲에는 눈이 내리고 있다 / 모닥불이 어둠을 둥글게 자른 뒤 / 원으로 깍지낀 사람들의 등 뒤에서 / 무수한 설화가 / 살아남은 자의 슬픔으로 서걱거린다
                                    —「땅의 사람들 1—서시」 전문

이 시에서는 서정적 주체에 의해서 '죽음'과 '삶'의 대척적 관계의 경계선이 무너지고 있다. "지상의 추위"에 "자기 몫의 봄소식"을 그는 마치 우리의 죄를 예수의 힘없는 손에 얹어 못질을 하듯이 힘껏 못질한다. 죽음과의 인력(引力)은 어느새 세지고, 밤이 깊고 어두운 세계에 살아남은 자의 슬픔으로 이 땅의 사람들의 실존은 묘파된다. 고정희 스스로 그러한 삶의 양식을 온몸으로 감고 있음은 말할 것도 없다. 겨울 숲에 내던져진 "살아남은 자의 슬픔" 그것을 그는 '지리산'에도 짊어지고 간다.

남원에서 섬진강 허리를 지나며 / 갈대밭에 엎드린 남서풍 너머
로 / 번뜩이며 일어서는 빛을 보았습니다 / 그 빛 한 자락이 따라와 /
나의 갈비뼈 사이에 흐르는 / 축축한 외로움을 들추고 / 산목련 한
송이 터뜨려 놓습니다 / 온몸을 싸고도는 이 서늘한 향기, / 뱀사골
산정에 푸르게 걸린 뒤 / 오월의 찬란한 햇빛이 / 슬픈 깃털을 일으
켜세우며 / 신록 사이로 길게 내려와 / 그대에게 가는 길 열어줍니다
/ 아득한 능선에 서계시는 그대여 / 우르르 우르르 / 우렛소리로 골
짜기 넘어가는 그대여 / 앞서가는 그대 따라 협곡을 오르면 / 삼십년
벗지 못한 끈끈한 어둠이 / 거대한 여울에 파랗게 씻겨 내리고 / 육
천 매듭 풀려나간 모세혈관에서 / 철철 샘물이 흐르고 / 더웁게 달궈
진 살과 뼈 사이 / 확 만개한 오랑캐꽃 웃음소리 / 아름다운 그대 되
어 산을 넘어갑니다 / 구름처럼 바람처럼 / 승천합니다

—「지리산의 봄—뱀사골에서 쓴 편지」 전문

속절없이 떠나가는 타자, 남은 자(The Remnants)의 외로움, 이 시를 읽
는 우리는 결국 이 시에서 모두 그런 이들로 환생한다. 따라서 고정희는
기독교적인 구원의 차원, 그리고 개인적이고 내면적인 고통의 차원에서
몸부림치고 절규했던 시인인 것이다.[12] 따라서 그는 일상성을 통한 비극
성의 심화 작업[13]을 꾸준히 이루어간 시인으로 기록될 것이다. '사랑의 삼
보'를 "상처와 눈물과 외로움"(「더 먼저 더 오래」)이라고 말하는 고정희.
"회임할 수 없는 것들"은 근본적으로 "이 세상의 고통에 가 닿지 못"(「입
추」)한다고 말하는 그의 시에서 비록 그가 독신이기는 했지만 흔연한 모
성을 느끼게 된다.

주여, 우리를 고독한 자이게 하소서 / 우리가 참으로 고독한 길에

---

12) 김정환, 「고통과 일상성의 변증법」, 고정희, 『초혼제』, 1983, 창작과비평사, 168쪽.
13) 위의 글, 173쪽.

맞서서 / 고독을 끌어안고 번뇌하게 하소서 / (오 고난의 주님) / 진리
의 길은 고독한 길이기 때문입니다 / 사랑의 길은 고독한 길이기 때
문입니다

—「化肉祭別詞」중에서

이렇듯 고정희는 숙명적이고도 비극적 세계관에 바탕한 발상법에 익숙
한 시인이다. 그것은 이 시에서 '고독'을 삶의 본원적 양식으로 수락하는
데서 얻어지는 것이다. 그리고 그러한 비극성에서 그는 절망의 초극이라
는 시적 비전을 남다르게 가지고 있는 시인이기도 하다. "오 하느님, 말을
제대로 건사하기란 정을 제대로 다스리기란 나이를 제대로 꽃피우기란
외로움을 제대로 바로 잡기란 철없는 마흔에 얼마나 무거운 멍에인지요"
(「무너지는 것들 옆에서」)라고 자신의 40대를 이야기하는 그는 송기원이
남다르게 말했듯이 "저렇듯 하찮은 노래 하나에도 혼신의 힘으로 자신의
모든 것을 바칠 수 있는 사람"14)이다.

저절로 떨리는 세계를 가질 것 / 그대 정신의 미세한 波長 / 파장
의 목덜미를 크게 잡아 버릴 것 / 과녁으로 걸리는 그대 영혼 한 뼘을
향해 / 팽팽하게 시위를 잡아당길 것 / 매순간 쓰러지는 소리를 들을
것 / 쓰러지는 소리 가슴에 쾅쾅 못박아 버릴 것 // 비로소 火印 한 장
/ 넋받이로 비축할 것

—「사랑법 다섯째」전문

시인은 저마다 자신의 시를 떠받치고 있는 시법(詩法)이랄까 시심(詩心)
의 근저를 이루는 표상으로서의 시를 한 편 가지고 있는 법이다. 위 작품

---

14) 송기원, 「아름다운 사람, 아름다운 시」, 고정희, 『아름다운 사람 하나』, 들꽃세상,
 1990, 131—132쪽.

은 그러한 고정희의 시안을 드러내는 시편이다. 그런데 첨예한 현실에 대한 투시와 이와 같은 시인의 깊은 개체적 성정 사이에는 과연 어떤 지양(止揚)의 형질이 있는 것인가. 우리로서는 그의 시에 줄기차고 집요하게 나타나는 허무, 생명, 의지, 사랑, 연민, 분노, 그리움 등의 정서적 세목들이 이러한 현실 응시와 자기 응시의 길목을 놓는 것이라고 본다. 외재적 요인에 있어야 할 "형벌의 수액이 이미 / 우리 뿌리 곁에 있"(「아우슈비츠 2」)으므로.

결국 어둠, 소멸, 절망, 슬픔, 비극을 그것들 그대로 받아들이는 성숙의 과정, 그의 시쓰기는 거기에 바쳐진 셈이다. 그와 같은 형상은 그의 첫 시집의 표제작인 「누가 홀로 술틀을 밟고 있는가?」의 "홀로 술틀을 밟는 사람" 또는 "새벽에 깨어 있는 자", "언 江 하나 끌고 가는 순례자"의 자기로의 심화 작업이었던 것이다.


## 3. 맺음말

고정희의 시세계는 위에서 여러 차례 지적한 바와 같이 '자유 의지'를 바탕으로 한 실존적 고통의 승인, '메시아니즘'을 핵심으로 하는 앙가주망의 시학, 내면 성찰과 남은 자의 그리움을 표상하고 있다. 물론 그가 내놓은 열 권의 시집은 제각기 조금씩 다른 양식과 정조를 가지고 있지만 그것들이 이러한 성격 규정과 배치되는 것은 결코 아니다. 이 모든 것은 기독교 정신 또는 이념이라는 것이 편협한 '종교적 도식'이 아니라 넓은 현실의 세계를 면밀하게 살펴내는 적극적 인식의 한 패러다임임을 시사하는 훌륭한 예증이라 할 것이다. 이렇게 의미 있는 시적인 족적을 남긴 그는 생애 마지막 작품을 다음과 같은 시로 남기고 갔다.

　　사십대 문턱에 들어서면 / 바라볼 시간이 많지 않다는 것을 안다 /
　기다릴 인연이 많지 않다는 것도 안다 / 아니, 와 있는 인연들을 조심
　스레 접어두고 / 보속의 거울을 닦아야 한다
　　　　　　　　　　　　　　　　　　　　　─「사십대」 중에서

　시인이란 자신의 죽음을 언제나 예감하는 것인가. 채광석, 박정만, 기형
도가 그랬듯이. 아무튼 고정희는 우리가 보듬어야 할 소중한 시세계를 남
기고 "보 속의 거울을 닦"으러 "와 있는 인연들을 조심스레 접어"둔 채 떠
났다. 그는 죽음을 통해서야 빛의 임재를 경험하고 이른바 극한상황
(Grenzsituation)을 벗어난 삶의 성찰로 접어든 것이다. 그러나 그의 기독
교 정신은 창조, 구속, 섭리, 구원, 성취로 이야기되는 기독교 세계관과는
동질성이 약하다는 점을 지적할 수 있다. 또 그는 이른바 '보이지 않는' 영
적 세계로의 초월을 감행하지도 않는다. 다만 그에게 기독교적 비전은 사
회의 부조리 그리고 내면의 모순을 통일하는 실존적 기투(企投)에 바탕을
두고 있다. 이것은 비록 불완전하나마 첨예한 것이기도 한데, 그것은 그의
시가 기독교 문학의 최소한의 필요조건인 "말씀의 형상화, 신앙생활 속의
작가 정신, 예술적 형상화"[15]에서 그 값을 만만치 않게 가지고 있기 때문
이다.

　그렇다면 또 하나의 쟁점이 될 수 있는 문제가 소재로서의 기독교를 탈
피한 그의 시세계에서 발견되는 다른 의식의 시들도 '기독교 문학'으로 포
괄할 수 있느냐 하는 문제일 것이다. 나는 여기서 그런 시들을 딱히 '기독

---

15) 기진오, 「한국 기독교 문학사론 서설」, 『전농어문연구』 제5집, 서울시립대학교 국
　　어국문학과, 1992, 80-81쪽.

교 문학'이라는 이름으로 범주화하기보다는 한 시인이 가지는 역사의 여러 측면들에 대한 정당한 인식으로 받아들여 우리의 삶에 육화시켜 보탬이 될 수 있도록 읽는 것이 바람직하다고 생각한다. 왜냐하면 진정한 구원이란 심리적 안온에 있는 것이 아니라 실존적이며 역사적 존재인 '나'를 발견하고 그것을 신에 헌신하여 실천하는 모습에서 얻어지는 것이기 때문이다.

일찍이 서구 정신사의 전통인 합리적인 계몽의 방법을 기독교 정신의 연장선으로 파악한 이는 융(Jung)이다. 그러나 서구인의 계통발생의 흔적이 잔존해 있듯이 기독교 정신이 깊이 침투해 있다는 그의 지적은 토양과 역사가 다른 우리 한국 시인이나 작가들에게는 해당되지 않는다.16) 이에 대해 이상섭 교수는 "기독교의 근본 테마인 죄 · 구원 · 사랑 · 희생 · 화합의 공동사회 등의 문제에 대한 일반적 인식이 당장의 현실에서 깊은 의미를 띠울 수 있어야 기독교 문학은 가능하다. 그뿐 아니라, 기독교 사상을 구현하는 전통적인 심벌과 드라마가(예컨대 선악과, 아담과 이브, 그리스도와의 최후 만찬 등) 한국적 현실의 의미를 구현하도록 적절히 다듬어져야 하는데, 이것은 상당히 긴 역사가 필요하다."17)고 갈파한 바 있다. 그만큼 우리 기독교 문학의 층과 부피가 일천하다는 뜻일 터이다. 그러나 이러한 판단은 앞으로의 가능성에 대한 표현이지 절망과 포기의 선언은 아닌 셈이고 우리는 그것을 여러 시인들을 통해 보고 있는 것이다.

우리가 흔히 기독교 시라고 말할 경우 으레 애송되는 시인은 윤동주, 김현승, 박목월, 박두진, 구상, 김남조, 이해인, 황금찬, 박이도 등이었다. 물론 이들 시인들의 언어미학적 탐구나 순교자적 지성, 고결한 청교도적 자

---

16) 이보영, 「기독교문학의 가능성」, 『예술논문집』 20집, 예술원, 1981, 10쪽 참조.
17) 이상섭, 「신문학 초창기와 기독교」, 『언어와 상상』, 문학과지성사, 1991, 246쪽.

세 등은 우리가 마땅히 기려야 할 중요한 몫이다. 그러나 우리 주위에서 볼 수 있는 기독교 시집에서 찾아볼 수 없는 기독교적 역사의식의 시화(詩化)로서 갖는 고정희의 시적 노력과 성과는 정당하게 평가되어야 할 부분이며, 이것은 문익환이나 정호승, 김정환, 김진경의 낭만적이고 진취적인 기독교 의식과 소설에서의 백도기나 조성기, 이승우 등에서 비춰지는 실존의식의 탐구 등과 더불어 중요한 기독교 문학의 한 가능성으로 해석될 수 있을 것이다. 그리고 우리는 이러한 이른바 신앙지상주의에 반기를 들고 '기독교적'이라는 수사(修辭)의 내포를 심화, 확장시켜가는 작가들의 창작 성과들을 애정 있게 읽어나가야 할 것이다. 왜냐하면 '기독교 문학'은 정지된 신앙 상태의 관념적 표백이 아니라 현실에 대한 올바른 기독교적 응전의 자세를 확립하는 것일 터이니 말이다.

# 「밥과 자본주의」 연작과
# 기독교적 상상력의 비대립성 연구

김재홍

## 1. 들어가며

1975년 『현대시학』을 통해 등단[1]한 고정희는 1991년 불의의 사고로 작고하기 전까지 열 권의 시집을 상재했으며 시선집과 유고시집을 포함해 모두 12권의 시집, 500편[2]의 작품을 남겼다. '실락원', '화육제', '아벨', '히브리전서' 등이 직접적으로 언급된 기독교적 상상력과 '대동', '통일',

---

1) 고정희는 박남수(朴南秀)의 추천으로 「연가」, 「부활 그 이후」 등이 『현대시학』에 발표되면서 시단에 등장했다.
2) 2021년 간행된 『고정희 시전집』 초판 2쇄 수록 작품 기준. 고정희, 『고정희 시전집』 (전 2권), 도서출판 또하나의문화, 2021(초판 2쇄).

'광주', '반월시화' 등의 반독재 민중 의식이 전면화된 언어3)가 병존하는 가운데『여성해방출사표』(1990)로 대표되는 여성주의 시편들이 가미되면서 학계에서는 대체로 이들 세 가지 요소를 중심으로 연구되어 왔다.4)

유성호는 고정희의 시세계를 "'자유 의지'를 바탕으로 한 실존적 고통의 승인, '메시아니즘'을 핵심으로 하는 앙가주망의 시학, 내면 성찰과 남은 자의 그리움을 표상하고 있다."라고 평가했다.5) 김옥성도 "여성주의, 탈식민주의, 민중 의식, 그리고 장르 실험, 기독교 의식 등 다양한 관점에서 다채롭게 연구되어 왔다"6)고 보았다. 이은영은 고정희와 허수경의 시를 검토하면서 둘에게서 "1980년대 시에 일관되게 흐르고 있는 자본주의에

---

3) 이러한 경향은 첫 시집『누가 홀로 술틀을 밟고 있는가』(1979)부터 이어서 간행된 『실락원 기행』(1981),『초혼제』(1983),『이 시대의 아벨』(1983),『눈물꽃』(1986), 『지리산의 봄』(1987),『저 무덤 위에 푸른 잔디』(1989),『광주의 눈물비』(1990) 등 에 이르기까지 작품 활동 전 기간 동안 지속되었다.

4) 유성호,「고정희 시에 나타난 종교의식과 현실인식」,『한국문예비평연구』창간호, 한국현대문예비평학회, 1997; 정효구,「고정희의 시에 나타난 여성의식」,『인문학지』17-1, 충북대학교 인문과학연구소, 1999; 정영주,「고정희 시의 탈식민주의 페미니즘에 관한 고찰」,『한국문예창작』5-1, 한국문예창작학회, 2006; 김승구,「고정희 초기시의 민중신학적 인식」,『한국문학 이론과비평』37, 한국문학이론과비평학회, 2007; 이경희,「고정희 시의 여성주의 시각 연구」,『돈암어문학』21, 돈암어문학회, 2008; 구명숙,「고정희 시에 나타난 타자성 연구」,『한민족문화연구』제28집, 한민족문화학회, 2009; 김문주,「고정희 시의 종교적 영성과 "어머니 하느님"」,『비교한국학』19-2, 국제비교한국학회, 2011; 조연정,「1980년대 문학에서 여성운동과 민중운동의 접점-고정희 시를 읽기 위한 시론(試論)」,『우리말글』제71집, 우리말글학회, 2016; 조혜진,「고정희, 최승자, 김승희 시에 나타난 여성성의 타자성 연구」,『한국문예비평연구』제53호, 한국현대문예비평학회, 2017; 최가은,「여성 민중, 선언-『또 하나의 문화』와 고정희」,『한국시학연구』제66호, 2021; 임형진,「고정희 시에 나타난 에코페미니즘 고찰」,『한국문예창작』제20권 제1호, 한국문예창작학회, 2021.

5) 유성호,「고정희 시에 나타난 종교의식과 현실인식」,『한국문예비평연구』창간호, 한국현대문예비평학회, 1997, 91쪽.

6) 김옥성,「고정희 시의 기독교적 인간주의」,『한국근대문학연구』19-2, 한국근대문학회, 2018, 183-184쪽.

의한 물화(物化) 양상은 주목할 부분"이라면서 "시인은 현상에 대한 치밀한 관찰을 통해 … 이러한 저항의 에너지는 개별 속에서 전체를 향함으로써 삶의 구체적 구성을 이루는 모순의 현실을 정면으로 직시하게"[7] 된다고 했다.

이 가운데 조연정은 고정희 시를 읽기 위한 시론(試論)으로 '여성운동'과 '민중운동'의 접점이라는 관점을 제시하면서 "노동자계급으로서의 여성은 예외 없이 가부장제와 자본주의의 이중의 억압 속에 놓이게 된다는 사실"[8]을 강조했다. 이는 마치 팔레스타인 여성의 '이중의 젠더화'[9]를 지적한 오카 마리(岡眞理)의 관점과 같이 '이중의 속박'에 대한 자각이 시적 사유의 진보성을 표상하는 일종의 시금석이 될 수 있다는 시각이라고 할 수 있다. 그런데 조연정은 "고정희가 흔히 '어머니'를 호출하며 여성의 수난을 보편화하고 다양한 계층의 역사적 인물들을 호출하는 것을 볼 때, 고정희의 '여성민중시'는 여성과 민중의 교집합을 염두에 두는 것이 아니라 여성을 그 자체로 민중으로 상정하는 것이라 할 수 있을 듯"하다고 주장했다. 이는 고정희가 여성 속에서 민중과 비민중을 구별하지 못한 것으로 평가한 셈이다.

그러나 최가은은 고정희가 1984년 『또하나의문화』 창간 동인으로 참여한 이래 시와 글과 기획으로 활발하게 활동한 결과에 주목하면서 그가

---

7) 이은영, 「1980년대 시에 나타난 자본주의적 세계에 대한 재현과 부정성」, 『한국문예비평연구』 제59집, 한국현대문예비평학회, 2018, 205-206쪽.
8) 조연정, 「1980년대 문학에서 여성운동과 민중운동의 접점-고정희 시를 읽기 위한 시론(試論)」, 『우리말글』 제71집, 우리말글학회, 2016, 244쪽.
9) "오리엔트 여성들은 자기 사회의 남성들과의 관계에 의해 젠더화되는 동시에 서양 여성들과의 관계에 의해서도 이중으로 젠더화되어 있다고 말할 수 있을 것이다." 오카 마리, 『그녀의 진정한 이름은 무엇인가』(이재봉·사이키 가쓰히로 옮김), 현암사, 2016(초판 1쇄), 16쪽.

'여성—민중'을 선언한 것으로 보았다. 또 "고정희는 정치적 · 역사적 주체가 될 권리를 요구하는 '선언'의 형식과 여성주의적 의제를 연결시"켰다면서 "'인간 = 민중' 명제와 '여성 = 정치적 주체'라는 명제를 과감히 선언한 고정희의 텍스트들은 비민중, 비여성이 처한 자리를 지시하는 문제적 장소이자, 동시에 그들 저항의 기점이 되는, 여전히 존속 중인 운동의 장"10)이라고 주장했다.

이처럼 고정희의 시세계를 기독교, 민중, 여성 등 세 가지 키워드를 중심으로 연구하는 주요 흐름은 계속 이어지고 있는 것으로 보인다. 특히 유고시집『모든 사라지는 것들은 뒤에 여백을 남긴다』(1992)에 수록된「밥과 자본주의」연작 26편은 세 요소를 모두 포함하고 있는 작품으로 평가받으며, 최근까지 몇몇 연구자들의 주목을 받고 있다. 양경언은 리비스(F. R. Leavis)의 공동체론에 기대「밥과 자본주의」연작을 '커먼즈(commons)'11)적인 속성에 따라 독해했다. 또 이소희는「밥과 자본주의」가 아시아와 자본주의, 신식민주의의 역사적 관계와 영향을 나타내고 있다면서 이를 분석해 고정희를 '아시아의 페미니스트 시인'으로 재평가하려고 했다.12) 본고는 공히「밥과 자본주의」연작을 다룬 두 연구자의 논의를 중심으로 세 키워드를 비대립적 관점에서 종합할 수 있는지 검토해 보고자 한다.

공적 영역과 사적 영역을 구분하는 데카르트적 이원론을 넘어 '제3의

---

10) 최가은,「여성 민중, 선언—『또 하나의 문화』와 고정희」,『한국시학연구』제66호, 2021, 218쪽.

11) "커먼즈는 자본주의 세계 체제의 문제에 맞서 다양한 주체들의 협동, 공유, 돌봄이라는 가치 추구 행위 및 이를 통해 질적으로 다른 사회로 가는 길을 만드는 움직임을 이른다." 양경언,「고정희의『밥과 자본주의』연작시와 커먼즈 연구」,『여성문학연구』제53집, 한국여성문학학회, 2021, 127쪽.

12) 이소희,「연작시 <밥과 자본주의>에 나타난 아시아, 자본주의, 신식민주의」,『젠더와 문화』11−1, 계명대학교 여성학연구소, 2018, 41쪽.

영역'으로서의 문학의 가능성을 모색했던 리비스의 유기적 공동체(organic community) 개념13)을 따라 양경언은 「밥과 자본주의」에서 자본주의를 넘어서는 '밥'과 젠더적 차별을 넘어서는 '돌봄'의 질서를 찾는다. 그는 밥 → 돌봄 → 살림 → 커먼즈적 실천이라는 도식을 통해 공(公)과 사(私)의 영역을 넘어 '비개성'의 영역을 매개하는 '밥'을 추론했다. 하지만 '밥'이 공사의 변증법적 극복이 될 수 있을지는 모르나, 근원에서 이원론의 해소가 될 수는 없을 것으로 보인다. 커먼즈 자체가 개체나 개인을 상대화하는 개념인 데다 유기성(有機性) 또한 공동체성의 변주로 보이기 때문이다.

이소희의 논의는 서구 자본주의(제국주의)와 아시아 식민주의의 대립 속에서 아시아적 연대의 가능성을 인식하고, 이 연대를 평등과 나눔을 실현할 주체로 '밥 짓는' 아시아 민중 여성을 상정함으로써 고정희를 '아시아의 페미니스트 시인'으로 정위하고자 했다. 이는 억압받는 여성이라는 수동적·저항적 페미니즘이 아니라 자본주의적 대립을 해소하는 능동적·선구적 주체로 여성을 정립함으로써 고정희의 시세계를 세 요소의 병존이 아니라 통합적으로 이해하고자 한 시도로 보인다. 그러나 「밥과 자본주의」를 민중―여성의 통합적 해석으로 읽은 뒤에도 민중과 여성은 상대적 개념일 수밖에 없으며, 그 점에서 이 작품의 가능성은 이원론의 틀 안에 머물 수밖에 없다.

본고는 「밥과 자본주의」를 입체적으로 이해하기 위해 양경언과 이소희의 논의를 검토해 가면서 고정희의 시를 비대칭적·비대립적으로 읽을 수 있는지 그 가능성을 탐색해 보고자 한다. 여기서 「악령의 시대, 그리고 사랑」, 「새 시대 주기도문」, 「행방불명 되신 하느님께 보내는 출소장」, 「해

---

13) 양경언, 앞의 글, 135쪽.

방절 도상에 찾아오신 예수」, 「평화를 위한 묵상기도」, 「우리 시대의 산상수훈」, 「신 없이 사는 시대의 일곱 가지 복」, 「희년을 향한 우리의 고백기도」 등의 시편들이 함축하고 있는 기독교적 상상력에 대한 독해가 시사점을 제공할 수 있을 것으로 기대해 본다.

예수는 자신과 제자들의 관계를 "나는 포도나무요 너희는 가지다."(요한복음 15, 5)라고 말했다. 이를 따라 사도 바오로는 예수를 머리로 하여 모든 인간이 그 지체라고 하는 지체론(肢體論)[14]을 정립했다. 신학자 배런(Robert Barron)도 교회 공동체는 "그리스도의 몸, 즉 상호 의존적인 분자와 세포와 기관으로 구성된 하나의 유기체"[15]라고 했다. 이는 "세계는 각자의 상호 의존과 필연적인 연대로 하나를 이루어야 한다"(제2차 바티칸 공의회, 사목헌장 <기쁨과 희망> 제4항)[16]는 가톨릭 사회 교리의 근간이기도 하다.

이것이 「밥과 자본주의」에 보이는 다소 과격한 시어나 표현들이 기독교적 세계관에 대한 근본적 부정이 아니라 모순된 현실에 대한 시적 저항으로 읽히는 이유이다. 고정희는 민중과 비민중, 여성과 비여성을 기독교적 일원론을 통해 비대립적 통합을 시도했는지 모른다. 그것은 부정을 통한 극복이 아니라 "이 세상에서 자신을 공동체로 이해하고" 이를 통해 "다양성을 풍요로움으로"[17] 보기 위한 노력일 수 있다. 또한 이는 「밥과 자본주의」를 통해 본고가 탐색하고자 하는 목표이기도 하다.

---

14) "그분은 머리이신 그리스도이십니다. 그분 덕분에, 영양을 공급하는 각각의 관절로 온몸이 잘 결합되고 연결됩니다. 또한 각 기관이 알맞게 기능을 하여 온몸이 자라나게 됩니다. 그리하여 사랑으로 성장하는 것입니다."(에페소서 4, 15 – 16)

15) 로버트 배런, 『가톨리시즘(Catholicism)』, 생활성서, 2019(1판 1쇄), 288쪽.

16) YOUCAT재단, 『무엇을 해야 합니까?(DOCAT)』(김선태 옮김, 유경촌 감수), 가톨릭출판사, 2016(초판 1쇄), 214쪽.

17) YOUCAT재단, 앞의 책, 219쪽.

## 2. '밥'—공동체 혹은 커먼즈

'커먼즈(commons)'는 "근대 이전 시기부터 인민의 생계와 생존을 위해 지역의 공동체들이 함께 이용하고 관리하던 자연자원들과 그 관리제도들을 지칭하는 말"로서 한국에서는 "오랫동안 공유지, 공유재, 공유자원으로 번역되어 왔고, 최근에는 공동자원, 공통자원 등의 용어도 함께 사용"18)되고 있다. 이에 대해 양경언은 커먼즈 개념이 물질적 차원으로 한정될 수 없는 역사적—문화적 상격을 가지고 있으며, 나아가 "공동자원과 연관된 제도와 그것을 가능하게 하는 사회·문화적인 실천 및 이를 구성하는 주체적 역량까지 포괄한다"19)고 주장하면서 「밥과 자본주의」를 커먼즈의 실천으로 보고자 했다.

양경언에 따르면, "커먼즈적인 움직임은 신자유주의적인 질서, 자본주의 세계체제의 문제에 맞서 국가가 도식적으로 주도하는 '공공'을 넘어서면서도, 아울러 고립된 개개인이 각자도생하는 상황 역시 넘어서는 자리에서 발휘되는 다양한 주체들의 협동, 공유, 돌봄이라는 가치 추구 행위 및 이를 통해 공동으로 추구하는 세상으로 가는 길을 수호하는 움직임"20)이다. 고정희의 「밥과 자본주의」는 한국이 서구적 대중소비사회로 진입한 시기에 쓰인 작품으로 "제국주의적인 자본주의가 뿌리를 내리는 과정이 사람들의 체질을 어떻게 바꾸는지에 대한 예리한 체감이 담겨"21) 있다.

이에 따라 그는 고정희를 "'아시아 민중 여성'을 구속하는 현실 문제를 고발하는 역할로 자신의 몫을 한정하지 않고, 이들 스스로가 구조적인 문

---

18) 정영신, 「한국의 커먼즈론의 쟁점과 커먼즈의 정치」, 『아시아연구』 제23권 4호, 한국아시아학회, 2020, 242쪽.
19) 양경언, 앞의 글, 127—128쪽(각주 1).
20) 양경언, 앞의 글, 129쪽.
21) 양경언, 앞의 글, 130쪽.

제를 넘어서서 어떻게 살아있는 삶을 조직해 나가는 지를 살피는 일에 관심을" 둔 것으로 평가한다. 주지하다시피 고정희는 1990년 9월부터 이듬해 2월까지 필리핀 정부 초청으로 마닐라의 '아시아종교음악연구소'에서 아시아의 시인, 작곡가들과 함께 '탈식민지 시와 음악 워크숍'에 참여한 바[22] 있으며, 이 경험을 통해 "전 지구적 규모로 작동하고 있는 제국주의적 자본주의와 신식민주의를 아시아 역사의 맥락에서 읽어"[23]낼 수 있었던 것으로 평가받고 있다.

요컨대 양경언이 리비스의 공동체론과 커먼즈 개념을 통해 고정희의 「밥과 자본주의」을 읽고자 하는 의도는 대별되는 두 가지 연구 경향에 대한 반발이라고 할 수 있다. 그는 "1980년대 한국문학의 연장선상에 고정희의 시를 위치시키고자 하는 평가는 시의 재현성을 한정적으로 살핌으로써 시가 탄력적으로 시대와 조응하면서 창출해 나가는 변혁성에 대해서는 덜 말하는 경향"이 있고, 반대로 "'여성 개인'의 욕망이 문학작품을 통해 두드러지게 가시화됐다고 얘기되는 1990년대 문학의 교두보로 고정희의 시를 삼고자 하는 평가는 고정희 시에서 민중 운동, 여성해방 운동이 교차하는 지점을 복합적으로 살피는 일에 소극적인 경향을 보인다"[24]고 비판했다.

양경언은 「밥과 자본주의」에서 커먼즈적인 실천의 면모를 찾고자 한다. 그에 따르면 「밥과 자본주의」 연작은 "한 사람이 자신의 얼굴에 숱한 얼굴을 겹쳐냄으로써 종국에는 많은 이들의 목소리가 울려 퍼지도록 시의 역할을 조율했던 의미를 새길 수 있는 작품"[25]이다. 나아가 "'누군가의

---

22) 고정희, 『고정희 시전집』(제2권), 도서출판 또하나의문화, 576쪽.
23) 이소희, 『여성주의 문학의 선구자 고정희의 삶과 문학』, 국학자료원, 2018, 13－14쪽.
24) 양경언, 앞의 글, 134쪽.

시'라는 사적 소유로 점철된 영역이 아니라 '누구나의 노래'라는 협동적 창조의 범례로 자리하는 가능성을 살필 수 있"는 작품이다. 그럴 때 '우리'를 확장하는 '커머닝(commoning)'의 차원에 도달할 수 있다.

밥은 비개성의 영역이다. '밥'으로 표상되는 '먹거리'는 단순히 생명을 연장하기 위한 수단이 아니라 "'먹는 일'을 해결하기 위해 깃드는 노동행위에서부터 여기에 반영되어 있는 사회문화적 배경에 이르기까지 '밥'을 둘러싼 여러 관계"[26]는 중층적-복합적이다. 밥은 공공재이다. 그러나 자본주의는 무엇보다 '밥'의 공적 성격을 배제하여 사적 영역으로 몰아넣는다. 공동체적 생산을 통해 생성된 밥이 그 공동체의 구성원을 살리고, 다시 그가 공동체의 커먼즈를 실천하는 '밥 → 돌봄 → 살림 → 커먼즈적 실천'의 선순환을 사적 영역으로 개성화하는 데 자본주의의 모순이 있다.

그러나 「밥과 자본주의」는 "공(公/共)과 사(私)의 영역을 넘어서서 '누구나' 서로가 서로를 돌보는 '비개성'의 영역을 매개하는 '밥'"을 보여준다.

> 밥은 모든 밥상에 놓인 게 아니란다
> 네가 햄버거를 선택하고
> 왕새우 요리를 즐기기까지 이 흰
> 쌀밥은 애초부터 공평하지 않았구나
> 너는 이제 알아야 한다
> 밥은 선택하는 것이 아니라 함께 나누는 것이란다
> 네가 밥을 함께 나눌 친구를 갖지 못했다면
> 누군가는 지금 밥그릇이 비어 있단다
> 네가 함께 웃을 친구를 아직 갖지 않았다면
> 누군가는 지금 울고 있는 거란다

---

25) 양경언, 앞의 글, 136쪽.
26) 양경언, 앞의 글, 137쪽.

이 밥그릇 속에 이 밥 한그릇 속에
이 세상 모든 슬픔의 비밀이 들어 있단다

그러므로 아이야
우리가 밥상 앞에 겸손히 고개 숙이는 것은
배부름보다 먼저 이 세상 절반의
밥그릇이 비어 있기 때문이란다
하늘은 어디서나 푸르구나 그러나
밥은 모든 밥상에 놓인 게 아니란다
네 웃음소리를 스스로 낮추런?
　　　　　　　　　　—「밥은 모든 밥상에 놓인 게 아니란다」 부분

　이 시에서 보듯 '밥'은 모든 밥상에 놓인 게 아니다. 누군가의 밥그릇은
'지금' 비어 있다. 공평해야 할 '밥'이 "애초부터 공평하지 않았"다. 공적—
비개성적 '밥'이 사적—개성적 '밥'의 상태에 몰려 있는 것이 자본주의 체
제이다. 이를 두고 양경언은 "'밥상'을 형성하는 현재의 공평하지 않은 세
계 질서가 전환되기 위해서는 지금 자신 앞에 놓인 밥상이 그 자리에 놓이
기까지 거쳐 온 역사적 맥락을 이해해야 한다는 것을 강조하고 있다"27)고
했다. '밥'은 공적—비개성적 영역에서 사적—개성적 영역으로 나타난 것
임을 고정희가 날카롭게 인식했다는 뜻이다.
　그런데 공적 영역으로서의 '밥'을 '비개성(impersonality)'적인 것28)이라
부른 것은 형용 모순에 가깝다. 커먼즈로서의 '밥'을 사적 영역으로 내모
는 자본주의 체제를 '개성적'이라고 해야 하기 때문이다. 공적—사적, 개
성—비개성이라는 대칭적 · 대립적 구도 위에서 논의를 전개한 데서 발생

---

27) 양경언, 앞의 글, 140쪽.
28) 양경언은 자신의 논문 「고정희의 『밥과 자본주의』 연작시와 커먼즈 연구」 제2장
　　의 제목을 '밥, 비개성의 영역'으로 삼았다.

한 무리한 표현으로 보인다. 비록 리비스가 '개성의 영역', '누군가의 시'보다 '비개성의 영역', '누구나의 시'를 더 높이 평가했다[29]고 하더라도 그것은 고립된 개체성에 대한 비판적 어의를 표현한 것이지 개성을 부정한 것으로 보기는 어렵다. 물질적 차원과 문화―제도적 차원을 모두 포함하는 커먼즈 개념의 대립적 상대어는 개성이 아니라 개체성이라 생각된다. 인간이 개별적 인격체인 이상 개성은 부정될 수 없는 가치이며, 궁극적으로 '밥'은 사람들의 생명을 이어주는 매개이기 때문이다. 이는 리비스가 '유기적 공동체' 개념을 통해 구현하고자 한 '상호 협동적 창조성'도 반개성적 전체주의 개념으로 만들어 버린다. 리비스에게 협동과 창조가 대립되는 개념일 수 없듯이 공적―비개성, 사적―개성이라는 대립어도 성립하기 어렵다.

> 대저 밥이란 무엇일까요
> 인도 사람은 인도식으로 밥을 듭니다
> 더러는 그것을 손가락밥이라 말합니다
> 중국 사람은 중국식으로 밥을 듭니다
> 더러는 그것을 젓가락밥이라 말합니다
> 일본 사람은 일본식으로 밥을 듭니다
> 더러는 그것을 마시는 밥이라 말합니다
> 미국 사람은 미국식으로 밥을 듭니다
> 더러는 그것을 칼자루밥이라 말합니다
> 한국 사람은 한국식으로 밥을 듭니다
> 더러는 그것을 상다리밥이라 말합니다
> 손가락밥이든 젓가락밥이든
> 마시는 밥이든 칼자루밥이든

---

29) 양경언, 앞의 글, 145쪽.

그게 뭐 그리 대수로운 일이랴 싶으면서도
이를 가만히 바라보노라면
밥 먹는 모습이 바로 그 나라 자본의 얼굴이라는 생각이 듭니다

(…)

아니다 그렇지 않다 밥은 다만 나누는 힘이다, 상다리밥은 마주
앉는
밥이다, 지랫대를 지르고 나서
문득 우리나라 보리밥을 생각했습니다
— 「아시아의 밥상문화」 부분

    이 작품은 각국 '밥상문화'의 특성을 예리하게 표상한다. 수저를 사용하지 않는 인도의 '손가락밥', 젓가락을 주로 쓰는 중국의 '젓가락밥', 그릇을 들고 음식을 먹는 일본의 '마시는 밥', 한끼 식사에도 여러 개의 포크와 나이프를 사용하는 미국(유럽)식 '칼자루밥', 그리고 상다리가 부러지도록 차린 식사를 염원하는 한국의 '상다리밥'. 우선 이러한 문화적 특성은 일반인의 상식적 이해에 부합한다. 그런데 고정희는 여기서 "그 나라 자본의 얼굴"을 떠올린다. 손가락밥과 인도 자본주의라거나 젓가락밥과 중국 자본주의, 마시는 것과 일본 자본주의, 칼자루밥과 미국 자본주의 사이에 가로놓인 불합리한 추론에도 불구하고 보리밥이 얹어진 우리의 '상다리밥'이 환기하는 보편성에 힘입어 시인이 드러내고자 하는 반자본주의적 비판의식은 형상의 옷을 입는다.

    이에 대해 양경언은 '상다리밥'이나 '마주앉는 밥'은 "밥을 '나누는' '사람'들이 나눔이라는 바로 그 행위를 지속하는 과정에서 수행적으로 창출"되는 것이라며, "차이를 가진 복수의 사람들이 각자의 특수성만을 상대에

게 지나치게 강요하기보다는 서로를 존중하고 환대하는 '비개성'의 영역을 꾸릴 줄 알아야 평등이 보장된 '우리'라는 의미가 담긴 '마주 앉는 밥' '상다리밥'을 꾸려나갈 수 있는 것"30)이라고 말했다. 말하자면 밥상문화를 통해 서로 밥을 '나누면서' 아시아 민중이 상호 '협동하고 보살피는' 활동을 수행하는 체제, 아시아적 연대의 틀을 제시했다는 분석이다. 이런 인식은 「아시아의 아이에게」, 「하녀 유니폼을 입은 자매에게」, 「몸바쳐 밥을 사는 사람 내력 한마당」에도 직접적으로 나타나는 바이며 '밥을 나누는' 커머닝을 통해 아시아인들은 스스로 '해방의 주체'가 될 수 있음을 보여준다고 주장했다.

양경언은 리비스가 대별한 '개성의 영역'='누군가의 시'와 '비개성의 영역'='누구나의 시'라는 대립적 개념 쌍을 그대로 받아들이면서 후자를 더 높이 평가했던 그를 따라 "「밥과 자본주의」 연작이 상호 협동적 창조성을 이루는 언어로 기존의 소유 관계를 뒤엎는 커먼즈적인 시를 만들"31)어낸 것이라 평가했다. 그러면서 「새 시대의 주기도문」, 「행방불명 되신 하느님께 보내는 출소장」, 「희년을 향한 우리의 고백기도」 등의 작품이 보여주는 기독교적 양식들에 대한 패러디가 독자의 능동적 참여를 활성화시킨다고 보았다. 바로 이런 참여가 '아시아적 연대'의 확장에 기여하는 시적 실천이라는 견해이다.

그러나 '개성:비개성'과 '누군가:누구나'의 대립은 논리적으로 이해될 수는 있어도 현실적으로 분절 가능한 개념인지에 대해서는 의문이며, 대립되는 두 쌍의 개념 가운데 어느 하나에 가치론적 우위를 둔다거나 윤리적 정당성을 부여한다는 것이 타당한지에 대해서도 쉽게 동의하기 어렵

---

30) 양경언, 앞의 글, 143쪽.
31) 양경언, 앞의 글, 145쪽.

다. 나아가 공동자원, 공통자원 등의 물질적 차원에다 그와 연관된 제도와 그것을 가능하게 하는 사회·문화적인 실천 및 이를 구성하는 주체적 역량까지 포괄하는 개념으로서의 '커먼즈'를 수행한 작품으로 「밥과 자본주의」를 읽는다면 부분적 실천을 지나치게 확대 해석한 것으로 볼 수도 있다.

고정희가 「밥과 자본주의」라는 문학적 수행을 통해 도달하고자 한 것은 대립되는 하나를 택해 다른 하나를 제거하는 것이었다기보다 오히려 대립이 무화된 비대립적 세계였을 것으로 생각된다. 서구에 대하여 아시아의 절대적 승리(혹은 극복)를 상정할 수 없듯이, 자본주의에 대하여 공산주의의 절대적 승리를 추구했다고 볼 수도 없을 듯하다. 그가 특히 주기도문이나 희년, 고백기도 등과 같은 기독교적 양식을 작품에 활용한 것도 그것을 부정적 대상에 대한 공격 수단으로 활용했다기보다 기독교적 사랑과 구원의 세계가 현실에서 구현되기를 희망한 표현으로 이해할 수 있다. 커먼즈로서의 '밥'이 공사(公私)의 이원론적 대립을 넘어서는 변증법적 극복의 방안이 될 수는 있지만, 대립적 구도 위에 있는 한 대립 그 자체를 무화시킬 수는 없는 것이다.


## 3. '자본주의' ─ 제국 혹은 독점자본

고정희를 '아시아의 페미니스트 시인'으로 정위하고자 하는 이소희는 「밥과 자본주의」에서 서구의 제국주의적 자본주의와 아시아 식민주의의 대립 구도 속에서 아시아적 연대의 가능성을 보고자 한다. 평등과 나눔으로써 연대를 실현할 '밥 짓는' 아시아 민중 여성을 그 주체로 상정한 고정희야말로 이중의 억압에서 벗어날 가능성을 제시한 시인으로 보고자 하는 것이다.

이소희에 따르면 고정희는 "우리나라 최초의 페미니스트 시인"으로 평가받고 있으며, 한국 작가로는 드물게 필리핀 체류 경험을 통해 "시인으로서의 자아를 한국으로부터 아시아, 구체적으로는 필리핀, 말레이시아, 인도네시아 등 동남아시아 지역 국가들로까지 확장"32)하게 되었다. 아시아 여성들이 겪은 제국주의 침탈에 의한 식민주의 억압뿐 아니라 각국의 가부장제로 인한 억압까지 확인할 수 있었기 때문이다. 「밥과 자본주의」는 바로 이런 이중의 억압을 목도한 시인의 반응이므로 '아시아의 페미니스트 시인'으로 부를 근거가 된다는 주장이다.

양경언과 같이 이소희도 '밥'을 고정희의 시적 실천의 핵심으로 보았지만, 전자가 '밥'을 커먼즈로 보고 「밥과 자본주의」를 커먼즈의 실천으로 이해한 것과 달리 후자는 '밥'이라는 보편재를 '짓는' 여성에 특별한 의미를 부여함으로써 이중의 억압을 극복할 주체로 여성을 제시한 것으로 보았다. 따라서 억압의 대상이자 그것의 극복 주체인 여성의 의미를 명확히 인식하고 작품으로 실천한 고정희는 '아시아의 페미니스트 시인'이 되는 것이다.

그런데 고정희에게 '밥'은 「밥과 자본주의」 연작 이전에도 특별한 의미를 가졌다. 이소희는 "『광주의 눈물비』(1990) 이후 고정희의 시세계에서 '밥'이 지니는 의미는 특별하다."면서 "제2부 「눈물의 주먹밥」에 처음으로 등장하는 '어머니 하느님'과 민중을 연결하는 매개체는 바로 '주먹밥'"33) 이었음을 강조한다. 그러니까 '광주의 주먹밥'으로부터 '아시아의 밥'으로 외연을 확장해 나간 것이 「밥과 자본주의」 연작이라는 생각이다. 이소희

---

32) 고정희는 필리핀 체류 중 1991년 1월 4일부터 2주간 태국, 인도네시아, 말레이시아 등 동남아시아 지역을 여행하였다.
33) 이소희, 앞의 글, 44쪽.

는 여기서 고정희 시세계를 이해하는 세 개의 키워드 가운데 민중('광주')과 여성('밥 짓는')이 연결돼 '아시아 민중 여성'이 성립된 것으로 보았다.

나아가 이소희는 "고정희의 전 생애에 걸쳐 진행되어 온 여성주의 창조적 자아의 발전과정은 '어머니 하느님'이라는 매우 혁신적인 상징기호에서 닻을 내렸다."면서 "'어머니 하느님'은 고정희의 시세계를 떠받치고 있는 세 개의 기둥, 수유리(기독교), 광주항쟁(민중), '또 하나의 문화'(여성)가 하나로 어우러져 고정희의 여성주의 창조적 자아가 도달한 지점의 형상화"[34]라고 주장했다. 이것은 세 요소의 병존이 아니라 통합으로 이해하고자 한 시도로 보인다.

그러나 「밥과 자본주의」를 민중―여성의 통합적 해석으로 읽은 뒤에도 민중과 여성은 상대적 개념일 수밖에 없으며, 그 점에서 이 작품의 가능성은 이원론의 틀 안에 머물 수밖에 없다. 또한 세 요소의 병존도 그 자체로 고정희의 시적 목표라고 보기에는 가치론적 위계를 고려하지 않은 단순한 포괄에 가깝다. 고정희가 기독교적 세계관을 근간으로 삼고 있다는 점을 인정한다고 할 때 하느님과 민중과 여성은 범주론상 동일한 차원일 수 없다. 고정희에게 있어 민중―여성의 해방이 사회학적 기대지평(Horizon of expectations)에 속한다면, 기독교적 관점에서 하느님은 존재론의 층위에 해당한다.

> 민족이 두 쪽으로 갈라선 지난 오십년 동안에도
> 우리는 하나 되는 정의를 외면했습니다
> 우리는 하나 되는 평등을 멀리했습니다
> 우리는 하나 되는 해방을 불신했습니다
> 살림을 넘어 죽임으로

---

34) 이소희, 앞의 글, 44쪽(각주 3).

기쁨을 넘어 절망으로 달리는 고장난 열차 속에서
우리는 오직 침묵했으며
우리는 하나 되는 세상을 포기했습니다

용납하소서 평화의 하느님
우리가 이제 함께 나누는 성찬의 식탁으로 돌아가
해방의 피와 살이 되고자 합니다
우리가 이제 하느님 나라 모습으로 돌아가
평등의 길닦이가 되고자 합니다.
우리가 이제 그리스도 평화의 땅으로 돌아가
정의의 강물로 넘치고자 합니다
아아 우리가 이제 그리스도 통일의 집으로 돌아가
이념의 분단
자유의 분단
차별의 분단을 허물고자 합니다
—「희년을 향한 우리의 고백기도」 부분

이 작품에서 표현하고 있는 바와 같이 인간은 정의를 외면하고, 평등을
멀리하고, 해방을 불신할 수 있지만 '하느님'은 그러한 차원의 존재가 아
니다. 하느님은 세상의 창조자이다. 남성의 하느님이 따로 있고, 여성의
하느님이 따로 있지 않다. 온 세상의 하느님, 모든 이의 하느님이 있을 뿐
이다. 요컨대 하느님은 세상의 창조자이지 이원론적 긍—부정의 대립항
을 전제한 세상의 창조자가 아니다. 하느님은 죄인 아담을 창조한 게 아니
라 아담이 죄지은 세계를 창조했을 뿐이다.[35] 때문에 시적 화자는 하느님
에게 '해방의 피와 살이 되겠다고 고백기도를 바치는 것이다. 그리하여

---

[35] "아담이 죄를 지은 세계는 오직 죄인 아담 안에서만 실존한다. 다른 한편 신은 죄인
아담이 아니라, 아담이 죄를 지은 세계를 창조한다." 질 들뢰즈, 『주름, 라이프니츠
와 바로크』(이찬웅 옮김), (주)문학과지성사, 2004, 42쪽.

'평화의 땅'이자 '통일의 집'인 '하느님 나라'로 돌아가고자 한다.

여기서 매우 중요하게 주목해야 할 지점은 '하느님 나라'는 부정적 현실을 극복하고 난 다음에 '도달하는' 귀결지가 아니라는 점이다. 정의를 옹호하고, 평등을 가까이하고, 해방을 신뢰하면 '도달하는'곳이 아니다. 고정희가 말하는 '하느님 나라'는 처음부터 끝까지 정의롭고 평등하며 해방된 곳이므로 그곳으로 '돌아가면' 되는 것이다. 이 작품에서 고정희가 명확히 '돌아가'라고 밝히고 있듯이 '하느님 나라'는 변증법적 극복의 결과가 아니라 모든 면에서 영원히 완전한 근원적 공간이다. 대립과 부정과 투쟁은 '인간의 나라'에서 벌어지는 일이다.

> 의인을 변절을 탓하던 시대는이제 끝나야 합니다
> 옳은 자들이 당신의 이름을 더 이상 부르지 않는 시대가 오기 전에
> 하느님, 가버나움을 후려치듯 후려치듯
> 교회를 옳음의 땅으로 되돌려
> 참회의 강물이 온갖 살겁의 무기들을 휩쓸어가게 하소서
> 새로운 참소리 태어나게 하소서
> 거기에 창세기의 빛이 있사옵니다 아멘……
> ─「행방불명 되신 하느님께 보내는 출소장」 부분

여기서도 옳음과 그름의 차원은 사람들의 몫으로 상정되어 있을 뿐이다. 옳은 자와 그른 자는 있으나, 옳은 하느님과 그른 하느님이 따로 있지 않다. 고정희가 보기에 세상은 그른 자들의 그른 짓으로 가득하다. 제국주의와 자본가와 가부장이 식민주의와 민중과 여성을 억압하고 차별하고 파괴한다. 그것은 결코 '하느님의 나라'일 수 없다. 하느님은 행방불명된 것으로 보인다. 따라서 하느님에게 '출소장'을 보내 "당신의 이름을 더 이상 부르지 않는 시대가 오기 전에" 반드시 돌아오시라고 요청하는 것이다.

고정희에게 하느님은 편재적 존재가 아니라 보편적 존재이다.

> 그대는 누구인가
> 하녀라 부르는 그대는 누구인가
> 태양이 된 사람들이 하늘을 차지하는 나라
> 자기 씨앗 뿌릴 땅 한평 없는 소작인의 나라에서ㄴ
> 하느님이 팔려간 길을 따라
> 백치처럼 팔려가며 성호를 긋는 그대는 누구인가
> 성모 마리아가 팔려온 길을 따라
> 골고다로 향하는 그대는 누구인가
>
> 달처럼 온순한 그대
> 순한 양의 그대가
> 바보보다 성실하게 친절하게
> 가난의 역사 억압의 역사
> 너무 슬퍼서 슬픈지조차 모르는 역사를 가냘픈 등짝에 지고
> 주님, 주님, 부르며 걸어갈 때
> 까닭모를 눈물이 내 두 눈을 적시네
> 하녀의 친절과 단순한 노동의 아름다움이
> 빼앗긴 사람들의 서러움을 감싸네
> 지금 살아남은 자들의 골짜기
> ─「하녀 유니폼을 입은 자매에게」 부분

이중의 억압에 시달리는 필리핀 여성을 '그대'로 호칭하면서 "너무 슬퍼서 슬픈지조차 모르는" 하녀가 등장하는 작품이다. 「밥과 자본주의」 연작 26편 가운데 필리핀 여성을 모델로 한 유일한 작품으로 보인다. 이 작품에 대해 이소희는 "고정희의 여성운동에 대한 신념은 곧 자매애에 대한 신념에 기초한 것임을 알 수 있다."[36]고 했다. 그러면서 "'단순한 노동의 아름

다움'과 '빼앗긴 사람들의 서러움'이 평범한 '자매'의 일상생활에 배어있는 이곳이 바로 억압과 피지배의 신식민주의 상황 속에서도 '지금 살아남은 자들의 골짜기'"라고 분석했다. 이러한 처참한 현실 속에서 '그대'가 부르는 존재는 바로 '주님'이다. 앞서 본 대로 기독교의 지체론은 여기서도 바탕이 되고 있다. 그리스도를 머리로 모든 이가 지체로 연결되어 있으므로 고정희는 시적 화자를 통해 '그대'(하녀)를 자매로 표현할 수 있었다.

그런데 실상 '자매'는 하녀가 아님에도 하녀 복장을 하고 있다. 이 작품의 출발점이자 목적지이기도 한 '하녀'는 이처럼 왜곡된 체제의 피해자로 등장한다. 가해자는 물론 제국주의와 가부장제이다. 그러니까 고정희에게 '"필리핀'이라는 공간은 그 깊고도 끔찍한 식민의 역사를 모두 통과하여 `지금 살아남은 자들의 골짜기` 로서의 절박한 풍경"으로 느껴진 것이다. 피해자는 지금 '주님'을 부르며 어딘가로 걸어가고 있다. 그곳은 '밥'의 보편성이 실현된 땅이며, '성적 평등'이 구현된 땅일 터이다. 그러니까 민중과 여성 각각의 대립항을 근원에서 제거할 수 있는 에너지를 '주님'으로 본 것이다.

> 함께 가자, 아시아인이여
> 우리는 이제 서로 손을 잡아야 한다
> 침략의 술잔으로 축배를 들던
> 백인의 시대는 끝났다
> 아시안이 아시아의 적이던 시대도 끝나야 한다
> 침략의 경제는 아시안의 적이다
> 침략의 문화는 아시안의 적이다
> 침략의 정치는 아시안의 적이다

---

36) 이소희, 앞의 글, 53쪽.

독점자본의 칼을 버리라 아시아여
침략의 유산을 버리라 아시안이여
그리고 함께 우리 함께
꿈에도 그리는 평화의 시대를 우리 힘으로 열어젖히라
동방의 힘으로 동방의 빛으로
세계 해방의 등불을 밝히라
인류의 영혼이 아시아인의 품에 고이 잠들어 있으니
　　　　　　　　　－「호세 리잘이 다시 쓰는 시」 부분


이소희에 따르면, 호세 리잘(Jose Rizal, 1861~1896)은 스페인 식민통치 말기에 마닐라 근교 칼람바의 상류층 가정에서 태어났으며, 성 토마스 대학에서 의학(안과)을 전공한 후 1882년부터 1887년까지 유럽에서 공부했다. 리잘은 필리핀이 스페인 식민 지배로부터 벗어나기 위한 독립운동에 있어서 매우 중요한 역할을 하였는데, 두 편의 소설과 수많은 에세이로 '상상의 공동체'로서 필리핀이라는 국가 정체성을 세우는 데 결정적 역할을 수행했다.37) 고정희는 '리잘'에 열광했고, 사형장으로 끌려가기 직전 감방에 남겼다는 4쪽에 달하는 그의 시 「My Last Farewell」를 번역하기까지 했다.38)

이 작품은 「밥과 자본주의」 연작의 주제 시편에 해당할 만한 내용을 포함하고 있다. '함께 가자'며 직접적인 연대의 선언을 하고 있으며, 제국주의와 독점자본에 대한 명확한 부정 의식을 표현하고 있다. "아시아 공동체와 연대를 향한 비전은 리잘의 목소리를 빌려 쓴 이 시의 말미에서부터 밝고 희망찬 모습으로 등장하며 그의 사고와 인식의 영역도 한국을 넘어서

---

37) 이소희, 앞의 글, 61쪽.
38) 고정희, 「필리핀의 빛 호세 리잘(Hose Rizal) 이야기」(편지글), 『너의 침묵에 메마른 나의 입술』(조형 외 엮음), 도서출판 또하나의문화, 1993, 47－53쪽.

서 아시아로, 아시아로 확장되어 나아간다."39)라는 이소희의 언급과 같이 고정희는 여기서 아시아적 연대의 미래를 평화와 해방으로 보았다. 다시 말해 '자본주의'를 버리고 '밥'을 통해 평화의 아시아 공동체를 실현하자는 생각으로 본 것이다.

이소희는 바로 이 지점에서 '아시아 페미니스트 시인'으로서 고정희의 시적 위상을 정립하고자 했다. 부정적 대립의 한 축(자본주의)을 제거하고 긍정적 한 축(밥)을 보편화시키는 변증법적 지양의 과정으로 「밥과 자본주의」를 읽은 셈이다. 그렇다면 민중과 여성은 여기서 확실히 조우하게 된다. 그러나 다른 요소인 기독교는 포함되지 않는다. 연작의 다른 시편들에서 두루 확인되는 것처럼 고정희는 일관되게 기독교적 상상력을 구사하고 있는데 반해 이소희는 이에 대해 상대적으로 덜 주목한 것으로 보인다. 예수가 제자들에게 "나는 너희에게 평화를 남기고 간다. 내 평화를 너희에게 준다"(요한복음 14, 27)고 한 것처럼 이 작품의 '평화'도 '해방'도 기독교적 세계관에 근원을 둔 시어로 보아야 한다.

이소희의 논의는 억압받는 여성이라는 수동적·저항적 페미니즘이 아니라 자본주의적 대립을 해소하는 능동적·선구적 주체로 여성을 정립함으로써 고정희의 시세계를 민중—여성의 관점에서 적실하게 파악한 것으로 보인다. 그러나 「밥과 자본주의」 연작의 시적 근간을 이루고 있는 기독교적 상상력을 존재론의 차원으로 보지 않음으로써 여전히 대립적 이원론의 틀 안에 가둔 것으로 보인다.

---

39) 이소희, 앞의 글, 65쪽.

## 4. 나오며

본고는 「밥과 자본주의」를 통해 고정희의 시세계를 이해하는 세 가지 키워드인 기독교, 민중, 여성을 종합적이고 비대립적으로 파악해 보고자 하였다. 이를 위해 양경언과 이소희의 논의를 검토하면서, 민중과 여성에 대하여 기독교라는 키워드가 가진 논리적 층위를 분별해 보았다. 전자가 사회학적 차원의 기대지평(Horizon of expectations)에 속하는 것이라면, 후자는 존재론의 층위에 해당한다고 보았다. 고정희는 「밥과 자본주의」에서 민중과 비민중, 여성과 비여성을 기독교적 일원론을 통해 비대립적 통합을 시도한 것으로 보인다.

양경언은 리비스의 공동체론을 따라 「밥과 자본주의」를 커먼즈 개념의 실천으로 이해하고자 하였다. 「밥과 자본주의」 연작은 '누군가의 시'라는 사적 소유(개성)로 점철된 영역이 아니라 '누구나의 노래'(비개성)라는 협동적 창조의 범례로 자리하는 가능성을 살필 수 있는 작품이라면서 '나'를 넘어 '우리'를 확장하는 '커머닝(commoning)'의 차원에 도달한 것으로 보았다. '밥'이라는 커먼즈를 통하여 '자본주의'의 부정적 모순을 극복하고자 한 고정희의 시적 수행은 「밥과 자본주의」를 통해 성공적으로 실현되었다는 분석이다.

그러나 공동자원, 공통자원 등의 물질적 차원에다 그와 연관된 제도와 그것을 가능하게 하는 사회·문화적인 실천 및 이를 구성하는 주체적 역량까지 포괄하는 커먼즈는 '누군가'의 사적 영역과 '누구나'의 공적 영역을 대립적으로 구분하는 개념으로서 데카르트적 이원론의 한계를 벗어나지 못한다. '누군가:누구나'와 '개성:비개성'의 대립은 논리적으로 이해될 수는 있어도 현실적으로 분절 가능한 개념인지에 대해서는 의문이며, 대립되는 두 쌍의 개념 가운데 어느 하나에 가치론적 우위를 둔다거나 윤리적 정당성을 부여한다는 것이 타당한지에 대해서도 쉽게 동의하기 어렵다.

이소희는 「밥과 자본주의」에서 서구의 제국주의적 자본주의와 아시아 식민주의의 대립 구도 속에서 아시아적 연대의 가능성을 보았다. 필리핀에 체류하면서 "시인으로서의 자아를 한국으로부터 아시아, 구체적으로는 필리핀, 말레이시아, 인도네시아 등 동남아시아 지역 국가들로까지 확장"하게 된 고정희는 한국의 민중―여성 시인을 넘어 아시아의 민중―여성 시인으로 도약했다는 생각이다. 평등과 나눔으로써 연대를 실현할 '밥 짓는' 아시아 민중 여성을 그 주체로 상정한 고정희야말로 '아시아의 페미니스트 시인'으로 정위할 수 있다는 주장이다.

양경언과 같이 이소희도 '밥'을 고정희의 시적 실천의 핵심으로 보았지만, 전자가 '밥'을 커먼즈로 보고 「밥과 자본주의」를 커먼즈의 실천으로 이해한 것과 달리 후자는 보편재인 '밥 짓는' 여성에 특별한 지위를 부여함으로써 이중의 억압을 극복할 주체로 여성을 제시한 것으로 보았다. 따라서 억압의 대상이자 그것의 극복 주체인 여성의 의미를 명확히 인식하고 그것을 작품으로 실천한 고정희는 '아시아의 페미니스트 시인'이 되는 것이다.

그러나 고정희가 「밥과 자본주의」라는 문학적 수행을 통해 도달하고자 한 것은 대립되는 하나를 택해 다른 하나를 제거하는 것이었다기보다 오히려 대립이 무화된 비대립적 세계였을 것이다. 양경언이나 이소희의 분석과 같이 「밥과 자본주의」가 비개성적 공적 영역과 개성적 사적 영역의 대립을 해소하는 '커먼즈'나 자본가와 민중, 남성과 여성의 대립을 극복하는 '민중―여성'을 표면에 드러내고 있다고 할 수는 있지만, 이러한 대립적 차원을 근본적으로 무화시키는 기독교적 세계관을 근저에 깔고 있음도 부인하기 어렵다. 고정희가 「희년을 향한 우리의 고백기도」에서 "우리가 이제 하느님 나라 모습으로 돌아가"(강조—인용자)라고 표현한 대로 '하느님 나라'는 변증법적 극복의 결과가 아니라 모든 면에서 완전하고 영원한 근원적 공간이다. 대립과 부정과 투쟁은 '인간의 나라'에서 벌어지는 일일 뿐이다.

고정희는 생전에 11권의 시집과 시선집, 유고시집 등 모두 500편에 달하는 작품을 남겼다. 26편의 연작으로 이루어진 「밥과 자본주의」에 대한 분석만으로 고정희 시세계를 기독교 세계관 하나로 수렴할 수 있다고 쉽게 단정할 수는 없는 일이다. 그와 같은 결론에 도달하기 위해서는 그의 모든 작품에 대해 세밀한 분석이 선행되어야 할 것이며, 초기작부터 후기작[40]에 이르는 시세계의 변화 흐름도 종합적으로 검토하여야 할 것이다. 이는 본고의 범위를 넘어서는 일로 후속 연구를 통해 추구되어야 한다.

---

[40] 이은영은 "고정희의 초기 시에서 공동체는 침묵하고 수동적이며, 중기 시에서 나타나는 공동체는 현실을 직시하고 다음 세대의 희망을 노래하는 모습을 보여주며, 후기 시에서 나타나는 공동체는 역사의 비극을 말하고 그것을 변화시킬 수 있는 힘을 지닌다."면서 고정희 시세계를 세 시기로 구분하였다. 이은영, 「고정희 시의 공동체 인식 변화양상」, 『여성문학연구』 제38호, 2016, 261–262쪽.

# 고정희 시의 외경적 유토피아 의식[*]

신동옥

---

---

## 1. 들어가며

2021년은 시인 고정희(1948~1991) 작고 30주기였다. 20주기에 맞추어 발간된 『고정희 시전집』(또하나의문화, 2011)이 재출간됐다. 시인의 삶을 '장소성, 사상 지형의 변화'를 중심으로 읽어낸 이소희의 『여성주의 문학의 선구자 고정희의 삶과 문학』(국학자료원, 2018)을 통해 시인이 걸어온 인식론적 지도가 비교적 입체적으로 제시되기도 했다. 무엇보다도 '페미니즘 리부트' 이후에 고정희의 삶과 문학 세계 전반에 대한 '호명

---

[*] 신동옥, 「고정희 시의 외경적 유토피아 의식」, 『현대문학이론연구』 91집, 현대문학이론학회, 2022.12.

(interpellation)'이 다양한 방면에서 일어났다. 고정희의 시 세계에 대한 천착은 주로 신학적인 접근, 여성주의 시학적 접근에서 이루어지며 이 양자를 아우르는 세계이해의 태도로 현실주의 시학이 기본항으로 전제된다.

이소희는 고정희의 삶에 가장 특정적인 공간을 1970년대 중반의 '수유리(한신대학교)', '1980년 광주'[1], 1984년 '또하나의문화'로 꼽았다. '수유리'에서 길어 올린 연대와 인간화를 기치로 한 해방신학적인 유토피아 의식이 광주에서 눈뜬 현실 인식과 결합하며 여성주의 시학을 통해 찾은 문체혁명의 전략으로 안착한다는 논지가 성립된다. 과연 '여성주의 시학'과 '종교시의 자장'은 고정희 시의 각기 다른 최종 지향점으로 기능하는 것인가? 양경언은 신학적인 관점에서 고정희의 시 세계에 접근하는 데서 파생되는 이점은 생애사적인 접점을 폭넓게 아우르면서도 현실참여적인 파토스를 누그러뜨리지 않고 해석할 수 있다는 데 있다고 정리하기도 했다. 해방신학적인 문제의식에서 출발한 해석은 "고정희 시의 주제적인 측면뿐 아니라 형식적인 측면까지 아울러 언급하기에 적절"[2]하다는 것이다. 새삼스럽게 들릴 수도 있는 지적이지만 고정희 연구에 본질적인 물음이다. 현실에 대한 저항의 신념과 종교적인 믿음이 공존할 수 있는가? 고정희 시의 희유한 개성, 마르지 않은 해석소는 여기에 있다.

고정희 시세계 전반을 걸쳐서 볼 때, 장소나 공간 특정성, 인식론적 지

---

1) 1985년 『누가 홀로 술틀을 밟고 있는가』 복간 서문에서 고정희는 광주에 대한 '부채'를 고백했다. 요는, 1975년에서 1977년까지 한신대학교 기독교교육학과에 재학하다가 스승의 권유 등으로 대구에서 중학교 교사로 재직하는 와중에 '광주 소식'을 접했고, 이후 작고 직전까지 '광주를 기록'하는 것이 숙명이 되었다는 고백이다. 1980년대 문학장에서 '광주가 남긴 부채'에 대한 고백이 '억압된 증상'으로 기능하는 양상은 어렵지 않게 확인할 수 있다. 고정희의 경우, 광주를 역사적 기록의 대상으로 놓고 문학적 재현과 변주의 주제로 동시에 돌파해 나갔다는 데서 연구 중점이 예각화될 수 있다.
2) 양경언, 「고정희 시에 나타난 의인화 시학 연구」, 서강대학교 석사논문, 2011.06, 10쪽.

도 그리기, 미적 전략을 중심으로 한 분석 어느 방법론으로 접근해도 봉합되지 않는 지점이 있는데 그것은 의외롭게도 일견 종교성을 벗어난 종교시의 어법에 있다. 고정희 시의 '예수'는 이상의 '모조기독', 정지용의 '카톨리시즘', 초기 서정주의 '상징적 악마주의', 윤동주의 '십자가'와는 계보학적인 연결지점이 전무한 현실인식에 기반하고 있기 때문이다. 다형 김현승의 존재론적인 관점, 김춘수의 인유, 이승훈 등의 초현실적인 이미지화로 반복해서 등장한 1960~70년대 '예수 이미지'와도 이질적인 것은 물론 비슷한 시기에 시작 활동을 전개한 정호승의 '서울의 예수', 김정환의 '황색예수'와도 확연한 차이를 보인다.3)

유성호는 고정희 시 세계에서 '신학적인 관점' 또는 '기독교 정신'을 보편종교적인 관점에서 재규정할 필요성에 대해 지적하기도 했다. 그것은 "신에 의한 창조, 사랑, 섭리, 구원의 역사를 자신의 사유의 근본 구조로 받아들이고, 그 질서에 따라 영위하는 신학적, 이념적 원리"를 구체적인 삶의 과정과 그 배면의 형성 원리로 관철(貫徹)해내는 '의지를 반영한 실천적인 형상'으로 정리된다.4) 유성호에 따르면 고정희의 기독교시는 '대안적 유토피아주의'를 지향한다.5) 비슷한 문제의식은 고정희 시의 인식론적인 특이점을 추적한 김문주의 연구에서도 살펴볼 수 있다. 김문주는 "고정희의 시에서 기독교적 세계관이 민중과 여성이라는 축을 어떻게 전유하며 자신의 사유와 비전을 탐색해 가는지"를 추적하며 윤동주, 구상, 김

---

3) 고정희는 김정환의 「황색 예수전」이 무크 『실천문학―이 땅에 살기 위하여』(2호, 1981)에 실리자마자 이듬해 3월 『기독교 사상』 지면을 통해 「김정환의 현실감각에 대하여」라는 제하에 본격 평론을 제출하기도 했다.
4) 유성호, 「고정희 시에 나타난 종교의식과 현실인식」, 『한국문예비평연구』 1, 한국문예비평학회, 1997.12, 77쪽.
5) 유성호, 「한국 현대시에 나타난 종교적 유토피아 의식」, 『한국학연구』 21, 고려대학교 한국학연구소, 2004.11, 7쪽.

현승 등등이 보여준 종교시의 전통에서 비껴간 고정희만의 특이점을 지적했다. 고정희는 부정적 현실을 견인하는 힘에 집중하며, 고난 서사의 끝에서 '어머니 하느님'을 호명하며 종교적 영성을 새롭게 사유한다는 것이다.[6] 양자의 연구는 보편 종교의 인식과 원형적 문학상징의 관점에서 고정희 시의 특질을 들여다본다. 유성호, 김문주의 연구가 종교적 전회에 기댄 어법의 보편성을 톺아 읽었다면, 본 연구는 보편적 자질 이면에 있는 고유성을 지목하고 인식론적 근원을 천착하는 데 목적을 둔다.

두루 알려진 바 그대로, 고정희는 1970년대 이후 현실주의 시사에 호출된 '민중' 개념을 신학적으로 재정의하며 시세계의 추춧돌로 삼았다. 고정희의 시선은 항용 낮은 곳에서 역사를 견인해 온 주체로서의 밑바닥 계급인 민중에게 머문다. 수난 속에서의 초월이라는 해방의 논리는 민중 서사에서 비롯된다. 이때 고정희가 놓치지 않은 근본 물음은 종교적 영성이 지니는 보편성의 논리와 현실 개조와 저항을 위한 전략적 특수성의 논리를 어떻게 봉합할 수 있는지에 놓인다. 어떤 관점에서 접근하건 고정희 시학의 마중물은 '기독교 정신'이라는 점은 확고하다. 그렇다면 고정희가 보여준 '기독교 시'의 변별 지점은 어디에 있는가?

세계 이해의 태도를 재현하거나 신념을 재현하는 방식 가운데 하나를 택하는 것이 기존의 현실주의시와 종교시의 공통점이었다면, 고정희는 신념과 태도를 동시에 재현하는 방법론을 채택한다는 데서 변별점을 보인다. 김승희는 고정희 시의 행로를 기독교적 민중 주체에서 여성주의적 주체로, 하느님 아버지에서 하느님 어머니로 이행해가는 과정으로 분석했다. 고정희는 구어체나 굿거리 리듬을 동원하여 '여성사(herstory)의 조

---

6) 김문주, 「고정희 시의 종교적 영성과 '어머니 하느님'」, 『비교한국학』 19-3, 국제비교한국학회, 2011.08, 121-147쪽.

각보 만들기(quilting) 전략'을 보여주었다는 것이다. 김승희는 고정희 시학의 아포리아를 '기독교적 안티고네'로 명명하며 봉합했다. 고정희의 전기시에서 보여주는 저항의식은 1970년대 말 유신체제 하에서의 분노, 순교자적인 고행과 같은 동력을 거느린다. 그것은 강제된 실정법(아버지의 법)을 어기고 홀로 자연법을 지켰던 애도의 사제 안티고네와 유사하다는 김승희의 해석은 눈여겨볼 부분이다. "초기 시집에서는 여성주의적 인식보다는 기독교적 민중 주체로서의 강력한 시대 비판이 지배적"이라는 김승희 지적은 이렇게 전유될 수도 있다. 기독교적 민중 주체 의식과 여성주의적 인식은 방법적 전략으로 선택된 것이고, 고정희 시학의 일관된 동인은 '비판과 저항의식'에 있다고 말이다.7)

수유리(한신) 이전에 '해남일보', '전남매일' 등 지역 신문 저널리스트로 출발한 문필가의 이력이나, 광주 '목요시' 동인 활동 및 유신 말기 '자유실천문인협회' 활동, 대학 졸업 후 대구 경북대 국문과에서 김춘수의 강의를 청강했던 삽화 등 등단 초년기의 다채로운 활동들은 동시적으로 습합되어 시인의 '산—체험(lived—experience)' 영역을 이룬다. 그 근저에서 시인 스스로 "아버지는 나의 국어사전이었다"8)고 고백한 '해남'이라는 무의식의 수원과 한신대라는 지적 해방구의 체험 등등이 동근원적으로 작용한다. 이 지점에서 분명한 메시지 지향성과 '굿시', '장시' 등 재현 전략의 예각성은 고정희 시 세계 전반을 아우르는 특징으로 지적되고 있다는 점9)을

---

7) 김승희, 「상징 질서에 도하는 여성시의 목소리, 그 전복의 전략들」, 『여성문학연구』 2호, 한국여성문학연구학회, 1999, 143쪽. 특히 '2장' 참조.
8) 고정희, 「서로 자기 길을 굳건히 가자」, 『샘터』 20권 5호, 샘터사, 1989.5, 82쪽.
9) 고정희 텍스트에서 재현 전략의 예각성은 담론 생산 전략과 긴밀하게 연동되는 것으로 해석된다. 예를 들어, 한병인, 「고정희 詩에 나타난 변형구조; J. Kristeva의 이론을 통해서 본 여성주의」, 『현대문학이론연구』 61집, 현대문학이론학회, 2015, 439—457쪽.에서는 고정희 시의 형식적 특징으로 '구문 파괴', '언어 분절', '도드라

상기해 볼 필요가 있다. 역설적이게도 고정희의 기독교 시는 배교(背敎) 내지는 이교(異敎)적인 인식을 아우르는 급진적인 세계 이해의 태도를 보이고 있다.10) 고정희의 문학은 종교라는 수원에서 출발하지만, 종교라는 아포리아를 스스로 설정하고 그것을 허물어뜨리며 인간을 향해 나아가는 과정으로 요약될 수 있다. 그간 해석의 아포리아로 작용한 '종교성'과 '저항성'의 충돌 지점에서 '외경적 인식'을 발견할 수 있다. 외경적인 세계 인식은 '저항과 반역'으로 회구하는 기대지평 속에서 신이라는 유토피아와 조우하는 지난한 과정으로 요약 가능하다. 이것이 본 연구의 출발점이다. 본 연구에서는 이러한 양상을 종합하여 '외경적 유토피아 의식'으로 가정하고 그 인식론적 지도와 발현 양상을 재구할 것이다.11)

그간 고정희의 시적 여정은 종교시에서 현실주의로 다시 여성주의로 발전적인 전회의 과정으로 귀착되어가는 것으로 암묵적으로 가정되었다. 본 연구에서는 고정희 시학의 핵심 동학을 '외경적 유토피아 의식'으로 명명한다. 논의의 핵심은 다음과 같다. 고정희의 전기시12)로 분류되었던 시

---

지는 리듬성'을 든 다음 이를 크리스테바가 제기한 여성주의적 담론의 의미 생산 양산과 연관지어 해석한 바 있다.
10) 이는 시인 스스로 규정한 기독교 문학에 대한 정의를 통해 상세하게 드러날 것이다.
11) 김민구, 「고정희 연작 '밥과 자본주의'에 나타난 정의의 결정행위 연구」, 『현대문학이론연구』 77집, 현대문학이론학회, 2019, 31−60쪽.에서는 고정희의 유고작에 수록된 「밥과 자본주의」 연작을 분석하며 '민중신학의 재−점화' 양상을 톺아 읽었다. 김민구는 고정희의 연작 시편에서 1980년대를 관통해온 현실주의적 재현의 난제들에 응답하며 정의의 결정행위를 수행하는 주체를 읽어낸다. 고정희가 내세운 시적 주체는 "민중예수를 승인하는 최종 심급의 서명자(메시아)"를 요청에 부응한다는 주장은 본 연구의 문제의식과 일맥상통하는 바 있다. 단, 본 연구는 고정희 시의 원적과 아포리아를 동근원적으로 탐문하며, 논의의 중점을 고정희 전기시에 둔다. 고정희 시의 시기 구분에 대해서는 각주 12) 참조.
12) 이경수는 「고정희 전기시에 나타난 숭고와 그 의미」, 『비교한국학』 19, 국제비교한국학회, 2011, 68쪽에서 1984년 '또하나의문화'와의 만남 전후로 고정희의 시세계를 구분한다. 1975년 등단 이후 첫 시집 『누구 홀로 술틀을 밟고 있는가』(배재서

기까지 '수유리(한신)'를 중심으로 하는 사상적 지형 속에서 고정희가 체화한 핵심적인 세계 인식의 논리를 '외경적인 세계 인식'으로 규정한다. 본 연구에서 '외경적 세계인식'의 틀은 에른스트 블로흐의 '희망의 철학'에서 보여준 '반역의 기독교' 논리를 바탕으로 하며, 외경적인 유토피아 의식을 중심으로 하는 세계 이해의 태도와 신념을 강화하는 동시에 시학적 방법론의 틀을 갖추어가는 양상을 추적한다. 외경적인 유토피아 의식이 종교성과 저항성을 봉합하면서 최종적으로는 문체혁명의 도구로 시를 간주하도록 변화해가는 시인의 글쓰기 전략의 모멘트를 탐문한다.

## 2. 외경적 세계 인식과 메시아주의

고정희는 등단하던 1975년 한신대학교 기독교교육학과에 입학했다. 두루 지적되었듯이 안병무 등은 '수유리(한신)'의 비조였다. 이들에게서 받은 영향은 대학시절 고정희의 설교 레포트와 졸업논문에서도 드러난다. 고정희의 학사논문은 「신학적 조명에 비쳐본 Dostoevsky 인간이해—죄와 벌을 중심으로」(한신대 기독교교육학과 학사논문, 1977)[13]이다. 문학적인 어법과 성서의 어법에 관해서 '한신'의 안병무, 박근원[14], 문익환 등등

---

판, 1979. 평민사, 1985 재판)에서 『초혼제』(창비, 1983), 『이 시대의 아벨』(문학과 지성사, 1983)까지가 전기, 『눈물꽃』(실천문학, 1986) 이후 시집 6권, 시선집 1권, 작고 후 유고 시집 1권까지가 후기다. 대부분의 논자들은 '또하나의문화' 동인과의 만남 전후를 고정희 시학에서 '문체혁명'의 시발점으로 본다.

13) 정혜진, 「고정희 전기시 연구—주체성과 시적 실천을 중심으로」 성균관대 석사논문, 2014, 부록 참조.

14) 1977년 봄, '설교학' 담당교수이기도 했다. "하나님의 실천이 신학의 모태이고, 모든 신학은 실천신학"이라고 주장했으며, 인간적 삶 전체에 관심을 두며 수평적인 언어로 표현하는 설교에 역점을 두었다. 박근원은 시대정신과 실존의 고뇌를 문학

이 각기 다른 입장이었으나 방법론적으로는 동일한 지평을 겨냥하고 있었다. 즉, 일상적인 어법과 비유적인 어법을 근간으로 하는 읽기가 바로 그것이다. 「사랑과 혁명」이라는 제목을 붙인 1977년 봄학기 설교학 레포트[15]에서도 고정희는 문학과 종교, 역사와 현실을 넘나드는 읽기 방식을 선보인다. 빌립보서 2장 1절~5절 내용을 바탕으로 한 설교문에서 고정희는 도스토예프스키『죄와 벌』의 '소냐' 캐릭터에 주목한다. 졸업논문에서도 강조하는 바, 희생을 바탕으로 한 사랑, 사랑을 통한 인간화의 과정, 그리고 구원에 이르는 길에 대한 탐색이 고정희가 매달렸던 주제다. 이것은 고정희 시 전반기에 사랑이 지니는 '혁명적 주체성'의 동력에 대한 탐색으로 구체화 된다.

에른스트 블로흐는 "종교를 인간학의 작업으로 변환하는 것이 정말 바람직한 과업이라면" "무엇보다도 인간에 관한 역동적 유토피아의 개념을 전제로 해야 한다."고 설파했다.[16] '한신'의 고정희에게 강력하고 지속적인 영향력을 준 안병무 역시 성서를 메시아주의로 읽었다. 기독교의 근원은 구약 시기의 "정치적 메시아 사상(political Messianism)과 묵시적 메시아 사상(apocalyptical Messianism)"에서 발원한다. 구약에서 바빌론 등에 끌려가서 살아가는 동포들에 대한 묘사는 '암 아하레츠'로 수렴되는 존재들의 고통으로 그려진다. 유랑과 핍박은 근원으로서의 고향에서 떨어져 나온 자들의 고난이라는 의미에서 어원 그대로 '디아스포라(Diaspora)'로 형상화된다. 이들의 시련과 희망이 육화된 메시아주의의 가르침이 기독

---

작품의 직관과 통찰력을 말씀에 담아 전하는 데 역점을 두었다. (한경국, 「1980~90년대 주요 장로교단 대표적 설교학자를 중심으로 본 한국 장로교 설교 이해」, 『신학과 실천』 77호, 한국실천신학회, 2021, 112−117쪽 참조.)

15) 정혜진, 앞의 논문, 부록 참조.

16) 에른스트 블로흐, 박설호 옮김, 『희망의 원리 5』, 열린책들, 2004, 2783쪽.

교의 근원적 메시아사상이다. 디아스포라를 경유하며 메시아사상은 특정 민족의 역사적 사건의 표징이 아니라 보편종교적 갈망이며, 이는 수난 당하는 메시아로 현실 속에 임재한다.[17] 블로흐 역시 "신은 <현실에서 아직 이루어지지 않은 인간의 근본적 존재가 의인화되고 대상화된 이상>으로서 출현한다."고 전제한 다음, 신이라는 관념을 인간의 영혼이 유토피아를 향해 자기를 실현하는 목적 지향적인 '엔텔레케이아[胚芽]'로 재해석했다. 실현된 유토피아로서의 "천국은 인간 영혼이 유토피아로 상상하고 있는 신의 세계에 대한 엔텔레케이아의 공간"이라는 것이다.[18]

은폐된 신, 은폐된 인간을 전제로 하는 종교 인식은 현실 속에서 유토피아를 향한 열망의 '배아'를 찾는 기대의 서사로 다시 쓰인다. 지워지고 다시 쓰이는 양피지 위에 정경(Canon)의 지배 서사를 비켜 가는 저항의 서사가 수렴한다. 메시아주의의 초점은 이러한 방식으로 외경적 모티브로 옮아간다. 고정희의 시에서 외경적 모티브를 발견하기는 어렵지 않다.[19] 『실낙원 기행』(1981)의 '순례기 연작'과 「도마 복음」은 직접적으로 외경 모티프를 대상으로 삼았다. 『초혼제』(1983)의 제2부 '화육제별사'는 제목에서부터 영지주의(gnosticism)적인 승화의 논리를 보여준다. 이러한 모티프는 대개 시인의 정신사적 수원(水原)이라 할 '수유리 시편'으로 귀착되었다가

---

17) 김명수, 『안병무—시대와 민중의 증언자』, 살림, 2006, 164쪽 참조.
18) 에른스트 블로흐, 앞의 책, 2794쪽.
19) 물론 고정희 시의 일관된 특징은 반제국주의적, 반자본주의적, 여성주의적 등등의 한정어와 결합하며 예각화되는 '저항성'에 있다 할 것이다. 『지리산의 봄』(1987)을 거쳐 이른바 '1987 체제' 이후 자본주의적 체제의 모순 및 여성으로 대표되는 소수자에 대한 억압에 반하는 저항의 목소리가 전략적으로 도드라진다는 점은 시 쓰기의 '전술적 성격'을 돋을새김하는 부면이다. 그 극점에서 시인 스스로 선택한 방법론은 유고 시집 『모든 사라지는 것들은 뒤에 여백을 남긴다』(1992)에 남긴 '밥과 자본주의', '외경읽기' 연작에서 선명하게 드러나는 '문체 혁명'으로의 인식론의 전환이다.

외부로 확산되기를 반복하는 운동성을 보여준다. 이러한 양상은 『이 시대의 아벨』(1986)에서 당대의 서울을 '디아스포라'의 구심점으로 명명하는 작업에서 초석을 마련한다. 『눈물꽃』(1986)에 이르러 광주로 압축된 역사의 아포리아는 당대사('현대사 연구' 시편), 세계사('프라하 시편')로 확장되며, 그 근원에는 '환상대학시편' 등에서 보여준 기독교를 넘어서는 기독교적 종교 인식을 혁명의지와 접합하면서 다른 차원의 재현 전략을 수립하는 인식론적 전유의 작업이 전제된다. 예를 들어, 『누가 홀로 술틀을 밟고 있는가』(1979)에 공간적인 배경으로 전제되는 '카타콤베'는 저항과 반역과 신생의 성소였다. 고정희는 이 공간을 한국전쟁 등 역사의 현장과 직접 등치시키며 시를 이어간다.

아버지 호적에 그어진 붉은 줄
30년 잠에서 내가 깨어났을 때
나는 이미 붉은 줄 무덤 안에 있었다
가엾게도 공허한 아버지의 눈,
삼십 지층마다 눈물을 뿌리며
반항의 이빨로 붉은 줄 물어뜯으며
무덤 밖을 날고 싶은 나의 영혼은
캄캄한 벽 안에 촉수를 박고
단절의 실꾸리를 친친 감았다

살아남기 위하여,
맹렬한 싸움은 시작되었다
단 한번 극복을 알기 위하여
삭발의 앙심으로 푸른 삽 곧추세워
무덤 안, 잡풀들의 뿌리를 찍었다.
맨살처럼 보드라운 잔정이 끊기고

잔정 끊긴 뒤 아픔도 끊겨
범 무서운 줄 모르는 욕망을 내리칠 때
눈물보다 질긴 피 바다로 흘러흘러
너 올수 없는 곳에 나는 닿아 있었다

너 모르는 곳에 정신을 가둬 두고
동서로 휘두르는 칼춤 아래서
우수수 떠나가는 사내들의 뒷모습,
참으로 외워 고요히 웃는 밤이면
굴형보다 깊은 나의 두 눈은
수십질 굳은 진흙에 붙박여
끝끝내 가능의 삽질 소릴 울었다

삽은 또 하나의 무덤을 뚫고
다시 또 하나의 무덤을 찌르면서
최후의 출구를 일격 겨냥했다
한치의 햇빛도 허용하지 않은 채 때로
별처럼 눈을 빛내며 아아
필사의 두 팔에 휘감긴 나의 날렵한
삽은 한껏 북받치는 예감에 떨며
무덤 속 깊이깊이 벽을 찍어 내렸다

나는 서서히 듣고 있었다
무덤 밖 웅웅대는 들까마귀 울음도
독수리떼 너의 심장 갉아먹는 소리도
이제는 먼 지하 밀림 속
뿌리 죽은 것들 맑게맑게 걸러져
한줄기 수맥으로 길 뻗는 소리

—「카타콤베—6·25에게」,
『누가 홀로 술틀을 밟고 있는가』(1979) 전문[20].

종교(religion)는 어원의 측면에서 '<재결합re+ligio>'을 의미한다. 에른스트 블로흐는 인간이 '신들이 말한 바의 숙명'과 결합한다는 의미에서 종교는 절대적인 권위를 지닌 약속과 같은 무엇과 다시 조우하려는 의지와 갈망의 소산이라고 재해석했다.21) 재결합과 재생에의 회구는 죽음 이후의 신생에 관한 신화적인 이미지와 조우한다. 고정희는 이렇게 썼다. "그대 죽음은 또 어디쯤서/ 누구의 지친 피를 열렬하게 일으켜 줄까?"(「영구를 보내며」) 인용한 작품에서 시인은 아버지의 사망신고 속 "붉은 줄"에서 자신의 영혼에 생채기를 남긴 단절의 순간을 읽어낸다. 삶이라는 가능성 영역과의 절대적인 단절이 초래한 아픔이 죽음이다. 죽은 자가 되살아 오리라는 '욕망'을 불지필 때 인간을 초월하는 '그 무엇'과 조우하려는 아득한 갈망이 일어난다. 시에서 그러한 계시적인 예감의 순간은 "가능의 삽질 소리"로 은유되고 있다. 죽은 아버지를 그리는 사적인 원망의 노래에서 공적이고, 신화적인 서사의 차원으로 초점 이동하는 순간이다. "예감에 떨며/ 무덤 속 깊이깊이 벽을 찍어" 내는 행위는 무덤 너머에 성소를 마련하고자 하는 행위다. 바로 그 삽질을 통해 무덤은 '카타콤베'의 공간으로 의미의 자장을 넓혀간다. "잠든 메시아의 봉창이 닫기고/ 대지는 흰 눈을 뒤집어쓰고 누워/ 작은 길 하나까지 묻어버릴 때/ 홀로 술틀을 밟고 있는 사람아"(「누가 홀로 술틀을 밟고 있는가」) 외쳐부르는 간절한 기구가 향하는 바 역시 바로 그런 의미에서 현실 속에 성소를 마련하고자 하는 실천적 열망의 지점이다. 바로 그곳에서 한국전쟁 참화에서 길어낸 '정치적인 메시아'에 관한 상념이 '묵시의 메시아'에 대한 요청과 조우한다. 죽음과

---

20) 별도의 언급이 없는 한 인용하는 고정희의 시편은; 김승희 외 편집, 『고정희 시전집 1 · 2』, 또하나의문화, 2011.을 출전으로 하며, 작품 끝에 원출처를 병기하되 따로 인용 면수는 밝히지 않는다.
21) 에른스트 블로흐, 앞의 책, 2592쪽.

신생을 절합하는 종교의 논리는 현실의 참화를 현실 너머에 대한 열망으로 바꾸는 동력이기도 한 셈이다.

사적인 체험에서 출발한 연상은 신비적이고 비교적인 환상을 투과하며 이내 집단적 주체의 애도와 역사정치적 사건을 수월하게 넘나든다. 이처럼 고정희가 일관되게 천착한 '기독교 시'의 동력은 종래의 한국현대시사의 계보 및 보편상징의 견지에서 해석하기에는 고유성과 의외성이 도드라진다. 시인 스스로 남긴 '기독교 문학'에 대한 정의를 살펴보면 이 점은 더욱 명징해진다. 고정희는 김정환의 「황색 예수전」에 붙이는 비평에서 기독교 문학을 이렇게 정의했다.

> "굳이 한국식으로 못박아서 <기독교 문학>이 <하나님과 신앙인의 문제 또는 기독론에 근거한 實存>에 관심하는 것이라면 여기에는 無神의 문제까지가 포함되지 않으면 안 되며 개인(신앙인)과 이 세계 내의 관계가 겨냥되지 않는 한 그것은 문학의 본질을 떠난 특수한 신앙 넌픽션 외에 다른 것이 아니라고 보는 것이 필자의 견해이다. 그런 의미에서 기독교 보편적 현실 속에서 심화 확대되지 않는 한 그 문학적 성취감을 회복하기란 낙타가 바늘구멍으로 들어가는 만큼 어려운 것이다. 여기에는 언제나 하나님의 구속사상이 나를 포함한 이 세계와 어떤 유비관계가 있는가를 끊임없이 질문해 가야 한다. 그것이 가능하기만 하다면 그리스도의 肉化(Incarnation)는 우주 구원에 있는 것이지 편협된 특수주의에 있는 것은 아니기 때문이다. 크리스천이란 다름 아닌 이 우주 구원을 선포하는 자들이 아니라고 누가 부정할 수 있겠는가?"[22]

기독교 문학은 '보편적 현실' 속에 처한 단독자로서의 개인이 세계와 맺

---

22) 고정희, 「김정환의 현실감각에 대하여」, 『기독교사상』 26권 3호, 대한기독교서회, 1982.3, 103–112쪽 참조. 인용은 103–4쪽.

는 관계를 문제 삼는다. 그 관계구조에는 자연히 '무신론'의 문제도 포합한다. '그리스도의 肉化(Incarnation)'와 '하나님의 구속사상'은 근원적인 의미에서 세계 전체와 인간 전체가 맺는 관계의 구원 내지는 '재정립(<re+ligio>)'에 있기 때문이다. 에른스트 블로흐는 무신론 문제에서 종교적인 초월의 동력이 일어난다고 갈파하기도 했다. "자유의 나라에 관한 종교적 의향은 <하나의 무신론>을 포괄하고 있는데, 이러한 무신론은 <마침내 의식 속에 떠오른 것>이다." 무신론은 '<가장 완전한 존재Ens Perfectissimum>'로 가정되는 무엇으로서 신의 지위를 세계의 자기 전개라는 과정적 절차 바깥으로 탈각시키는 동력으로 작용한다. 대신 최후의 순간에 달성될 수 있는 '고귀한 존재'가 무엇인지에 대한 물음을 전면화한다.23) 예정된 운명이 아니라, 아직 개시되지 않는 가능성의 영역에 신을 위치시키는 논의인 셈이다.

고정희가 문제 삼은 '관계' 역시 이러한 논리의 연장선에서 메시아주의와 조우한다. 믿음과 신념을 중심으로 한 기독교 문학의 자장이 구심점이고, 여성주의 시학을 기치로 한 문체혁명 전략적 동학이 원심점으로 간주되는 대립 구도는 고정희의 시 세계를 파악하는 암묵적인 전제로 받아들여졌다. 그러나, 위 인용에서 드러나듯, '기독교문학'이 '무신의 문제까지 포함하는 실존'의 문제라면 원심점과 구심점의 구분은 사라진다. '우주 전체의 구원'을 목적에 둘 때 세계와 인간의 관계 설정에 대한 당위의 문제는 '메시아주의' 즉 요원한 미래의 약속으로 이월한다. 이어지는 글에서 고정희는 종교적 진리를 "무산층의 至善"을 경유해서 도달할 새로운 질서로 정의했다.

에른스트 블로흐는 '성서를 이단의 역사라는 관점으로 독해하기'를 제

---

23) 에른스트 블로흐, 앞의 책, 2560쪽.

안하며 외경적인 세계를 '지하의 성서'의 세계로 간주했다. 여기서 "지하의 성서(eine unterirdische Bibel)란 반혁명적이고 반동적인 사제계급에 의해 감추어지고 삭제된 성서의 또 다른 부분"[24]이다. 올바른 성서 읽기는 '가난한 자들의 성서' 읽기이다. 물화된 신을 배격하는 행위와 삶을 통해 신권주의를 해체하고 자유의 나라, 필연의 나라에 가닿는 유토피아주의와 기독교 정신은 상통한다. 기독교는 애초에 저항과 혁명을 바탕으로 한 가장 강력하고 직접적인 세계이해의 태도였다. 고정희의 표현을 빌려 쓰면, 기독교 문학이란 '역사의 헤게모니를 쥔 투쟁에 목숨을 내놓는 혁명가 예수가 보여주는 사랑의 육화(肉化)'인 셈이다. 블로흐는 무신론에 대한 사유를 경유할 때 권력의 신에 대한 두려움에서 떨쳐 일어날 수 있고, 신권주의의 이데올로기에서 깨어날 수 있고, 낙관적인 예지로 악마적인 예속에서 해방될 수 있다고 부연했다.[25] "희망이 있는 곳에서는 종교 역시 존재한다."[26]


1
우리들은 그날도 예배실에 모였다
백발이 성성한 노(老)스승은
옆광 번쩍이는 면도날을 들더니
우리들 교기를 깊숙이 찔렀다
죽음처럼 조용한 눈과 눈에서
무형의 피흘리며 펄럭이는 기,
무모하게 쩔룩이는 우리들 넋 위로

---

24) 이종진, 「참된 그리스도인은 무신론자여야 하는가? : 에른스트 블로흐의 『그리스도교안의 무신론』과의 대질」, 『카톨릭 철학』 18권, 한국카톨릭철학회, 2012.04, 159-187쪽. 인용은 161쪽.
25) 에른스트 블로흐, 『저항과 반역의 기독교』, 박설호 옮김, 열린책들, 2009, 464쪽.
26) 같은 책, 499쪽.

제1부 고정희 시의 외경적 유토피아 의식─신동옥 | 77

유난히 빨갛게 빛나던 십자가

가끔 우리는 예배실로 들어갔다
어둠에 젖어 있는 우리들의 기를 바라보며
성흔(聖痕)처럼 확실한 우리들의 상처를 쓰다듬으며
전신(全身)의 아픔을 목놓아 울었다.

2
석탄불에 따뜻한 차가 끓는 밤이면
바람은 조금씩 우리를 죽이러 오고
날카로운 비수 같은 것에는 움쩍도 않는
그 겨울바람이 무서워
우리는 제각기 집으로 돌아갔다
우리들이 분홍빛 살을 사랑하는 동안
노스승은 순례의 길에 오르고
저승의 장승처럼 붙박인 기
그 아래 쓰러지는 젊음만 부끄러
부끄러워 하냥 풀릴 길 없는 봄
제단 위의 촛불만 저혼자 봄을 사뤄
천리 밖 어둠을 마시고 있었다
　　　　　　—「기(旗)」, 『실낙원 기행』, 1981, 전문

　고정희의 신학적 세계 인식의 토포스는 '수유리'라는 알레고리적인 엠
블럼(emblem)으로 모인다. 십자가의 희생제의가 적극적인 저항의 제스처
와 만나는 '사건'이 드러난 작품이 바로 「기(旗)」다. 이 작품은 실제 사건
을 소재로 취했다. 1973년 11월 유신정권은 반정부 학생운동에 참여한 학
생들의 제적을 요구하며 한국신학대학교 교원들에 대해 해임 압력을 가
했다. 김정준 학장은 설교 도중에 예배실 강단의 교기(敎旗)에 면도칼을

그어 세로 두 조각으로 만들었다. 찢어진 교기는 폭압적인 정권에 대한 항거의 상징이었다. 이날의 예배가 끝나고 안병무를 주축으로 교수와 학생들은 삭발을 단행했다. 이후 장장 40일 철야 기도회를 이어갔다.[27] 이날 찢긴 교기는 이후 1975년 4월 강제 휴업령에 저항하는 투쟁, 1977년 4월 고난주간 투쟁까지 '수유리 한신'의 상징이었다. 고정희는 한신에 입학한 이래 일련의 투쟁에 주도적으로 참여했다. "우리는 그날도 예배실에 모였다"는 첫행은 이러한 정황을 암시한다. 이 작품은 바로 그 깃발의 상징적인 의미에 집중하고 있다. '무형의 피를 흘리고' '어둠에 젖어서' '저승의 장승처럼 붙박인' 존재가 바로 깃발이다. 이 찢어진 깃발은 무모하고도 용감하지만 아직은 절름발이에 불과한 어리고 상처받은 영혼들 곁에서 '유난히 빨갛게 빛나던 십자가'와 같은 형상으로 수유리 안과 밖을 기운다. 깃발이 내뿜는 빛은 '천리 밖의 어둠'에까지 미치기 때문이다.

메시아주의는 종교의 저항성에 대한 통찰을 근거로 한다. 메시아주의는 그 개념 자체, 종교가 내장하고 있는 유토피아와 상통하기 때문이다.[28] 메시아주의는 '신학적인 관념'의 거울에 비친 유토피아에 대한 열망이라고 고쳐 쓸 수도 있다. 유토피아와 메시아주의를 관통할 때 현실의 시공간은 무한으로 확장된다. "흔들리는 시공에서 아물거리는/ 유토피아, 유토피아, utopia"(「폭풍 전야(前夜)」)의 의미는 "묵시록의 맑은 하늘 떠돌아 떠돌아/ 꿈틀이는 생리 하나"(「미궁의 봄·10」)로 응결한다. 맑은 하늘을 떠도는 생리는 종교적인 환상과 열망의 거소에 대한 물음과 상통할 것이다. 블로흐는 고통받은 자들이 내뱉는 탄식, 다짐, 구원을 향한 열망과 기도 등이 종교적인 환상을 구성하고 그 한가운데 모든 인간의 삶이 반영된

---

27) 김명수, 앞의 책, 52-3쪽.
28) 에른스트 블로흐, 『희망의 원리 5』, 박설호 옮김, 열린책들, 2004, 2668쪽.

다고 부연했다.29) 유토피아란 "지금 여기에 존재하지 않는 시공간적 장소가 아니라 지금 여기에 잠재된 것"이다. "유토피아는 인간과 세계의 존재론적 본질의 표현이다." 가능성 영역에 대한 애타는 물음과 기원을 유토피아와 연관시키며 블로흐는 '아직 아닌 존재의 존재론(Ontologie des Noch-Nicht-Seins)'을 제창한다. 블로흐는 "'아직 아닌 존재'가 개시되는 장소로서 예술에 특별한 지위를 부여"했다."30) '아직 ~이 아닌 존재'이기에 파국과 희망을 동시에 거머쥘 수 있다. 바로 그 아포리아가 개시되는 장소가 고정희에게는 시(詩)였던 것이다. 이때의 시는 개별 장르로서의 시가 아니라 집합적 의미의 시가에 가깝다. 그렇다면 '시는 누구에 의해 쓰이고 읽히는가?'라는 물음이 자연스레 제기된다. 구원의 기도로서의 시가 움터 나오는 자리에서 희망과 파국을 동시에 응시하는 자는 바로 '민중'이다. 고정희의 시에서 메시아주의와 유토피아 인식을 봉합하는 주체 역시 민중이기 때문이다.


## 3. 주체로서의 민중의 시적 구현

종교에는 갈망과 기대의 상이 내재한다. 모든 제한을 넘어서는 포괄적인 행위의 준칙은 유토피아에 대한 요구로 수렴한다. 블로흐는 유토피아에 대한 열망을 행위로 옮기는 갈망의 동력을 '잠재성'과 '경향성'의 두 축으로 정리한다. 현실적이고 물리적인 자연계의 시공간 내부에서부터 초월하려는 특성이 잠재성이라면, 그러한 의지에 방향성을 제기하는 물음

---

29) 같은 책, 2567-8쪽.
30) 안성찬, 「에른스트 블로흐의 희망의 철학 : 맑스주의와 기독교신학의 변증법」, 『현대사상』 7호, 대구대학교 현대사상연구소, 2010.12, 191-205쪽 참조. 인용은 195쪽.

이 경향성이다. 통속성과 허무주의에 잠긴 종교적인 물음에 '어디로, 어째서'라는 물음을 다시 제기하면서 앞으로 나아갈 바를 궁구하는 물음이 바로 경향성 물음이다.[31] 건축, 문학, 음악, 예술 등 문화적이고 역사적인 모든 부면에서 새로운 세계의 이상향은 전원적이고 목가적으로 재현된 '아르카디아'의 형상을 이상향으로 제시해왔다. 목가적이고 시적인 시공간은 "식물로서의 인간이 가장 잘 자라는 곳"[32]일 것이기 때문이다. 진정한 자유의 아름다움은 자연물로 묘사되는 경향이 있다. 그러나, 유토피아의 현실태로서의 아르카디아는 바로 '사회 유토피아'의 형상으로 본 모습을 드러낸다. 새로운 세계를 향한 의지와 열망은 구성되는 즉시 무너지고, 재현되는 즉시 수정되는 과정을 반복하며 구체적인 상을 얻기 때문이다. 실패의 동력까지도 포함하는 변화와 성장의 서사는 이상향에 대한 기대지평을 향해 다가가는 종교적인 고투와 접속한다.[33] 고정희는 메시아주의를 유토피아에 대한 요청으로 다시 쓰며 종교적인 인식을 인간의 원초적인 열망(욕망)에 내재한 저항의 서사로 고쳐서 썼다. 고정희가 내세운 시적 주체는 바로 그 종교적인 진리 사건에 참례(參禮)하는 '민중 주체'와 상통한다.

고정희는 1980년대 초반 조태일, 강은교, 김정환의 1980년대 초반 작업을 비평적으로 정리하면서 '민중'을 재정의한 바 있다. 당대까지의 현실주의 시사의 논리와 근거 자체가 다른 맥락에서 출발한 고정희의 논의는 다소 급진적인 결론에 이른다. 고정희는 '민중신학'의 관점에서 복수의 집합주체로 민중을 다시 정의했기 때문이다. 고정희가 근거로 들고 있는 사상사적인 배경은 안병무의 「현장신학」, 서남동의 「한의 신학」을 출전으

---

31) 에른스트 블로흐, 박설호 옮김, 『저항과 반역의 기독교』, 열린책들, 2009, 405쪽.
32) 같은 책, 375쪽.
33) 같은 책, 370-383쪽.

로 거느린다. 안병무와 서남동의 주장에서 '민중은' '민족'과 접점을 이루며, 이때의 민중은 "그 시대의 어떠한 사회체제에서도 밀려나 있는 아웃캐스트" "감방의 죄수들"이라는 의미를 거느린 마가복음의 '오클로스(ὄχλος)'를 근거로 둔다. 민중은 정주하는 자가 아니라 뿌리뽑힌 자, 권력자와 대비되는 피수탈자, 개체가 아닌 일반적이고도 고유한 실체로서의 집단이다. 즉 상처받고, 빼앗기고 떠도는 자인데 그는 혼자가 아니라 늘 여럿이다. 여럿임에도 상처 속에서 혼자인 존재가 바로 민중이다.34) 1975년 6월 강제 해직 직전까지 안병무는 한국신학대학에서 신약학과 교수로 재직했다. 교무부장 등을 역임하며 '기독교와 타 종교' '기독교와 공산주의' 등의 수업을 개설했다. "예수 없는 기독교(Christianity without Jejus)"35)에서 벗어나 예수의 '민중 사건'으로 돌아갈 것을 역설한 안병무의 신학적 의제가 함축된 개념은 오클로스(ochlos)다. "「마가복음」에서는 예수를 둘러싼 '무리'를 헬라어로 '오클로스(ochlos)'라고 부른다."36) "안병무는 예수 사건을 오클로스와의 연계성 속에서 새롭게 이해하고 있다. 오클로스는 유대 사회 중심부에서 변두리로 밀려난 소외 계층을 총망라하는 개념이다. 가난한 사람, 날품팔이, 실업자, 세리, 죄인, 여인, 어린이, 병자, 불구자, 맹인, 창녀, 귀신들려 고통을 받는 사람, 눌린 자, 포로된 자, 슬퍼하고 통곡하고 박해를 받는 자들이 오클로스다."37)

> 햇볕 녹이는 마태수난곡 한 소절이
> 깊은 숲 잎잎을 문질러 깨운다

34) 고정희, 「인간회복과 민중시의 전개―조태일 · 강은교 · 김정환 론」, 『기독교사상』 27권 8호, 대한기독교서회, 1983.8, 146―160쪽 참조. 인용은 146―7쪽.
35) 김명수, 앞의 책, 79쪽.
36) 같은 책, 154쪽.
37) 같은 책, 155쪽.

남은 몇 소절이 떠가는 빈 하늘
갈보리 솔밭 언저리에서 갑자기
죽인 언어들이 퍼런 침묵을 힘껏
힘껏 흔든다 바람이 일렬횡대가 되어
푸른 뱀처럼 솔밭을 누빈다
육중한 침묵이 솔밭 위로 쓰러지고
강 하나 사이로 떠보낸 혈혼이
바람에 빨리어 돌아오고 있다
만리밖 하늘이 돌아오고 있다

무덤 돌아보며 떠나는 사람들
검은 수의 속으로
땀 젖은 햇볕이 마구 쓰러진다
수난곡 한 소절이 자취를 감춘 언덕
　　─「성금요일」, 『누가 홀로 술틀을 밟고 있는가』(1979) 전문.

　예수의 수난 서사는 부활과 짝을 이룬다. 성금요일은 돌이킬 수 없는
'단절'의 순간인 동시에 '해원(解冤)'과 신생의 약속이 실현되는 기대지평
의 완결을 가능성 차원에서 '이미' 목격한 자들이 거행하는 참례의 날이기
도 하다. "해원(海源)에 통곡이 빛발로 일어서는 아침"(「부활 그 이후」)에
'갈보리 솔밭' '푸른 뱀' '강물과 바람' '만리밖 하늘'이 하나의 지평에 뒤섞
여 한 사람을 떠나보내는 수난곡을 완결한다. 십자가에 못박혀 죽어가는
예수의 수난이 펼쳐지는 언덕은 '아르카디아'다. 아르카디아는 유토피아
의 현실태와 상통한다. 이 제의에 참례하는 자는 바로 민중이다. 왜나하
면, "죽은 자의 장례는 죽은 자의 일,/ 오 이천년대 시체 앞에 꽃을 꽂은/ 그
대들아 오라 장례를 지내자"(「차라투스트라」)는 다짐은 현실의 비루함을
내재적으로 초월할 동력에 대한 요청으로 귀결되기 때문이다. 예수마저

죽음에 이르게 한 현실의 고난 서사는 "이빨을 마주치며 버티는 내 종말론적 삶의 보루"(「미궁(迷宮)의 봄·2─고뇌하는 자에게 바침」)를 가다듬는 의지의 재확인으로 귀결된다. 바로 그 시공간으로 "여행자는 돌아오리라/ 자기도 모르는 핏줄에 묶여/ 낯익은 곳으로 돌아오리라/ 어디선가 생솔가지 타는 밤……"(「층(層)」) 먼길을 떠나고, 형언할 수 없는 수난을 목격한 민중들이 모여들어 스스로 자신을 사건의 주체로 일으켜 세운다. 현실의 비루함이 초래한 민중 사건 속에서 혁명의 당위성이 길어 나온다. 헬라어로 '라오스(laos)'는 '국민'과 상통하는 의미로 "한 집단 내에서 보호받을 권리가 있는" 자들을 일컫는다. 반면 '오클로스'는 "한 집단 안에 있으면서도 보호받을 권리를 상실한 대중"을 뜻한다.[38] 안병무는 "바빌론 포로 시대에 예루살렘에 남아 그 땅을 지켰던 '암 하아레츠'에서 오클로스를 연상"했다.[39] 정리하자면, 암 하아레츠 또는 오클로스로서의 민중은 이상화되거나 신성화되는 관념적인 존재가 아니다. 역사의 객체로서의 피지배계급은 더더욱 아니다. 오클로스로의 민중은 역사적인 연원을 가진 존재이기에 민중 사건의 실체이며, 사회·경제적으로 현존하는 '제4계급'이다.

　당대의 민중민족주의, 현실주의, 민중신학의 관점을 두루 고려하자면, 고정희가 '절합'하는 민중 개념은 복잡다단한 층위를 보여준다. 일차적으로 이 개념은 1975년에서 1977년까지 '수유리(한신)'에서 길어 올린 '기독교 문학'의 사상적인 지형 속에 있다. 후기의 고정희가 보여준 여성주의 시학을 바탕으로 반자본주의적인 기치에 공명하는 여성 연대, 국제 연대로 나아갈 사상적인 배경은 메시아주의로서의 유토피아 인식, 무신론적인 재정의를 투과한 종교적인 진리 사건, 마지막으로 제4계급으로서 오클

---

38) 같은 책, 155쪽 각주 100) 참조.
39) 안병무, 「민중신학을 묻는다」, 『기독교 개혁을 위한 신학』, 한국신학연구소, 1999, 166─8쪽; 여기서는 김명수; 같은 책, 154─5쪽 각주 99)에서 재인용.

로스 민중의 재발견에서 고갱이를 찾을 수 있다. 일례로, 시인 고정희가 빚은 가장 독창적인 형상 중 하나인 '어머니 하나님'은 무신론적인 세계구도 속에 자리하는 영지주의(Gnosticism)의 여성상에 바탕을 두고 있는 것이다. 외경에서는 여성만이 참된 신에 이르는 동시에도 이상적인 제자로 남아 있을 수 있다. 군림하지 않고 섬길 수 있는 유일한 존재가 바로 여성인 까닭이다. '어머니 하나님'으로 표상되는 여성은 "존경에서 경멸까지, 창녀에서 거룩까지, 불임의 여자에서 다복한 여자까지, 신부에서 신랑으로 (중략) 모든 것을 포용하고 수용하는 신"[40]에 이른다.

> 아이 하나 낳고 싶어서
> 때늦기 전 아이 하나 얻고 싶어서
> 삼백육십날 비린 구토에 젖은 여자
> 능수버들로 서서 풍상 비끼고
> 나뭇등걸로 서서 한 세월 버티면서
> 뼈마디 욱신이는 노동 휘어잡고
> 온갖 비린 것들은 풀무질하는 여자
>
> 죽순처럼 치솟는 아이 보고 싶어서
> 밀림처럼 늠름한 아이 갖고 싶어서
> 나무깍지 같은 손에 일곱 삼 년 움켜쥐고
> 들판보다 탄탄한 기다림을 가[耕]는 여자
>
> 싱싱싱 노래하는 아이
> 반짝반짝 빛이 나는 아이
> 다만 사람 하나 얻고 싶어서

---

40) 채승희, 「영지주의와 여성」, 『신학과 목회』 44, 2015.11, 53-75쪽 참조. 인용은 72쪽.

때늦기 전 사람 살고 싶어서
말로만 될 일은 아니기에
인력(人力)으로만 될 일은 아니기에
드디어 한 알 밀알로 썩는 여자
　　　　　　　　─「유랑하는 이브의 노래─창세기 3장 16절」,
　　　　　　　　　　　　　　『실낙원 기행』, 1981, 전문

'이브'는 수동적으로 가부장적인 동일성을 재생산하는 '자궁'과 같은 존재가 아니다. 스스로 생성(becoming)하며 존재 의미가 되는 '어머니 하나님'에 가까운 존재에 가깝다. '뼈마디 욱신이는 노동'을 감수하며, '온갖 비린 것들을 풀무질'해 새로운 빛과 온기를 자아내는 존재가 바로 '유랑하는 이브'이다. "한 알 밀알로 썩는 여자"인 이브는 왜 도중에서 잉태하고 생산하는 존재로 그려지는 것일까? 이브 역시 지배 이데올로기의 호명 바깥에서 진리를 향해 육박해 들어가는 쐐기와도 같은 존재이다. 오클로스를 통한 민중 개념의 재발견을 '민중 사건'이라고 칭할 수 있다면, 이는 '화육'으로서의 진리 사건과 궤를 같이한다. 고정희에게 이 두 사건의 아르케 즉 원적(原籍)은 1970대 중반 '교기 절단 사건'으로 귀착된다. 고정희는 『초혼제』(1983)에서 같은 소재를 장시로 다시 쓴 바 있다. 작품 「화육제별사(化肉祭別詞)」(『초혼제』, 1983)는 '1. 성금요일 오후, 2. 우리를 고독한 자이게 하소서, 3. 우리의 믿음 치솟아 독수리 날 듯이, 4. 숨을 거두다, 5. 잔을 비우고, 6. 기(旗)를 찢으시다, 7. 연좌기도회, 8. 수유리의 바람, 9. 다시 수유리에서'의 9편의 연작으로 이어진다. 장소는 물론 수유리 한신대학교 신학대학 캠퍼스다. 사건의 전말은 유신정권의 교수 해임 강제, 학내 구성원들 모두의 연좌기도 및 단식으로 이어진다. 고정희는 해당 사건의 의미를 10년이 지난 시점에서 「화육제별사」 시편을 통해 이렇게 정리한다.

"나는 수유리로 다시 돌아와/ 무교회주의자가 되고/ 수유리에 떠도는 칼 바람소리와 만나/ 칼바람과 살기로 약속하였다" 이러한 약속은 "사월, 고 난주간의 성금요일 오후"의 성서적 사건을 화육의 진리 사건으로 다시 쓰 기로 그려진다. 고정희에게 고난 서사는 진리 사건과 한 몸이기 때문이다.

무신론, 무교회주의까지 포괄하는 급진적인 인식이 가능했던 이유가 '수유리(한신)'로 모아지는 이유는 무엇인가? 고정희가 한신대학교에 몸담 았던 바로 그 무렵인 1977년 4월 부활절, 대한성서공회에서 『공동번역성 서』를 발간했다. 1977년 발행된 이 성서는 성서 번역 발간 역사에서 유일 무이한 경전으로 남아 있다. 이 판본의 경전이 발간되는 경위는 1969년으 로 거슬러 올라 간다. 1969년 이래 지속된 '교회 일치 운동'의 일환으로 발 간된 성서가 바로 1977년판 성서이기 때문이다. 이 경전의 번역에는 당시 한신대학교 신학과 교수로 재직 중이었던 문익환 목사 등이 참여한다. "번 역 원칙은 내용 동등성을 추구하고 형식 일치를 피하는 것이었고, 번역 지 침은 교회 밖의 사람들을 위한 용어로 번역하고 신교나 구교 어느 편의 익 숙한 표현은 고집하지 않는다는 것"이었는데, 문익환 등 '한신 계열'의 참 여로 일상어, 문학어, 비유어가 풍부해졌다는 지적도 있다. 바로 이 성서 에만 '유일하게' 「토비트」, 「마카베오」, 「유딧」, 「지혜서」, 「바룩」 등 외 경(제2경전)이 포함되어 있다. 41) '유딧', '에녹', '도마' 등등의 외경 텍스트 는 고정희의 초기시에 인유되며 시인의 종교 인식을 수유리(한신), 해남, 광주의 세 토포스를 축으로 확장하는 계사 역할을 한다.

---

41) 대한성서공회, '한글성경번역사 − 9. 공동번역성서(1977)',
　　"https://www.bskorea.or.kr/bbs/content.php?co_id=subpage2_3_3_1_9", 접속일: 2022.
　　02.07.

## 4. 진리 사건의 전유로서의 시 쓰기

앞서 살핀 대로, 정치적·묵시적 메시아주의는 갈망의 서사라는 의미에서 유토피아와 동의어다. 갈망의 서사는 민중을 주체로 실현되는 기대지평의 차원에 있다. 민중 사건과 진리 사건이 종교적인 인식을 통해 '재결합'한다. <재결합re+ligio>은 가능성을 현실 너머로 영속하게 만드는 저항과 혁명과 상통한다. 예컨대, 고정희가 말씀의 육화로서의 진리 사건이라 할 '화육(incarnation)'을 '희망과 죽음인식의 대립관계'에 대한 성찰에서 인간에 대한 신뢰의 근거를 찾아내는 안간힘으로 재정의할 때 이는 '초혼제'에서는 제의 형식을 빌려서 쓴 혁명의 노래로 그려진다. 고정희에게 시는 진리 사건의 엠블럼(emblem)의 성격을 지닌다. 시는 그 자체 역사와 현실의 알레고리이자 묵시에 가깝다. 시적 주체는 갈망의 주체라는 의미에서 오클로스이고, 오클로스로서의 '제4계급'의식을 담보하기 때문이다.

재현에 대한 기대를 포괄하는 유토피아는 사회적 유토피아인 동시에 구체적 유토피아다. 블로흐는 유토피아의 구체성, 경향성, 사회성을 다음과 같이 정리했다. 모든 "구체적 유토피아 속에서 발견될 수 있는 것은 어떤 파묻혀 있고 고립되어 있는 기존하는 무엇이 아니다. (중략) 모든 구체적 유토피아 속에서 발견되는 것은 미래에 존재할 무엇과 관련된다. 객관적 현실적 가능성 속에 담긴 합법적인 경향성의 무엇 내지는 잠재적 목표 내용의 무엇이 바로 구체적 유토피아이다."[42] '객관적 현실적 가능성'의 서사 속에 유토피아를 향한 인간의 경향성 물음을 구체화하는 언어가 바로 시 쓰기다. 고정희의 표현을 빌려서 다시 쓰자면 작시(作詩)는 "<사람은 죽는구나> 이 한마디가/ 최상의 은유가 되는 이 밤 아주/ 무기교적으

---

42) 에른스트 블로흐, 『희망의 원리 3』, 박설호 옮김, 열린책들, 2004, 1545쪽.

로 사는 법을 생각"(「서울 사랑; 죽음을 위하여」(『이 시대의 아벨』, 1983)
하는 현실의 재명명과 상통한다. 시 쓰기란 죽음 인식에서 삶과 진리에 대
한 최상의 은유를 발견해낸다는 의미에서 고난 서사를 재생의 서사로 바
꿔서 기입하는 메시아주의와 상통한다. 무기교적인 삶을 표현하는 시란
무엇인가?

> 시(詩)를 쓰듯 설렁대는 말들을 일격에 눕히고 성나는 말과 말 사
> 이를 잘라냅니다.
> 시를 쓰듯 보다 많은 생략법과 저녁 어스름 같은 침묵의 공간 안
> 에 한 생애의 여유를 풀어 버리고 두 귀클 쭈뼛이 세워 동서남북으
> 로 뻗은 가지를 자릅니다. 동서남북으로 뻗은 화냥기를 자르고 자르
> 며 돋아나는 아픔까지 잘라냅니다.
> 자존심 부드러운 열 손가락으로 시를 완성하듯 마침표를 지워 버
> 립니다. 두 배의 객토를 뿌리 위에 얹습니다.
> ─「사랑법 넷째」(『이 시대의 아벨』, 1983) 전문.

'시를 완성하는 일'은 무기교적으로 삶을 써나가는 행위와 동치를 이룬
다는 자각으로 수렴한다. 이 부분에서 전기와 후기 고정의 시가 보여준 낙
차에 대한 실마리를 얻을 수 있다. 전기의 고정희가 비교적 다채로운 어법
과 형식을 궁구하면서 시적 상징을 공글리려는 노력을 게을리하지 않았
다면, 후기의 고정희는 '무기로서의 시' 자체의 고발적이고 중언적인 기능
을 천착하는 경향을 보인다. 고정희는 일찍이 "말과 몸은 하나라고 믿어
왔는데, 이제/ 몸은 말의 힘을 믿지 않았고/ 말은 몸의 집에 거하지 못했
어"(「서울 사랑; 말에 대하여」)라고 언어가 '생략법'과 '침묵의 공간'에 부
려놓는 "한 생애의 여유" 바로 그 부피와 질량에 주목한다. 시를 완성하는
것은 '마침표를 지우는 행위'로 완결된다는 아이러니 속에는 '배교(背敎)'

를 통해 종교를 완성하듯 시를 버림으로써 시를 완성할 수 있다는 패러독스가 내장되어 있는 셈이다. 시작(詩作)이란 '우리들의 보수주의'의 낡고 탁한 물결 속에 잠수부를 띄우는 힘의 근원이다. 탁하고 어두운 물 속에 새로운 대기, 산소, 하늘을 들이붓는 행위가 바로 시다. "산소로 남는 삶이 있기는 있다는데/ 시대는 끝나도 생명은 남는다는데/ 현실은 패배해도 진실은 살아남는다는데/ 죽지 않는 진실과 산소는 무엇?"(「서울 사랑; 각설이를 위하여」) 고정희에게 있어서 시는 죽지 않는 진리 사건의 다른 이름이다.

　갈망의 서사는 불가능성과 비가능성을 다시 사유하는 자리에서 태동한다. 불가능성이 애초에 가능성의 결여태라면, 비가능성은 가능성 영역의 제한 내지 배제를 의미한다. 인간의 기억은 "가능성에 대항하는 정적이자 논리적인 투쟁"[43]의 영역이다. 바로 그 기억을 회상의 문법을 동원하여 수많은 서사 가운데 하나를 가상현실적으로 재배열하는 행위 속에서 시 쓰기와 역사 다시 쓰기는 동궤를 이룬다. 해방의 기대지평을 보여주는 상징 그 자체가 무엇이라고 규정하기 어려운 신의 응답이라면, 인간이 보여주는 세계 개조의 의지와 신념 역시 그 자체로 유토피아를 향한 신념의 재현체에 가까울 것이다. 바로 그 재현 전략의 총칭이 고정희에게서는 시(詩)다. 고정희의 시 세계에서 일관되게 드러나는 형식적, 주제적 특징은 바로 그러한 의미에서 '신념과 태도의 동시적 재현'이다.

　　　핏물이 지네
　　　뚝뚝 핏물이 지네
　　　버큼 물고 쳐다보는 오월, 황혼에

---

43) 에른스트 블로흐, 박설호 옮김, 『희망의 원리 1』, 열린책들, 2004, 495쪽.

뚝뚝 핏물이 져
강으로 눕네

꽃잎 지네
후둑 후두둑 꽃잎 지네
하늘에도 땅에도 꽃잎 지네
서러운 사람들 길 떠나는 오월, 언덕에
명정(銘旌) 같은 꽃잎들
두엄으로 뿌려지네

쓰러지네
벌목당한 나무들 쿵쿵 쓰러지네
쓰러지는 나무는 땅과 한몸이네
오 언제, 이 땅에 샘물 콸콸 솟구치려나
핏물에 젖어
핏물에 젖어
망연하게 뻗은 저 황토길 너머 벌거숭이산 위에, 언제
푸른 숲 드리우려나, 언제
숲쩡이에 우리 모여 사려나

타오르네
산천 곳곳에
우리 꿈 타오르네

— 「디아스포라 · 7 —친구여,
썩지 않는 것은 뿌리에 닿지 못하리」 전문.[44]

1984년 6월 『기독교사상』에 실렸다가 1986년 4월 시집 『눈물꽃』에 실

---

44) 고정희, 『기독교사상』, 38권 6호, 대한기독교서회, 1984.6, 204쪽. 『눈물꽃』(실천
문학, 1986.4) 4부에 수정 재수록.

린 작품이다. 광주와 희생제의를 연결해 형상화한 '디아스포라' 연작 가운데 한 편이다. 1975년에서 1991년까지 지속된 고정희의 시력(詩歷)은 유신 체제 아래서 '한신' 졸업, 80년 광주, 87 항쟁, 87년 또하나의문화 동인으로 『여성해방문학』 기획 및 발간, 여성신문 주간, 필리핀 체류 등이 생애사적인 기점으로 시세계 변화와 긴밀하게 결속한다. 1987년을 발행된 『지리산의 봄』의 '여성사 연구'는 1990년 『광주의 눈물비』의 '암하레츠 시편'으로 이어지며, 1992년 유고시집의 '밥과 자본주의', '외경 읽기' 연작으로 발전적으로 확장, 심화되는 양상을 보인다. 인용한 작품에서 '디아스포라'는 "파종으로서 널리 퍼뜨림(Diaspora)"이라는 의미를 지닌다. 익숙한 경전의 비유에 따르자면, '씨앗의 로고스'는 '희망의 로고스'와 상통한다. 한 알의 겨자씨가 되기 위해, 밀알이 되기 위해 '샘물'은 물론 '핏물' 역시 희망의 양식이 된다는 전언이다. '오월의 은유'를 품어 안은 이 작품은 1987년 이후의 작품과 강도(intensity)적인 차이를 보여주지, 주제의 심화도에 따른 개체적인 차이를 보이지는 않는 것이다.

『초혼제』(1983)의 굿시와 『저 무덤 위에 푸른 잔디』(1989)는 모두 "비민주적인 지배 이데올로기와 폭압적인 정치체제에 저항하는 반항적인 주체들의 담론 양식"[45]을 방법적 전략으로 채택한 작품이다. 유토피아 의식이 저항성을 담보로 하고, 외경을 읽는 방식은 자연화된 기성의 권위에 대한 인식을 전복하는 상상력으로 연결될 수 있기 때문이다. 블로흐는 아퀴나스를 경유하며 다음과 같이 부연했다. "종교에서는 '기적'(Wunder)이나 '기적 같은 일'(Wunderbares)처럼 마술적이고도 경이로운 사건들이 자주 거론된다. 기적은 정상적인 가르침이 먹히지 않을 경우에 마력이나 초능

---

45) 이소희, 『여성주의 문학의 선구자—고정희의 삶과 문학』, 또하나의문화, 2018, 174쪽.

력으로 신자들의 마음속에 큰 인상을 주는 효율적인 수단으로 활용되었다. 이 경우에 기적 현상은 '폭발 의지'로 작동한다."46) 외경적 유토피아 의식이 품은 전복적 상상력은 '폭발 의지'로 작동한다.

이 공습경보 그치면
우리는 또다시 떠나야 한다
큰 정적 안에 도사린 서울을 뒤로 하고
즈믄 밤 편안했던 철 대문을 열어젖히고
으악으악 오바이트를 하며
말뚝을 뽑아들고
쓸쓸한 모래바람을 따라
개마고원을 건너가야 한다
누군들 사막에서 외롭지 않으리
누군들 행복을 탐내지 않으랴만
젊음이 길임을 굳게 믿는 우리는
두 벌 옷과 전대를 지녀서도 안 되리
한 벌 옷과 꿈으로 바람을 가리고
다만 그리운 등을 보이며
천지에 맑은 이슬 내리는 저녁
떠나서 떠나서 돌아오지 말자
땀과 그리움의 첩경을 넘어가자
떠남에 걸맞는 업보도 있으리
달과 별만이 가득한 저녁에
우리는 크게 울부짖을 것이며
하느님을 향하여 삿대질을 하다가,
그러나 기어코

46) 김진, 「에른스트 블로흐와 그리스도교 철학」, 『철학논총』 62, 새한철학회, 2010.10, 72쪽.

맑고 고요한 강안에 닿으리니
친구여
떠나서 돌아오지 못하는 젊음은
그 날과 그 땅을 가지리
　　　　　―「디아스포라―길에게」, 『이 시대의 아벨』, 1983, 전문

　　고정희는 시 「히브리전서」(『이 시대의 아벨』, 1983)를 통해서 당대적
인 관점에서 인간 예수의 의미를 재규정했다. 예수는 기적을, 정신을, 영
혼을 민중에게 넘겨주고 죽음 너머로 이월한 인간의 아들이다. 예수는 나
아가 그의 온 생애와 주검을 주고 부활마저 민중에게 넘겨준 존재다. 삶,
죽음, 부활마저 넘겨줬다는 표현은 "떠나서 돌아오지 못하는 젊음은/ 그
날과 그 땅을 가지리"라는 예언적인 기대와 조응한다. 본시 "기독교는 가
난과 고통에 대항하는 외침일 뿐 아니라, 죽음과 공허에 대항하는 외침이
며, 이 두 가지 사항을 위해서 인간의 아들을 설정시키고 있다."[47] 경제적,
역사적 사회적 현실 속에 실재하는 주체이자 도래할 주체인 민중은 '제4
계급'으로서의 오클로스 형상을 띤다. 갈망을 거세한 현실은 비유토피아
(Nicht―Utopie)로 현현한다. "고문 바퀴, 살을 파고드는 쇠막대기, 몸을 4
등분하는 능지처참의 형벌, 마녀의 화형대"라는 전형적인 지옥의 공간 외
에 "실제 삶에서 사용되는 좋지 못한 공간" "다락방, 수난의 길, 계곡, 대부
분의 음침한 숲"[48]은 모두 현실 속에 도사리는 지옥의 형상이다. 공습 사
이렌이 그치지 않는 길을 따라 계속되는 여행의 순간이 바로 비유토피아
의 현실을 상징한다.[49]
　　무한한 자유를 실현하고자 하는 갈망, 보다 나은 삶에 대한 의지를 품은

---

47) 에른스트 블로흐, 박설호 옮김, 『회망의 원리 2』, 열린책들, 2004, 1019쪽.
48) 에른스트 블로흐, 박설호 옮김, 『회망의 원리 4』, 열린책들, 2004, 2395쪽.
49) 같은 책, 2402쪽.

갈망을 보존한 자아, 그러한 자아들이 함께 살아가는 세계를 더 나은 형상으로 만들고자 하는 경향성, 마지막으로 끝을 향해가는 디아스포라의 길 위에서도 결코 체념하지 않는 태도를 블로흐는 '낮꿈'이라고 명명했다.[50] 고정희에게 시 역시 바로 그러한 의지를 현동화한 열망의 응결체로 간주된다.

## 5. 나가며

근래에 다면적인 연구 성과가 축적되며 사상가, 운동가 고정희의 표상에 기댄 월경(越境)하는 주체의 형상이 입체적으로 축적되어가고 있다. 고정희가 시작 활동 기간 내내 보여준 시적, 생애사적 궤적은 어떤 의미에서건 목표지향적인 점근선적인 상승 운동을 해나간 과정으로 보여지기 때문이다. '시인 고정희 형상'을 재현의 결과물로 간주하자면, 단독자의 토로에서 집합적 주체의 외침과 저항으로 나아갔다는 해석이 가능할 것이다. 그렇다면, 고정희가 보여준 낱낱의 작품의 고유성을 구제하면서도 그가 남긴 풍요로운 사상적 지형을 훼손하지 않고 해석의 실마리로 적용할 수 있는 방법은 무엇일까? 고정희 시학의 실천성과 미학성이 보여주는 아포리아를 봉합하면서도 고정희가 보여준 다채로운 시학적 편모에 내장된 근본 동력을 재규정할 수 있는 방안은 무엇일까? 본 연구의 논의는 이러한 물음 속에서 출발했다. 본 연구에서는 고정희 시학의 고갱이를 '외경적 유토피아 의식'이라고 명명했다. 에른스트 블로흐에 따르면 유토피아 의식은 다음과 같이 정리된다.

---

50) 에른스트 블로흐, 박설호 옮김, 『희망의 원리 1』, 열린책들, 2004, 178─202쪽 참조.

유토피아는 인간 내부에 잠재된 의식적 지향성이다. 유토피아 의식은 경향성, 잠재성을 두 축으로 한다. 유토피아 서사는 메시아주의와 상통하며, '아직 ~ 아닌' 상태로 존속하는 가능성에 대한 재인식이다. 가능성이란 '현실화를 위한 조건이 충분하지는 않더라도 늘 부분적으로 현존하는 것'이기 때문이다. 그런 의미에서 유토피아 의식은 공간적인 요소가 아니라 시간적인 요소가 강하다. 유토피아에 대한 갈망은 초월의식인 동시에 종말론적인 의식으로 드러나기 때문이다. 유토피아적 메시아주의는 미래 개념의 재규정을 통해 실현된다. 즉 꿈을 통해서 현재화되는 기대(anticipation) 지평이다. 유토피아에 대한 갈망은 저항, 반역, 전복의 동학을 요청한다. 유토피아 의식은 임박한 파국으로 덮쳐올 마지막 시간을 도래할 영겁의 시간으로 바꾸는 인식론적인 비약과 상통한다. '아직 ~이 아닌 시간'은 미규정적인 미래의 영역인 동시에 확정적인 사건의 영역이기도 하기 때문이다. 기독교 문학에서 종말과 임재는 실재인 동시에 비실재이고, 압도적인 유토피아의 이미지인 동시에 무의 현현으로 구체화되곤 한다.

고정희에게 있어서 시적 재현 역시 '재건'이 아니라 '약속'이며, '회상'이 아니라 강력한 '기대와 갈망의 詩作 행위'였다는 것이 본 연구를 통해 들여다본 고정희 시의 원적이다. 1990년 여름 장맛비 속에 서울여대에서 개최된 여성학 학술대회에 참여하는 길에 완성한 시 「별」(『현대시학』, 1990.8월호)에 부치는 시작노트에 고정희는 다음과 같이 썼다. "별은 '별'이지만 '어둠'과 공존하는 하나의 비밀이다./ 어둠 속에서 별이 빛난다는 인식은/ 그리스도의 별과 죄악의 어둠에 대한/ 하나의 변증법을 완성시킨다."[51] 고정희에게 외경적 세계인식은 '변증법적인 종합과 지양의 동력'

---

51) 고정희, 「다시 읽는 시: 별」, 『기독교사상』, 33권 10호, 대한기독교서회, 1990.10, 242쪽.

을 보존하면서도 혁명적으로 자신을 변화하는 시적 변형의 다른 이름이
었던 셈이다.

* 출처 : 『현대문학이론연구』 91집, 현대문학이론학회, 2022. 12.

# 고정희 시에 나타난 여성의 억압과 여성해방의 가능성*

장예영

---

---

## 1. 서론

본고는 고정희 시를 여성의 억압과 저항의 관계로 파악하고, 여성해방의 가능성을 살피는 것을 목적으로 한다. 고정희는 1991년 6월 8일 『또 하나의 문화』 월례논단에서 "광주에서 시대의식을 얻었고 수유리 한국신학대학 시절의 만남을 통하여 민중과 민족을 얻었고 그 후 <또하나의문화>를 만나 민중에 대한 구체성, 페미니스트적 구체성을 얻게 되었다"[1]

---

* 장예영, 「고정희 시에 나타난 여성의 억압과 여성해방의 가능성」, 『동아시아문화연구』 92집, 한양대학교 동아시아문화연구소, 2023. 2.
1) 박혜란, 「토악질하듯 어루만지듯 가슴으로 읽은 고정희」, 『여자로 말하기, 몸으로

라고 말한 바 있다. 고정희의 이와 같은 발언은 큰 틀에서 그녀의 문학 세계를 '광주'[2]와 '민중 및 여성'[3]으로 구분 짓는 방식을 제공한 것처럼 보인다.

특히 고정희 시의 여성 및 여성해방의 문제는 지속적으로 연구되어 왔다. 고정희의 시 가운데 드러나는 여성주의 운동의 원칙과 실천을 통한 해방의 가능성을 살펴본 조연정[4]의 논의와 '여성—민중'을 발견하여 인간해방의 차원에서 여성의 문제로 접근한 안지영의 연구[5]는 주목할 만하다. 기존의 논의들이 바라본 고정희 시의 여성해방 관점은 수긍할 만한 것이지만, 본고는 이들의 연구와는 결을 달리하며 고정희 시의 '이름 붙일 수 없는 것들'에 주목하여 여성해방의 가능성을 타진해 보고자 한다.

1990년 출간된 『여성해방 출사표』의 제목에서 알 수 있듯, 고정희에게 있어 여성과 여성해방의 문제는 주된 과제였다. 여성해방의 문제의식을 『여성해방 출사표』의 서문에서 보다 직접적으로 밝히고 있는데, 그 내용은 아래와 같다.

중세 르네상스가 신으로부터 인간을 해방시키는 운동이었다면 20세기 인류의 새로운 과제로 등장한 '인간해방운동'은 '인간으로부

---

글쓰기 : 또하나의문화 제9호』, 또하나의문화, 1992.
2) 염선옥, 「5·18 광주민주화운동을 기억하는 문화적·문학적 방식」, 『宗敎敎育學硏究』 68, 한국종교교육학회, 2022; 정혜진, 「광주의 죽은 자들의 부활을 어떻게 쓸 것인가?—고정희의 제3세계 휴머니즘 수용과 민중시의 재구성(1)」, 『여성문학연구』 48, 한국여성문학학회, 2019.
3) 이소희, 「고정희와 아시아—민중, 여성, 공동체」, 『서정시학』 31, 계간 서정시학, 2021; 최가은, 「여성—민중, 선언—『또하나의문화』와 고정희」, 『한국시학연구』 66, 한국시학회, 2021; 조연정, 「1980년대 문학에서 여성운동과 민중운동의 접점 = 고정희 시를 읽기 위한 시론(試論)」, 『우리말글』 71, 우리말글학회, 2016.
4) 조연정, 「'여성해방문학'으로서 고정희 시의 전략」, 『한국학연구』 62, 인하대학교 한국학연구소, 2021.
5) 안지영, 「'여성적 글쓰기'와 재현의 문제 : 고정희와 김혜순의 시를 중심으로」, 『한국현대문학연구』 54, 한국현대문학회, 2018.

터 인간을 해방시키는 운동'이라고 나는 믿고 있다. 이 인간해방운
동의 새로운 인간학적 계기를 의미하는 '여성주의 시각'은 지금까지
역사 속에서 소외되어 온 여성의 삶과 억압 구조를 해방의 우선순위
로 보려는 대안적 시도이다. (…) 나는 여성주의 시각의 핵심을 한국
에서, 그리고 아시아 여성들의 삶과 수난에서 찾으려 하는 사람 중
의 하나이다. 보부아르보다 더 선진적이고 주체적인 계약결혼의 모
델을 나는 조선조 황진이와 이사종의 계약결혼에서 보고 있으며, 태
평천국 당시 3천만의 여성이 만리장정에 참여해 서른만이 살아남은
중국의 해방전선 여성들을 통해 동양 여성해방운동의 뿌리를 보게
된다.[6]

이처럼 고정희는 서문에서 보다 직접적으로 '여성해방'에 대해 언급하
고 있는데, 그 내용은 먼저 '인간해방운동'으로부터 시작한다. "'인간으로
부터 인간을 해방시키는 운동'"이라고 했을 때, 고정희의 시각에 전제되어
있는 것은 "역사 속에서 소외되어 온 여성의 삶과 억압 구조"이다. 이러한
억압의 내용은 1990년에 급작스럽게 발현된 것으로 보기에는 무리가 있
는데, 이와 같은 문제의식은 1989년에 출간된 『저 무덤 위에 푸른 잔디』
의 후기(後記)에서도 보다 잘 드러나기 때문이다.

이 시집에서 나는 우리의 삶 구석구석에 스며 있는 '어머니의 혼
과 정신'을 '해방된 인간성의 본'으로 삼았고 역사적 수난자요 초월
성의 주체인 어머니를 '천지신명의 구체적 현실'로 파악하였다.
눌린 자의 해방은 눌림받은 자의 편에 섰을 때만 가능하다. 그런
의미에서 눌림받은 여성의 대명사인 어머니는 잘못된 역사의 고발

---

6) 고정희, 『고정희 시전집 2』, 또하나의문화, 2011, 339쪽. 본고에서 인용하는 고정희
   의 시는 『고정희 시전집 1』과 『고정희 시전집 2』 전집 모두를 텍스트로 삼았음을
   밝힌다. 이후 『고정희 시전집』으로 본문에 출처 표기한다.

자요 중언의 기록이며 동시에 치유와 화해의 미래이다.

　민족공동체의 회복은 '새로운 인간성의 출현과 체험'의 회복을 전제로 한다. 그 새로운 인간성의 모델을 우리는 어디에서 찾을까? 나는 그것이 수난자 '어머니'의 본질에 있다고 믿는다.[7]

고정희는 삶 속에서 "'어머니의 혼과 정신'"을 발견하고 이를 "'해방된 인간성의 본'"으로 삼는다. 이러한 '발견'의 의미는 3장에서 살펴볼 '이름 붙여주는 일'의 연장선에서 파악될 수 있다. 고정희는 그녀가 발견한 억압과 이로부터 해방의 가능성을 지닌 존재로 "'초월성의 주체인 어머니'"를 상정한다.

이때 초점은 "눌린 자의 해방"에 있으며, 이것은 오로지 "눌림받은 자의 편에 섰을 때만 가능하다"라는 것이 고정희의 입장이다. 그녀는 이처럼 억압과 이로부터의 해방을 위해 억압된 "여성의 대명사인 어머니"를 호명하고 "본질"로 믿고 있다. 본고의 문제의식은 이 지점에서 출발한다. 앞선 1990년 출간된 『여성해방 출사표』에서의 급진적인 내용뿐만 아니라 1989년 『저 무덤 위에 푸른 잔디』의 후기에서 알 수 있듯, 고정희는 억압된 '여성'과 '여성해방'의 문제에 관심을 두었다. 나아가 대안으로서의 "새로운 인간성의 모델"이 "'어머니'의 본질"에 있음을 이야기하였다. 이때 '어머니'의 본질에서 알 수 있는 것은 고정희가 회복과 해방된 인간성의 본질을 상정했다는 점이다. 이것은 곧 본래적인 여성으로서의 정체성을 지칭하는 것이며, 이는 억압과 해방의 구도 가운데 진정한 저항의 지점을 다시금 살펴야 할 단서가 된다.

이처럼 위에서 반복적으로 살펴볼 수 있는 '억압'과 '해방'의 구도는 고정희 시의 여성해방의 문제와 긴밀하게 연관되어 있다고 할 수 있다. 이러

---

7) 『고정희 시전집 2』, 121쪽.

한 억압과 해방의 구도 가운데 푸코의 금지와 욕망의 관계를 사유해 볼 수 있다. 푸코에게 있어 "권력과 저항(대항－권력)은 서로를 전제하고 생성한다." 푸코의 입장에서 이러한 순환적이며, 절대적 내재성의 관계 가운데 발생하는 저항은 권력의 질서 속에서 생성된다. 하나의 억압이 있고 이것에 대한 저항이 있다면, 이러한 저항은 곧 권력의 일부로 포섭되는 저항으로 상정된다. 하지만 푸코가 간과한 것은 권력 기제 그 자체가 성애화되는 것, 즉 권력의 억압 작동과 이에 대한 저항이 아닌, 억압 장치가 억압이 불가능한 과잉을 생산할 수 있다는 점이다. 다시 말해, 권력의 의도를 넘어선 결과의 문제에 직면하게 된다는 것이다.

지젝은 이 지점에서 푸코가 감지하지 못했던 훈육적 권력 이론의 가능성을 읽어낸다. 그는 "훈육적 권력 메커니즘에 대한 저항을 존재론적으로 토대지을 만한 곳으로서 미리 존재하는 어떠한 실정적 신체도 없다는 바로 그 사실이 유효한 저항을 가능하게 만든다는 것이다"라고 역설한다. 나아가 이것을 페미니즘의 논리에 적용하고 있다. "어떤 여성적 본질(영원한 여성 Eternal Ferminine에서 보다 최근의 여성적 글쓰기에 이르기까지)에 대한 지칭이 남성적인 상징적 질서에 대한 여성들의 저항을 토대짓는 것처럼 보이기는 하지만, 그럼에도 불구하고 이와 같은 지칭은 여성성을 어떤 미리 주어진 기반으로서 굳혀놓으며, 남성적 담론 기계는 그 위에서 작동하게 된다. 따라서 여기서 저항은 선－상징적 기반이 상징적 침입에 대항해서 벌이는 저항에 불과하다. 하지만 여성성을 봉쇄하고 범주화하려는 가부장적 노력 그 자체가 저항의 형식들을 생성한다고 하게 되면, 더 이상 기저의 기반을 위한 저항이 아닌, 억압적 힘을 넘어선 과잉 속에 있는 능동적 원리로서의 저항을 위한 공간이 열린다."8) 즉 본체적인 여성성

---

8) 슬라보예 지젝 저, 이성민 역, 『까다로운 주체』, 도서출판b, 2005, 401－408쪽 참조.

이라는 본질을 상정하는 그 자체가 소극적인 저항의 형태가 될 수 있다. 하지만 억압적인 가부장적 질서 가운데 분출되는, 억압적 힘을 넘어선 능동적 저항은 곧 상징적 질서에 구멍을 내는 힘을 가지게 된다는 것이다.

본고는 위와 같은 입장을 바탕으로 고정희 시에 나타난 여성의 억압과 여성해방을 살펴보고자 한다. 이때 고정희가 시에서 강조했던 극복의 대안과 여성적인 본질은 선―상징적인 여성의 기반을 지칭한 것으로 파악된다. 이러한 여성적인 것, 여성해방은 가부장적인 논리 안에서 소극적인 저항으로 읽힐 수 있는 가능성을 지니고 있다. 본고는 이 지점에서 한걸음 나아가 고정희 시에 나타난 '이름 붙일 수 없는 것들'에 주목하여 그것이 가지고 있는 여성해방의 가능성을 살펴보고자 한다. 여성이라는 선―상징적인 본질적 기반을 부정할 때, 진정한 여성해방이 가능한 것인지도 모른다. 고정희 시에서 증상으로 나타나는 '이름 붙일 수 없는 것들'은 억압적인 가부장적 사회에서 여성의 진정한 해방의 공간을 잠시 잠깐 열어놓을 수 있는 힘들을 지녔다고 할 수 있다.


## 2. 억압된 여성과 본질로서 상정되는 '어머니'

고정희는 살아생전 편지글을 통해 자신의 작품 및 문학, 여성 운동 등에 관한 생각을 담은 것으로 알려져 있다. 고정희는 '제3세계' 문제와 관련해 편지글에서 파울로 프레이리의 "Pedagogy of the Oppressed"를 구체적으로 언급한다.

> 억압으로부터의 해방의 실현에 대한 커다란

장애물의 하나는 압박의 현실이 그 속에 있는
이들을 흡수해서 인간들의 의식을 침몰시켜
버리는 것이다. 기능상으로 압제란 '길들이기'
이다. 사람이 압제의 힘에 더 이상 먹이가 되지
않으려면 거기서 탈출하여 그 힘에 항거해야 한다.
그러자면 방법은 오직 실천 행동, 세계의 개혁을
위한 반성과 행동이란 방법밖에 없다.[9]

2장에서 살펴볼 고정희의 편지글과 시에서 드러나는 일관된 내용은 여성의 억압과 이로부터의 해방이다. 1985년 7월 1일의 편지에서 고정희가 "여성 문제를 분단 현실과 연결시키고 여성 운동의 과제를 이끌어 내고" 있음을 알 수 있다. 보다 직접적으로 "억압으로부터의 해방"을 말하고 있는 그녀는 그러한 "억압으로부터" "탈출"해야 하고, "그 힘에 항거해야 한다"라고 말한다. 억압과 저항의 구도 가운데 이와 같은 저항의 움직임은 어떻게 보면 당연한 것으로 읽힌다. 이때 고정희가 선택하고 있는 실천 행동의 하나는 시 쓰기였을 것이며, 그녀는 시를 통해 억압을 인식하고 해방의 내용을 직접적으로 드러낸다.

어머니/ 더는 잠드실 수 없나보군요/ 흙탕물 질펀한 유세마당에/ 적막한 주름살로 서 계시는/ 어머니/ 이천 년도 더 짓밟히신 어머니/ 열 손가락 피 깨물면서도/ 개과천선 그날을/ 못 버리시다니/ 하녀노릇 옥살이 지겹지도 않나요/ 몸 팔아 자손들 먹여살리시느라/ 다국적 사창가 전전하면서/ 육천 마디마다 쇠바늘 꽂아놓고/ 긴긴 날궂이 버티신 지난 날/ 누구를 그다지도 기다리셨나요/ 점찍으신 자손들은 옥문이나 드나들고/ 보필하신 자손들은 객사귀신 되어/ 구천의

9) 조형 외 엮음,『너의 침묵에 메마른 나의 입술 : 여성해방문학가 고정희의 삶과 글』,
또하나의문화, 1993, 44쪽.

하늘이나 떠돌고 있는데/ 경천애민(敬天愛民) 그날을/ 못 버리시다
니// 어머니/ 그날은 꼭 올까요/ 어머니의 백일 금식/ 효험이 있을까
요/ 오늘은 당신의 12대 회갑잔치,/ 남은 자손들 얼기설기 모여 앉아
/ 유례없는 말잔치/ 유례없는 공수표로/ 한 상 떡 벌어지게 '먹자판'
벌여놓고/ '만수무강하사이다' 기원축수 드리니/ 뼛골에 사무치는
시장기 감추시고/ 망연자실 펄럭이는, 펄럭이는/ 어머니
　　　　　　　　－「프라하의 봄·6－12대(代)를 곡(哭)함」10)

　　시적 주체가 바라보는 어머니는 "더는 잠드실 수 없"는 상태이다. 이는
잠들 수 없을 만큼 고통스럽거나 어머니가 처한 현실이 편히 잠들만한 상
황이 아니라는 것을 말해준다. 어머니가 서 있는 곳은 "흙탕물 질펀한" 마
당이다. 두 발 딛고 있는 그곳은 깨끗하지 않고 혼탁하기만 하다. 어머니
의 "적막한 주름살"은 그늘지게 쌓여온 세월이자 역사 그 자체이며, 그 시
간은 "이천 년도 더" 되지만 "짓밟"혔다는 점에서 고통과 억압을 의미할
것이다. 그럼에도 불구하고 어머니는 "개과천선 그날"을 "못 버리"고 있
다. 그 언젠가 지금보다 나은 "그날"이 올 것이라는 믿음 하나로 "하녀노
릇 옥살이"를 하고 있는 것이다. 여기서 시적 주체는 "지겹지도 않나요"라
고 묻고 있는데, 이 표현 가운데 전제되어 있는 것은 여성의 고통이 일반
화되어있다는 점이다. "하녀노릇 옥살이"가 고통스럽지 않느냐고 묻는 대
신 "지겹지도 않"느냐는 물음 안에는 어머니가 감내해온 당연시된 고통과
억압의 시간이 담겨있다. 결국 "그날"을 위해 "긴긴 날궂이 버티신 지난
날"에도 "누구"는 아직 오지 않는다. 기다려도 오지 않을 "누구"를 기다리
는 일을 어머니가 하고 있다. 이 시에서 어머니는 억압의 세월을 지겹게
감내하면서도 "그날"에 대한 희망만은 포기하지 못하는 모습을 보여준다.

---

10)『고정희 시전집 1』, 444－445쪽.

다음 살펴볼 시에서는 위의 시에서 살펴볼 수 있는 내용에서 한걸음 나아가 사람의 본이 '어머니'로 제시되고 있다.

> 1. **사람의 본이 어디인고 하니**// 어머니여/ 마음이 어질기가 황하 같고/ 그 마음 넓기가 우주천체 같고/ 그 기품 높기가 천상천하 같은/ 어머니여/ 사람의 본이 어디인고 하니/ 인간세계 본은 어머니의 자궁이요/ 살고 죽는 뜻은/ 팔만사천 사바세계/ 어머니 품어주신 사랑을 나눔이라// 그 품이 어떤 품이던가/ 산 넘어 산이요 강 건너 강인 세월/ 홍수 같은 피땀도 마다하지 않으시고/ 조석으로 이어지는 피눈물도 마다하지 않으시고/ 열 손가락 앞앞이 걸린 자녀/ 들쭉날쭉 오랑방탕 인지상정 거스르는/ 오만불손도 마다하지 않으시고/ 문전옥답 뼈빠지게 일구시느라/ 밥인지 국인지 절절끓는 모진 세월도/ 마다하지 않으시고/ 거두신 것 가진 것 다 탕진하는/ 오만방자 거드름도 마다하지 않으시고/ 밤인가 낮이런가 칠흑 깜깜절벽/ 인제 가면 언제 오나 원통 세월/ 인생무상 희생봉사도 마다하지 않으시고/ 하늘이 높아 알리/ 땅이 깊어 알리
>
> —「첫째거리—축원마당 : 여자 해방염원 반만년」 부분[11]

이 시는 "사람의 본"에 대한 질문으로 시작한다. 이는 어떠한 근본, 즉 "어디"에서부터 왔는가에 대한 근원적인 질문일 것이다. 시적 주체는 질문에 이어 이내 어머니를 부르고 있는데, 어머니는 "마음이 어질"고 "마음"의 "넓기가 우주천체 같"으며 "기품 높기가 천상천하 같"다. 이때 다시금 "어머니"가 호명되고 "사람의 본이 어디인고 하니/ 인간세계 본은 어머니의 자궁이요"라는 표현이 나타난다. 시적 주체가 인식하는 어머니는 생명력의 원천이자 인간의 근원 그 자체이다. "사람의" 근원이자 뿌리는 거슬러 올라가면 도달할 수 있는 하나의 지점으로 상정된다. 그 하나의 '본'

---

11) 『고정희 시전집 2』, 11−12쪽.

으로부터 뻗어 나왔던 장소가 "어머니의 자궁"이다. 자궁이라는 생명성과 근원성을 가진 어머니가 이 세상에서 "모진 세월도. 마다하지 않"고 "밤인가 낮이런가" 구분할 수 없는 그 세월을 견디어내고 있다. 계속해서 그려지고 있는 "어머니"의 억압과 고통의 역사 가운데 시적 주체는 "어머니"로부터 "품어주신 사랑"을 기억해 낸다. 이러한 사랑을 나눈다면 시의 제목처럼 "여자 해방"을 꿈꿀 수 있는 것으로 인식한다. 시는 억압과 폭력의 세월 가운데서도 "어머니"의 근원성 및 생명력과 "사랑"을 이야기한다. 이와 같은 억압과 고통에도 고정희 시에서 "어머니"는 무엇인가를 위해 인내한다. 이것은 앞선 시에서 봤던 것처럼 "그날"과도 같은 여성해방의 날일 것이다.

    1. 옷고름 휘날리며 치맛자락 펄럭이며// 들어오신다 들어오신다 / 어머니강물 들어오신다/ 옷고름 휘날리며 치맛자락 펄럭이며/ 앞 서거니 뒤서거니 어머니강물 들어오신다/ 살아생전 못다 푼 원/ 저 승엔들 잊었으리/ 오매불망 고향산천/ 구천엔들 잊을손가/ 그리운 얼굴 찾아 어머니강물 들어오신다// 큰어머니 뒤에 작은어머니/ 작 은어머니 뒤에 젊은 어머니/ 젊은 어머니 뒤에 종살이 어머니/ 종살 이 어머니 뒤에 씨받이 어머니/ 조모 앞에 고모 이모 앞에 숙모/ 침 모 앞에 당모 계모 앞에 유모/ 앞서거니 뒤서거니 어머니강물 들어 오신다/ 매맞아 죽은 어머니 들어오시고/ 칼맞아 죽은 어머니 들어 오시고/ 총맞아 죽은 어머니 들어오시고/ 원통해 죽은 어머니 들어 오시고/ 시국 난리에 죽은 어머니 들어오시고/ 칠년대한 왕가뭄에 죽은 어머니 들어오시고/ 구년치수 물난리에 죽은 어머니 들어오시 고/ 약 한 첩 못 쓰고 죽은 어머니 들어오신다
          —「셋째거리—해원마당 : 지리산에 누운 어머니
                   구월산에 잠든 어머니」 부분12)

---

12) 『고정희 시전집 2』, 28−29쪽.

이 시의 특징은 '어머니'가 "들어오"는 것에 있다. 조연정은 고정희의 시 안에서 이와 같이 두드러지게 호명되는 '어머니'들이 "모성의 수난과 희생을 신비화하는 것과는 거리가" 있음을 역설한다. 신비화하는 대신 "역사를 인식하는 주체로서의 여성을 전면으로 내세운다는"[13] 그의 독법은 설득력이 있어 보인다. 다만, 앞서 살펴본 시편들에서 알 수 있듯, 고정희 시에서 '어머니'는 여성의 수난과 억압의 역사 그 자체를 표현하고 있지만, 한편으로 돌아가야 할 근원으로 제시되고 있다는 점에서 여성의 근원성을 상정하고 있다는 것을 간과하기는 힘들어 보인다.

들어온다는 것은 외부로부터 안으로 온다는 것이며, 시적 주체의 태도를 비추어 봤을 때 "어머니강물"은 외부로부터의 침입보다 부재에서 귀환으로 읽을 수 있다. 시적 주체가 바라본 "어머니강물"에는 "어머니"의 역사가 있으며, 그곳에는 "매맞아 죽"거나 "칼맞아 죽"는 등 "원통"한 사연이 뒤따른다. 이러한 억압과 폭력의 역사는 앞서 살펴봤던 시에서도 읽어낼 수 있는 내용이다. 다만, 여기서 주목하고 넘어갈 것은 지속적으로 살펴봤던 시의 내용 가운데 근원성으로서의 여성, 나아가 억압과 이로부터의 저항의 내용들이 다소 도식적이라는 느낌을 지울 수 없다는 점이다.

위의 시에서 나타나는 '어머니'들은 그 자체로 억압의 역사이자 산물이라는 것을 부정할 수는 없다. 다만, '어머니'의 사유에서 한걸음 나아가 여성해방의 가능성을 위해 주목해야 할 것은[14] "나눌 수 없으며 정복할 수

---

13) 조연정, 위의 글, 496쪽.

14) '어머니'의 형상과 관련해서 카라 워커의 작품에 대한 해석은 좋은 참고가 될 수 있다. 카라 워커의 작품은 그가 속한 흑인 공동체에서도 적지 않은 논쟁을 일으킨다. 그녀의 작품과 관련하여 "많은 흑인들은 그 작업에 격렬하게 반대하며 심지어 그녀의 전시회에 항의하기 위한 편지쓰기 캠페인을 벌이기도 한다. 이러한 항의자들이 보기에 문제는 이렇다. 인종의 존엄을 확인해주는 내러티브나 짓밟혀도 용기를 잃지 않는 사람들의 현실적 성취와 한결같은 고결함을 반영하는 내러티브 대신에,

없는 잔여, 비죽음(undead)으로서의 유령성"15)이다. 즉 중요한 것은 억압을 넘어선 "어떻게 명명해야 할지 모르겠는 행위들"에 대한 인식이자 유령성이다. 이러한 명명할 수 없는 유령성과 관련해서는 3장에서 고정희가 밝혔던 '이름 붙이는 일'과 관련해서 살펴보기로 하자.

고정희가 그리고 있는 어머니의 역사는 어떠한가. 지속적으로 살펴보았지만 시 안에서 그려지고 있는 여성은 대부분 억압과 수난의 역사를 가진 인물들이다. 억압과 수난은 부정할 수 없는 역사이자 사실이며, 이것에 대한 저항 역시 자연스러운 것이다. 한편 이 지점에서 한걸음 더 나아가야 함을 알 수 있는데, 이때 고정희의 선택은 여성적인 '본'으로 돌아가거나 다른 대안의 공동체를 꿈꾼다.

> 대저 하늘 아래 사람은 남녀가 일반이라/ 우리는 조선의 여자로 태어나/ 학문과 나랏일에 종사치 못하고/ 다만 방직과 가사에 골몰하여/ 사람의 의무를 알지 못하옵더니/ 근자에 들리는 소문에 의하면/ 국채 일천삼백만 원에 나라의 흥망이 달려 있다 하오니/ 대범 이천만 중 여자가 일천만이요/ 여자 일천만 중 반지 있는 이가 오백만이라/ 반지 한 쌍에 이원씩 셈하여/ 부인 수중에 일천만 원 들어 있다 할 것이외다/ 기우는 나라의 빚을 갚고 보면/ 풍전등화 같은 국권 회복 물론이요/ 여권의 재앙 말끔히 거둬 내고/ 우리 여자의 힘 세상

도전적인 흑인 노예나 자기희생적이고 고결한 흑인 노예의 긍정적이고 고양된 이미지 대신에, 워커의 자장가풍의 추잡한 작품들은 불쾌한" 성적인 흑인 원주민들 "sex pickaninnies을 내놓는다는 것이다. 호텐토트족의hottentot 창부들, 흑인혼혈인들, 만딩고들, 톰 아저씨들, 온갖 종류의 더러운 놈들이 분만, 비역, 식인, 똥 먹기 같은 난폭하고 음탕한 행위들과 그 밖에 어떻게 명명해야 할지 모르겠는 행위들을 태연하게 벌이고 있다." 이처럼 그녀는 흑인 여성임에도 불구하고 자신의 작품에서 남북전쟁 이전의 미국 남부 흑인 노예와 관련한 추잡함을 그리고 있다. 조운 콥젝 저, 김소연 · 박제철 · 정혁현 역, 『여자가 없다고 상상해봐』, 도서출판b, 2015, 148쪽 참조.
15) 조운 콥젝, 위의 책, 418—419쪽 참조.

에 전파하여/ 남녀동등권을 찾을 것이니/ 대한의 여성들이여,/ 반만
년 기다려 온 이 자유의 행진에/ 삼종지덕의 가락지 벗어던져/ 새로
운 세상의 징검다리 괴시라
　　　　　　 ─「반지뽑기부인회 취지문─ 여성사 연구 2」[16]

　위의 시에서 그려지는 여성은 "힘"을 가지고 있는 존재들이다. 그렇기
때문에 이 힘을 "세상에 전파"해야 하며 시적 주체는 이를 통해 "남녀동등
권을 찾을 것"을 요청한다. 표면적으로 보자면 "남녀동등권"이라는 말은
지극히 상식적으로 들린다. 시 안의 내용만을 가지고 살펴보자면 남성적
인 것, 여성적인 것이라는 이분법적인 본질이 존재하며, 여성적인 것의 회
복을 통해 남녀가 동등해질 수 있다는 것을 의미한다. 하지만 이러한 남성
적인 것/여성적인 것이라는 구분은 여성이라는 선─상징적인 것을 상정
하는 것을 의미하며, 이러한 침입에 대한 저항은 다소 소극적인 저항이 될
수 있음을 앞서 살펴보았다. 시는 "남녀동등권"에서 한걸음 나아가 "새로
운 세상의 징검다리"가 될 것을 요청한다. "새로운 세상"이라는 염원은 지
금 여기에서가 아닌, 또 다른 완벽한 그 무엇인가를 상상하는 것이다. 이
것은 곧 현실이 완벽하지 않고 억압되어 있다는 방증이기도 하다.

　1986년 발표된 「한국 여성 문학의 흐름─시와 소설을 중심으로」에서
고정희는 "80년대 여성 문학은 진정한 여성을 위한 여성에 의한 여성의
문학이 형성될 만한 터전이 웬만큼 확보되어 가고 있다 해도 과언이 아니
다"[17]라고 평가한다. 이 지점에서 주목해야 할 표현은 "진정한 여성"이라
는 것이다. 나아가 "여성 문학은 진정한 여성 문화 양식을 형성시켜 나가
는 데 자기 자리를 확보할 수 있어야 한다"라고 주장한다. 뒤이어 80년대

---

16) 『고정희 시전집 1』, 587─588쪽.
17) 조형 외, 위의 책, 175쪽.

여성 문학의 과제에 대해서 이야기하는데, "최선의 이념으로서 참된 민주 공동체의 형성을 지향"해야 한다고 말한다. 이는 지금의 현실보다 더 나은 대안적인 공동체를 꿈꾸는 것이며, 여기에 전제되어 있는 것은 "지배 문화 혹은 가부장제 부성 문화의 모순을 극복하려는 '대안 문화'"이다. 억압의 구도 가운데 여성을 억압하고 있는 "지배 문화 혹은 가부장제"에 대한 극복 염원은 곧 여성성에 대한 회복이자 가부장제의 모순까지 극복 가능할 것이라는 완전한 '대안 문화'를 꿈꾸게 만든다. 이것은 억압과 해방의 구도 가운데 자연스럽게 꿈꿀 수 있는 이상일 수는 있겠으나, 고정희가 구체적으로 말하는 "남녀를 동시에 구원"하고 "새로운 사회의 비전을 제시하는 모성적 생명 문화의 차원"[18]은 그 근거를 여성성에 두고 있다는 점에서 다시금 사유해 봐야 한다. 즉, 고정희가 전제하고 있는 가부장적 모순의 극복과 대안문화는 여성성을 기반으로 극복 가능한 것으로 상정하고 있기 때문이다. 극복 가능하다는 것은 곧 여성성에 대한 완전함을 전제하는 것을 의미한다.

뒤이어 「여성주의 문학 어디까지 왔는가? ─소재주의를 넘어 새로운 인간성의 실현으로」에서도 고정희는 "남녀 해방된 세계관을 지향하는 실천 문학으로써 여성해방 문학은 지배자의 시각을 대변하는 여타의 권위주의적 논리와 이념 규정, 언어, 방법론을 일시에 버릴 것을 요청받는다."[19]라고 말한다. 하지만 이 지점에서 과연 이러한 "버릴 것을 요청"한다는 것이 가능한 것인지 의문을 품어봐야 한다. 조금만 비틀어서 사유해 본다면 권위주의적 논리 가운데 권력과 저항이 사실은 서로를 포옹하고 있다고 볼 수 있기 때문이다.[20]

---

18) 조형 외, 위의 책, 176쪽.
19) 조형 외, 위의 책, 205쪽.
20) 이 지점에서 19세기 '노동 해방'을 연결해서 생각해 볼 수 있다. "스스로의 해방을

고정희가 지속적으로 편지글과 시, 그리고 문학론에서 펼쳤던 '여성해방 문학'의 내용은 살펴봤던 것처럼 어떠한 여성적 본질을 상정하기도 하고 때론 새로운 대안 문화를 전제하고 있다. 하지만 선―상징적인 여성성이라는 것을 상정할 경우 이러한 억압과 저항의 구도는 기존의 가부장적 질서에 포획되는 소극적인 저항으로 읽힐 수 있다. 고정희는 "그 길은 멀고 또한 막막하다. 그러나 이 작업을 우리는 이미 시작하였고 '자매애'에 대한 끝없는 믿음과 신뢰 속에서 혼돈의 터널을 통과해 가야 한다."21)라고 말한 바 있다. 고정희가 상상했던 여성해방의 그 길은 스스로 말했던 것처럼 "멀고 또한 막막"하게 보였을 것이다. 그가 상정했던 여성적인 본질이 잘못된 방식이라는 것을 지적하는 것은 아니다. 다만, 이러한 고정희의 주장과 실천이 지속적으로 막막함에 부딪혔을 때, 그 기저에 실패가 전제되어 있었다는 점을 사유해 봐야 한다. 진정한 여성이라는 것, 여성해방이라는 것은 억압과 해방의 구도 속에서 억압의 힘을 뚫고 분출되는, 고정희의 말을 빌리자면 '이름 붙여주는 일'을 뛰어넘는 저항의 지점에서 발견될 수 있었을지도 모르기 때문이다. 다음 장에서는 고정희가 이름 붙이고자 했지만 '이름 붙일 수 없는 것들'을 살펴보며, 이것이 가진 해방의 가능성을 알아보고자 한다.

---

원했던 노동자는 훈육적 윤리학의 산물이었다. 즉 자본의 지배를 제거하려는 바로 그 시도 속에서 그는 완전히 자기 자신의 주인인 자기 자신을 위해 일하는 (그 결과 자기 자신에게 저항할 수 없는 노릇이므로 저항할 권리를 잃게 되는 등등의) 훈육된 노동자로서 스스로를 확립하고자 했다. 이 층위에서 권력과 저항은 사실상 치명적으로 서로를 포옹하고 있다. 저항 없이는 어떠한 권력도 없으며(권력이 기능하기 위해서는 그 손아귀를 벗어나는 어떤 X가 필요하며), **권력 없이는 어떠한 저항도 없다**(권력은 억압된 주체가 권력의 지배에 저항하여 얻고자 하는 바로 그 핵심을 이미 형성하고 있다)." 슬라보예 지젝, 위의 책, 404―405쪽 참조.
21) 조형 외, 위의 책, 같은 쪽.

## 3. '이름 붙일 수 없는' 자들과 진정한 해방의 가능성

앞서 살펴봤던 것처럼 고정희 시에서는 지속적인 여성의 억압과 이에 대한 여성해방의 가능성을 지닌 인물로 '어머니'가 상정된 것을 알 수 있다. 뒤이어 먼저 살펴볼 고정희와 선배의 편지에서 '이름 붙여주는 일'의 중요성과 관련한 은사님과의 일화는 고정희가 미처 생각하지 못했던 진정한 저항의 가능성을 내포하고 있다.

> 이북에 고향을 두고 월남하셨던 그분은 한국 문단에서 네 기둥의 한 분으로 꼽히면서도 언제나 방관자의 쓸쓸함으로 시단을 지키시다가 결국 그 쓸쓸함을 이기지 못하시고 미국 이민을 작정하셨습니다. (⋯) 그런데 그분은 찻집에 앉으시자마자 봇물 터지듯 문학 얘기를 쏟아 놓으셨습니다. 그 얘기들은 10년 전으로 후퇴한 문단 상황이라는 감이 짙었으므로 저는 결국 또다시 오만불손한 반격을 가할 수밖에 없었지만 그 말씀 중 한 가지만은 매우 귀중한 뜻을 내포하고 있었습니다.
>
> 그분의 문학관으로서는 시가 정치 의식이나 사회 의식 쪽에 인위적인 타겟을 두고 나가는 것을 용납할 수는 없으나, 단지 '이름붙여주는 일'은 중요하다는 것입니다. 즉, 예를 들면 희곡 인형의 집에서 노라가 가출을 작정하고 문을 쾅! 닫고 나갈 때 그 문소리가 대포소리보다 더 컸다고 묘사한 데서 여성 운동의 싹이 트기 시작했다든지, 노예 생활에 전혀 불만이 없던 흑인에게 누군가 "흑인도 사람이야!"라고 말함으로써 흑인 해방의 동기가 강하게 주어졌다면 이것이 바로 '이름을 붙여주는 일'이라는 것이었습니다.
>
> 사회과학적인 눈으로 보면 계몽적 행위이거나 혁명적 발상에 속하는 운동의 차원들이 문학 속에서는 '이름 붙여주는 일'로 해석되는 것이 퍽 새롭게 느껴졌습니다.
>
> 이때 저는 문득 생각하게 되었습니다.

또 하나의 문화가 하고 싶은 일도 결국에는 이름 붙이는 일을 하
는 운동이 아닌가 하고요.22)

고정희는 위의 편지글에서 '이름 붙여주는 일'을 <또 하나의 문화>의
운동과 연결 지어 생각하고 있을 정도로 중요하게 여기고 있다. 이때 고정
희가 생각하는 '이름 붙여주는 일'이란 여성해방을 촉발시킬 수 있는 가능
성에 대한 이름이다. "혁명적 발상에 속하는 운동의 차원들"이라는 말에
서 알 수 있듯, 고정희는 현실에 내재하고 있는 그러한 가능성들에 대해
이름 붙이고자 했으며, 이것이 진정한 여성해방의 차원에서 이루어질 수
있음을 가늠하고 있었는지도 모른다.

하지만 '이름 붙여주는 일'과 관련한 고정희의 입장과는 달리 그녀의 시
에는 차마 '이름 붙일 수 없는' 존재들이 등장한다. 이들은 앞서 살펴봤던
어머니의 형상들처럼 생명의 근원이라든지 뿌리로 읽히지 않고 자리를
소유하지 못한 존재들로 시 안에서 드러난다. 본고는 이를 '이름 붙일 수
없는'23) 자들로 정의하고 살펴보고자 한다. '이름 붙여주는 일'과 관련하

---

22) 조형 외, 위의 책, 61-62쪽.
23) 고정희 시에 나타나는 '이름 붙일 수 없는' 자들과 관련하여 지젝이 사유한 바디우
와 라캉의 "명명불가능한 것"에 초점을 맞추어 살펴보고자 한다. 지젝은 "바디우에
서 명명불가능한 실재는 진리의 과정에 대한 **이해불가능한 외적 배경**인 반면(진리
에 의해 결코 전적으로 "강제"될 수 없는, 저항하는 X), 라캉에서 명명할 수 없는 것
은 **전적으로 내재적인 것으로서, 명명에 선행하는, 과잉으로서의 행위 자체이다.**"
라는 방식으로 "명명불가능한 실재"를 사유한다. 본 논문은 지젝이 사유한 라캉의
'실재'와 관련하여 이와 같은 "명명불가능한" 것을 고정희가 밝혔던 '이름 붙여주는
일'과 관련해서 살펴보고자 한다. 고정희의 입장과는 달리 그녀의 시에는 차마 '이
름 붙일 수 없는' 자들이 시 안에 드러난다. 이러한 '이름 붙일 수 없는' 자들은 "명
명불가능한 실재"와 연결 지어 사유해 볼 수 있다. 이후 살펴볼 시에서 "미친년"이
나 "이름 석자"라는 시어는 이미 주어진 언어로 밖에 표현될 수 없지만, 이러한 기
표를 넘어서는 과잉이 시 안에서 드러나게 된다. 이는 앞서 살펴봤던 라캉이 말한
"명명불가능한" 실재로서 과잉으로 겹쳐 읽을 수 있다는 것이 본고의 입장이다. 슬

여 저항의 가능성을 보여주는 시편을 먼저 살펴보도록 하자.

> 깡마른 여자가 처마 밑에서/ 술 취한 사내에게 매를 맞고 있다/ 머리채를 끌리고 옷을 찢기면서/ 회오리바람처럼 나동그라지면서/ 음모의 진구렁에 붙박여/ 증오의 최루탄을 갈비뼈에 맞고 있다/ 속수무책의 달빛과 마주하여/ 짐승처럼 노예처럼 곤봉을 맞고 있다// 여자 속에 든 어머니가 매를 맞는다/ 여자 속에 든 아버지가 매를 맞는다/ 여자 속에 든 형제자매지간이 매를 맞고 쓰러진다/ 여자 속에 든 할머니가 매 맞고 쓰러지고 피를 흘린다/ 여자 속에 든 하느님이 매 맞고 쓰러지고 피를 흘리/ 며 비수를 꽂는다/ 여자 속에 든 한 나라의 뿌리가/ 매맞고 피흘리고 비수를 꽂으며 윽 하고 죽는다// 깊은 밤 사내는 폭력의 이불 밑에 잠들고/ 세상도 따라 들어가 잠들고/ 오뉴월 한 서린 여자의 넋 속에서/ 분노의 바이러스가 꽃처럼 피어나/ 무지개 빛깔로/ 이 지상의 모든 평화를 잠그고 있다/ 아아 하늘의 씨를 말리고 있다
>
> ─「매맞는 하느님 ─ 여성사 연구 4」[24]

시에서 등장하는 여자는 일방적으로 폭력을 당한다. 맞는 이유는 없다. 그저 "술 취한 사내에게" 매를 맞고, "머리채를 끌리고 옷을 찢기"지만 여자는 반응이 없다. 시적 주체는 "여자 속에 든 어머니"를 바라본다. 여자의 역사 가운데 존재하는 여자. 그 억압과 폭력의 역사 가운데 거슬러 올라가도 있는 것은 매 맞는 어머니일 뿐이다. 이러한 폭력과 억압당하는 여성들은 2장에서 살펴본 내용과 유사하지만, "여자 속에 든 아버지가 매를 맞는다"라는 표현은 미묘하게 결이 다른 시각을 보여준다. 폭력과 억압으로 일그러진 여자의 역사 가운데 그러한 역사를 장악하는 "아버지"가 있다. "어

---

라보예 지젝 저, 김서영 역, 『시차적 관점』, 마티, 2009, 134─135쪽 참조.
24) 『고정희 시전집 1』, 591─592쪽.

머니가 매를 맞"자 때려야 할 것 같은 "여자 속에 든 아버지가 매를 맞"는 것은 아버지가 가진 불완전성을 뜻한다. 나아가 "여자 속에 든 하느님" 역시 "매 맞고 쓰러지"기까지 한다. 그 결과 이러한 폭력으로부터 완벽하게 벗어나는 존재는 사라지고 없고, 불완전한 모든 것들은 폭력 그 자체의 역사에 사로잡힌다.

이 시는 앞서 살펴봤던 시들과는 달리 어떠한 '본질'로 돌아가야 한다는 의지도, 대안에 대한 희망도 없다. 여기서 등장하는 "어머니"는 억압당함 그 자체이고 가해지는 것은 오롯이 폭력이다. 이때 저항은 눈에 띄게 드러나지는 않으며, "여자 속에 든 아버지"와 "하느님", "한 나라의 뿌리가" 죽는다는 것은 그 저항의 의지마저 꺾였다는 것을 의미한다. 이것은 저항할 수 없는 무기력이자 침묵을 의미한다. 의지의 상실로 읽을 수도 있겠지만 뒤이어 표현된 "분노의 바이러스"는 죽은 것들을 통해 번져나가는 그 자체로서의 힘을 가졌다고 볼 수 있다. 죽은 자리에서 솟아나는 "바이러스"는 하나의 생명력을 지닌 "꽃처럼 피어나"고 이것은 "무지개 빛깔로" 다시금 태어나지만, 이것은 어떠한 대안이나 해결이 아닌, "평화를 잠그고 있다"라는 점에서 해결될 수 없는 문제로 드러난다. "하늘의 씨를 말리고 있다"라는 표현은 생명이 더 이상 자라날 수 없는 황무지와 같은 현실 그 자체를 의미하며, 이러한 현실이 고스란히 드러나는 지점은 고정희가 '이름 붙이는 일'로 여성해방의 가능성을 살피고자 했던 작업과는 거리가 멀게만 보인다. 하지만 이렇게 "분노의 바이러스가" 가득한 현실 그 자체는 이 세계의 적나라한 부조리와 억압과 더 큰 불완전성을 드러낸다. 이것은 시적 주체를 둘러싸고 있는 현실 자체에 대한 지각만을 나타낼 뿐이며, 시적 주체가 포착한 '여자'들은 모든 자리를 잃고 가야 할 곳을 잃어버린 존재들로 표현된다. 이것은 어떠한 대안을 제시하는 소극적 저항보다 한걸음 나아가, 억압된 여성의 자리는 오롯이 죽고 나서야 피어오르는 공백으로 자라난다는 것을 의미한다.

다음으로 살펴볼 시는 시적 주체가 바라보는 "미친년"과 그 "미친년"이 가지고 있는 기괴함을 나타내고 있다. 이러한 "미친년"에 대한 기존의 연구에서 조혜진은 고정희 시가 가지는 타자성의 윤리를 살핀다. 그녀는 "작가 스스로가 비체(非體)들의 안티고네로서 '미친년'의 수사를 통하여 괴기스럽지만 고통과 연대한 몸과 죽음에 대한 열망을 보여줌으로써 남성 중심의 질서에서 벗어나 여성성의 타자성을 구현하였다"라고 고정희의 시에 나타난 "미친년"을 해석한다.[25] 조혜진의 "여성성의 타자성을 구현"한다는 해석은 앞서 살펴보았던 본고의 입장과는 정반대의 것임을 알 수 있다. 고정희 시에서 등장하는 "미친년"은 어떤 것을 구현하는 것이 아니라, 그 자체로 '이름 붙일 수 없는' 자이자, 억압을 넘어서는 과잉 그 자체로 본고는 바라보았다.

뒤이어 해석하고자 하는 시편들은 시대적인 아픔과 떼려야 뗄 수 없는 관계에 있다. 그럼에도 이 시편들을 통해 여성해방을 가늠해 볼 수밖에 없는 이유는 '이름 붙일 수 없는' 자들에게 진정한 해방의 가능성이 있기 때문이다. '여성'에만 방점이 찍혀야 한다는 주장이 있을 수도 있겠지만 앞서 살펴보았듯 "새로운 세상"이나 "참된 민주 공동체 형성"과 같은 대안적인 공동체를 고정희가 추구했던 것을 감안한다면, 본고는 이러한 '여성'을 아우르는 진정한 '해방'에 집중해서 살펴보고자 한다. 시대적인 아픔이 "미친년"이라는 과잉으로 드러나는 방식, 나아가 유령과도 같은 자들은 고정희가 언급했던 '여성해방'의 가능성을 지닌 확장된 형태로 읽을 수 있

---

25) 조혜진, 「고정희, 최승자, 김승희 시에 나타난 여성성의 타자성 연구 - '병'과 '욕설'의 결합으로서 '미친년'의 서사를 중심으로 -」, 『한국문예비평연구』 53, 한국현대문예비평학회, 2017, 2쪽.

다는 것이 본고의 주장이다. 이는 뒤이어 해석될 증상과 관련해서 보충될 수 있다.

> 오매, 미친년 오네/ 넋나간 오월 미친년 오네/ 쓸쓸한 쓸쓸한 미친년 오네/ 산발한 미친년 오네/ 젖가슴 도려낸 미친년 오네/ 눈물 핏물 뒤집어쓴 미친년 오네/ 옷고름 뜯겨진 미친년/ 사방에서 돌맞은 미친년/ 돌맞아 팔다리 까진 미친년/ 쓸개 콩팥 빼놓은 미친년 오네 // 오오 오월 미친년 오네/ 히, 히, 하느님께 삿대질하며/ 하늘의 동맥에다 칼을 꽂는 미친년/ 내일을 믿지 않는 미친년 오네/ 까맣게 새까맣게 잊혀진 미친년/ 이미 사망신고 마친 미친년/ 두 눈에 쌍불 켠 미친년 오네/ 철철철 피 흐르는 미친년/ 아무것도 무섭잖은 맨발의 미친년/ 아무것도 걸리잖는 미친년 오네/ <누가 당하나>/ 사지에 미친 기운 불끈불끈 솟아/ 한 손에 횃불 들고/ 한 손에 조선낫 들고/ 수천 마리 유령들과 앞서거니 뒤서거니/ 허접쓰레기들 휘이휘이 불 사르러/ 허수아비 잡풀들 싹둑싹둑 자르러/ 오 무서운 미친년/ 위험스런 미친년 달려오네/ (여엉자야, 수운자야…… 미친년 온다/ 문단속 해라……이럴 땐 xx이 제일이니라)
>
> —「프라하의 봄 · 8」26)

"미친년"을 맞이하는 첫 반응은 "오매"와 같은 놀람이다. "오매"가 '밖의 일에 깜짝 놀라거나 진저리가 날 때, 탄식할 때 내는 말'이라는 것을 생각해 봤을 때, 시적 주체가 바라보는 미친년은 놀람의 대상이자 봐서는 안 될 존재이다. 그런 "미친년"이 오고 있다. "미친년"은 "넋"이 나가있고 "쓸쓸"하고 또 "쓸쓸"하다. "젖가슴 도려낸 미친년"은 고정희의 다른 시에서 생명의 근원으로 표현되었던 '어머니'와 같은 여성과는 달리 "젖가슴"을 "도려"냈다. 젖을 물릴 수 있는 생명력이 미친년에게는 없다. 이미 '이름

---

26)『고정희 시전집 1』, 449−450쪽.

붙여진 것들'일 수 있는, 다시 말해 가부장적 사회에서 명명되어버린 "미친년"이라는 주어진 이름이 시 안에서 달리 표현되고 있는데, 이 "미친년"의 특징은 "아무것도 걸리잖는"다는 점에 있다. 이미 주어진 이름이지만 "아무것도 걸리잖는", 어느 것으로도 포획될 수 없는, 그나마 "미친년"이라는 단어로 밖에 표현이 안 되는 그 이상의 "미친년"은 "수천 마리 유령들과 앞서거니 뒤서거니"한다. 「프라하의 봄 · 8」에서 드러나는 "미친년"은 시대적인 아픔을 고스란히 체현해 내고 있고, "미친년"이라는 말로 밖에 설명되지 않지만 그 어떤 것으로도 "걸리잖는"다는 복합적인 존재라는 점에서 '이름 붙일 수 없는' 자이다. '이름 붙일 수 없다'는 것은 그 어떤 언어로도 형용할 수 없는, 그 자체로 하나의 증상이라고 볼 수 있다.[27] 이 지점에서 시대적인 아픔과 여성의 해방을 분리시켜야 한다는 필요성을 제기할 수도 있겠지만, 이 시에는 시대적인 아픔보다 여성의 억압과 그 상처

---

27) 이 지점에서 "여자는 그 자체로는 충만한 존재론적 일관성을 가진 실정적인 실존체로 존재하지 않고, 오직 남자의 증상(징후)로서만 존재한다."라는 내용을 떠올릴 수 있다. "만일 증상(징후)이 해소된다면, 주체 자신이 자기 발 밑에서 근거를 잃고 해체된다. 이런 의미에서는, '여자는 남자의 징후이다'는 남자 자신이 오직 그의 징후(증상)으로서의 여자를 통해서만 존재한다는 것을 뜻한다. 그의 모든 존재론적 일관성은 그의 징후(증상)에 매달리고, 그의 징후(증상)로 인해 정지되며, 그의 징후(증상) 속에 '외화'된다. 달리 말하자면, 남자는 글자 그대로 탈―존한다ex―sist. 그의 존재 전체는 '저기 바깥에', 여자에게 있다. 반대로 여자는 존재하지 않으며, 그녀는 주장한다insist. 이것이 그녀가 남자만을 통해서 존재하는 것이 아닌 이유이다. 그녀 안에는 남자와의 관계, 남근적 기표에의 준거를 벗어나는 무언가가 있다." 본고는 고정희가 상정했던 여성의 선―상징적 기반에 대한 재독의 필요성을 다시금 강조하고자 한다. 이때 여성은 선―상징적 기반에 의한 본질적인 정체성이 있는 것이 아니라, 위의 인용문에서 살펴보았듯, "오직 남자의 증상(징후)로서만 존재한다"라는 논의를 따르고 있다. 증상(징후)은 고정희가 시에서 '이름 붙이는 일'을 할 수 없게 만드는 포획할 수 없는 '이름 붙일 수 없는' 자들이며, 이들이 곧 그녀가 주장했던 여성해방의 진정한 해방 가능성을 지니고 있다는 관점으로 본고는 바라보았다. 슬라보예 지젝 저, 주은우 역, 『당신의 징후를 즐겨라』, 한나래, 1997, 253―254쪽 참조.

가 더 크게 튀어 오른다. "미친년"에 대한 시적 주체의 감정이 동정으로부터 비롯되었다면, 이것은 시대적인 아픔에 종속된 아픔으로 읽을 수 있을 것이다. 하지만 "아무것도 무섭잖"고 "아무것도 걸리잖는 미친년"은 시적 주체의 눈에 "수천 마리 유령들과 앞서거니 뒤서거니" 들어오는 유령 그 자체이다. "미친년"에게는 그들을 위한 안타까움의 자리마저 없으며, "문단속해라"라는 표현에서 알 수 있듯 "미친년"은 남은 자들에게 마저 소외받는다.

이처럼 「프라하의 봄 · 8」에서 나타나는 "미친년"은 앞서 2장에서 살펴보았던 억압과 그로부터의 해방으로서의 '여성'과는 결이 다르다는 것을 알 수 있다. 고정희가 '이름 붙이고자 했던' 것들로부터 차마 "미친년"이라는 주어진 단어 이외에 이름 붙일 수 없는, "아무것도 걸리잖는" 미친년은 억압 그 자체이자 슬픔으로도 반응할 수 없는 '이름 붙일 수 없는' 그 이상의 과잉인 것이다.

다음으로 살펴볼 시에서도 시적 주체의 눈에 이름 붙일 수 없는 존재들이 유령처럼 떠다니는 것을 볼 수 있다.

1. **오월 어머니가 부르는 노래**// 어머니의 피눈물로 이름 석자를 적고/ 아버지의 통곡으로 원혼을 불러/ 어느 누가 울리는 축원원정인가 하옵거든/ 어느 뉘 집 부귀영화를 빌고/ 자손만대 생기복덕을 기리는 안태굿이 아닙니다/ 한 집안 삼대에 걸친 편안을 빌고/ 십대가 곱게 나기를 발원하는 대감굿이 아닙니다/ 하나를 투자하여 백을 벌어들이고/ 백을 밑천 삼아 천석꾼을 삼자 하는/ 재수굿 안태굿은 더욱 아닙니다// 사람마다 뿌리 두는 어머니/ 하늘을 움직이고 땅을 울리는 어머니/ 그 단장의 이름으로 불러 보는 이름 석자/ 비명절규 사연 여기 있사외다/ 원통하고 절통하여/ 대낮의 해도 빛을 잃고/ 지나가던 바람도 가던 길을 멈추는/ 한 고을 떼죽음 사연/ 일가족 몰사

사연/ 줄줄이 비명횡사 사연/ 여기 있사외다/ 연으로는 천구백팔십
년이요/ 달로는 푸르른 오월 날로는 십팔일이라/ 일년 삼백육십오일
이 여덟 번 지나고도/ 그 상처 그 고통 잠들기커녕/ 나날이 피 끓는
사연 여기 있사외다// (…) 길을 가는 대낮에도/ 칼로 꽂히는 이름 석
자/ 어스름녘 천지사방에서/ 창으로 날아드는 이름 석자/ 진압봉 밑
에서 소리치는 이름 석자/ 대검에 찔려 피흐르는 이름 석자/ 연발 총
탄 앞에/ 우후죽순처럼 솟구쳤다 쓰러져버린 이름 석자/ 헬리콥터
기관소총 사격에/ 먼지 티끌보다 가볍게 떼죽음/ 몰사당해 떠도는
이름 석자/ 장마철엔 장대비로 쏟아지고/ 엄동설한엔 북풍한설로 휘
날리고/ 꽃 피고 새 우는 춘삼월엔/ 진달래, 산수유, 민들레, 제비꽃/
산꽃 들꽃으로 산천을 뒤덮고/ 일년 삼백육십오일 넘나드는 백팔번
뇌 골짜기/ 크고 작은 바람으로 울부짖는 이름 석자/ 수백 수천의 비
명횡사 원혼들이/ 핏발선 두 눈 부릅떠 웁네다/ 애달프고 목메인 사
연 보듬고/ 동서남북 산지사방에서 소리쳐 웁네다

―「넷째거리―진혼마당 : 넋이여,

망월동에 잠든 넋이여」 부분28)

위의 시는 오월의 아픔과 그것을 부르는 "어머니"의 "노래"로 시작된
다. 어떠한 '본'이 되는 어머니는 "피눈물"로 지칭할 수 없는 "이름 석자"
를 적는다. 어떠한 고통과 억압을 눈물도 아닌 "피눈물"을 통해 흘린다는
것은, 읽는 이로 하여금 그 깊이를 감히 상상하지 못하게 한다. 이러한 "어
머니"가 적는 "이름 석자"에는 시대를 살아갔던 그 누구의 이름이라도 위
치시킬 수 있다. 이후 시에서는 "이름 석자"라는 구절이 반복된다. 그러나
시적 주체가 바라본 "이름 석자"는 "이름 석자"일뿐 구체적인 지칭이 불가
능한 명명불가능한 존재들이다. "사람마다 뿌리를 두는 어머니"가 바라본
이 세상의 "비명절규"의 "사연"과 "원통하고 절통"한 사연들이 하나하나

---

28) 『고정희 시전집 2』, 37―39쪽.

펼쳐진다. 그것은 앞서 살펴보았던 시와 같은 시대적인 아픔이다. 차마 이름 붙일 수 없던 일들이 시적 주체의 눈에 의해 포획된다. "칼로 꽂히는 이름 석자"라든지 "대검에 찔려 피흐르는 이름 석자"들은 "이름 석자"들의 고통 그 자체이다. "몰사당해 떠도는 이름 석자"는 시적 주체의 눈에 어떤 구체적인 이름으로 환원될 수도 없는, 그저 "떠도는" 유령과도 같은 이름이다. 이들이 정착할 수 있는 자리는 없다. 그렇기에 "엄동설한엔 북풍한설로 휘날리"다가 "크고 작은 바람으로 울부짖"는다. 그럼에도 "수백 수천의 비명횡사 원혼들"의 사연이 기입될 장소는 없으며 그렇기에 "핏발선 두 눈 부릅떠" 울 수밖에 없다. "동서남북 산지사방에서 소리쳐" 울 수밖에 없는 것이다.

이처럼 고정희는 '이름 붙여주는 일'을 <또 하나의 문화>가 추구해야 할 하나의 방향성으로 상정했지만, 그녀의 시 안에는 위와 같은 "미친년"이나 "이름 석자"와 같이 차마 '이름 붙일 수 없는 것들'이 드러난다. 이들은 고정희 시 세계 가운데 자연스럽게 드러나는 과잉이자 나아가 진정한 여성해방의 가능성을 가진 존재들이다. 이처럼 고정희는 여성적 억압에 대해 기민하게 반응하였고, 시 안에서 본질로서의 '어머니'를 상정하고 대안의 공동체로 나아가자고 주장하였다. 선—상징적인 여성적 기반을 상정하고, 나아가 그 너머를 꿈꾸는 것은 고정희 시의 특질이라고 할 수 있다. 하지만 억압과 해방의 구도 가운데 앞서 살펴본 것과 같이 여성적인 선—상징적 기반을 주장하거나 실체적인 무엇인가로 상정하는 순간, 이는 소극적인 저항이 될 수 있다.

고정희가 이름 붙이고자 했지만 차마 '이름 붙일 수 없는' 자들 가운데 드러나는 억압과 아픔은 어떤 언어로도 환원될 수 없는 증상 그 자체이며, 그곳에서 분출되는 저항은 진정한 해방의 가능성을 가졌다고 볼 수 있다.

이것이 곧 고정희가 미처 감각하지 못했던 '이름 붙여주는 일'의 불가능성이 가능성을 가지는 지점이라고 할 수 있다.

## 4. 결론

본고는 고정희 시에 드러난 여성의 억압과 저항의 관계를 중심으로 진정한 여성해방의 가능성을 살펴보았다. 주지하듯 고정희에게 있어서 '여성'과 '여성해방'의 문제는 주된 관심사였다. 고정희가 언급했던 '여성해방'의 내용은 우선 '인간해방운동'으로부터 시작되었음을 알 수 있었다. 나아가 "역사 속에서 소외되어 온 여성의 삶과 억압의 구조"는 고정희의 시각에서 문제의식으로 자리 잡고 있음을 살펴볼 수 있었다.

2장에서는 여성의 억압당한 역사와 해방을 위한 대안으로 본질로서 상정된 '어머니'의 형상을 살펴보았다. 본고는 고정희의 이와 같은 시도에서 선―상징적인 여성적 기반성에 대한 상정이 소극적인 저항이 될 수 있음을 지젝의 논의를 통해 읽어낼 수 있었다. 하지만 이것은 고정희의 시가 가지는 한계점을 지적한 것이 아닌, 억압을 뛰어넘는 과잉을 통해 고정희가 미처 자각하지 못했던 여성해방의 진정한 가능성을 알아보고자 하는 시도였다.

3장에서는 고정희가 '이름 붙여주는 일'의 중요성을 인식했음에도 불구하고 그녀의 시에서 드러나는 '이름 붙일 수 없는 것들'의 유령성에 주목하였다. "미친년"이라든지 이름 붙일 수 없는 "이름 석자"는 시대적인 아픔과 떼려야 뗄 수 없는 관계에 있지만, 그럼에도 '이름 붙일 수 없는 것들'은 고정희가 꿈꿨던 "새로운 세상", "참된 민주 공동체 형성"과 같이 '여성해방'과 나아가 확장된 형태에 있어서 진정한 해방 가능성을 지닌 존재들이다. 이것은 곧 어떤 언어로도 환원될 수 없는 증상이며, 이들을 통해 드러나는 것은 억압과 저항을 넘어서는 과잉이자 진정한 해방의 가능성이다. 이는 고정희가 감각하지 못했던 '이름 붙여주는 일'의 불가능성을 인식하는 동시에 가능성이 분출되는 지점이다. 이와 같은 본고의 접근은 고정희가 꿈꿨던 '여성해방'을 불가능성의 지점에서 가능성을 엿볼 수 있다는 점에서 고정희 시의 여성해방 연구에 새로운 관점을 제시할 수 있을 것이다.

# 고정희 초기시에 나타난 실존의식 연구*
## ―『누가 홀로 술틀을 밟고 있는가』를 중심으로

정치훈

## 1. 들어가며

고정희는 1975년 현대시학을 통해 등단한 이후 1991년 작고하기 전까지 활발히 작품 활동을 하며 유고시집을 포함하여 총 11권의 시집1)을 남

---

* 정치훈, 「고정희 초기시에 나타난 실존의식 연구―『누가 홀로 술틀을 밟고 있는가』를 중심으로」, 『문화와융합』 제44권 9호, 2022.

1) 시집으로는 『누가 홀로 술틀을 밟고 있는가』(1972), 『실낙원 기행』(1981), 『초혼제』(1983), 『이 시대의 아벨』(1983), 『눈물꽃』(1986), 『지리산의 봄』(1987), 『저 무덤 위에 푸른 잔디』(1989), 『광주의 눈물비』(1990), 『여성해방출사표』(1990), 『아름다운 사람 하나』(1990) 10권과 시선집 『뱀사골에서 쓴 편지』(1991), 유고시집 『모든 사라지는 것들은 뒤에 여백을 남긴다』(1992)가 있다. 본문에 표기된 11권의 시집은 시선집을 제외한 시집의 수를 일컫는다.

졌다. 특히 『여성해방출사표』를 비롯하여 '여성'에 대한 문제를 집중적으로 사유하며 작품을 남겼다는 점에서 한국현대시사에서 의미하는 바가 크다. 특히 '여성주의 문학의 선구자'라는 평가는 의심할 여지가 없다.

그렇지만 고정희의 시세계는 '여성주의'라는 시각으로만 간단하게 접근할 수 있는 것은 아니다. 왜냐하면 그의 시세계는 '여성'뿐만 아니라 '민중', '기독교 사상'과 같이 복합적인 요소가 작용하기 때문이다. 이는 곧, '공동체'에 대한 인식과 '죽음'과 '사랑' 등의 요소가 내재하며 그만큼 시세계의 층위가 간단하지 않음을 의미한다.[2]

그럼에도 불구하고 고정희에 내한 논의는 후기시를 중점으로 다루어진 경향이 있으며 초기시는 과정의 일부분으로써만 다루어진 바 있다.[3] 이때 발생하는 문제는 문학사적 의의를 갖는 핵심적인 요소를 중점으로 초기시에 대한 사유가 이루어진다는 점이다. 그 결과 초기시는 핵심적인 논의와 부합하는 단편적인 부분만 다루어졌다.

고정희에 대한 논의가 후기시에 집중되어있다는 문제의식이 이전에 전혀 없었던 것은 아니다. 선행연구에서도 초기시에 보다 집중하여 고정희 시세계의 외연을 확장해 나간 바 있다.[4] 다만, 고정희 시의 경우 논의를

---

2) 고정희 시세계의 다면성에 대해 이대우는 "가혹한 현실과의 엄정한 대결과 내면적 서정성의 열성적 추구로 압축할 수 있는 고정희의 다양한 시세계는 일견 교차점을 갖지 못할 것처럼 평행적으로 비춰진다. 고정희의 시세계가 지닌 다면성으로 인해 비평가나 연구자들도 고정희가 어느 시기, 어느 시각, 어느 시집에 초점을 맞추었는가에 따라 전혀 다른 평가를 내릴 수밖에 없을지도 모른다."고 정리한다.(이대우, 「도발의 언어, 주술의 언어: 고정희 론」, 『문예미학』 11, 2005. 참고)

3) 본고에서 시기 구분은 이은영의 논의에 따라 초기는 첫 시집 『누가 홀로 술틀을 밟고 있는가』(1979)에서 네 번째 시집 『이 시대의 아벨』(1983), 중기는 다섯 번째 시집 『눈물꽃』(1986)에서 『저 무덤위의 푸른 잔디』(1989), 후기는 여덟 번째 시집 『광주의 눈물비』(1990)에서 열한 번째 시집 『모든 사라지는 것들은 뒤에 여백을 남긴다』(1992)로 놓는다.(이은영, 『고정희 시의 역사성 연구』, 아주대학교 일반대학원 박사학위논문, 2017.)

전개하는 데 있어 물리적인 한계가 있음을 간과하기 어려운 점이 있다. 고정희는 등단 이후 작품 활동을 왕성하게 했다고 볼 수 있는데, 초기시로 분류한 작품만 하더라도 네 권의 시집이 이에 해당한다. 그에 따라 시집에 대한 면밀한 분석보다는 시세계의 변화에 따라 개괄적으로 다루어진 점이 있다.

따라서 고정희 시세계에 대한 보다 다양한 층위를 밝히기 위해서는 보다 세밀한 접근이 필요하다. 선행연구에서 고정희 시세계의 전반적인 틀과 핵심을 밝힘으로써 문학사적 의의를 제시해주었다면 후행 연구에서는 이를 더 견고하게 하는 한편, 미처 면밀하게 다루지 못한 부분을 보완해나갈 필요가 있다.

본고에서는 고정희의 시세계에서 비교적 조명받지 못했던 부분에 대해서 다루어보고자 한다. 그 일환으로 고정희의 초기시편 중에서 첫 번째 시집 『누가 홀로 술틀을 밟고 있는가』를 보다 집중적으로 다뤄보고자 한다. 이를 다루고자 하는 데는 명징한 의미가 있는데, 무엇보다 첫 번째 시집은 고정희 시세계의 출발점이라는 것에 있다. 개별적인 작품 단위로 엄밀하게 접근한다면 1975년 현대시학을 통해 등단한 「연가」, 「부활 그 이후」라고 할 수 있지만 남긴 작품의 수가 적지 않다는 점을 고려할 때, 이를 포괄하는 시집 단위로 접근하는 것이 적절하다. 또한 내용적인 측면으로써 그의 시세계의 출발은 '실존의식'5)에서 비롯된 것임을 명시하고 있기 때문이다.

---

4) 노창선은 80년대 이후 시편에 주목을 많이 받고 있음을 지적하는 한편, 초기시의 '연가'를 재조명한다.(노창선, 「고정희 초기 시 연구」, 『人文學志』 20, 2000. 참고.) 김승구는 총 11권의 시집 중 후기 페미니즘적 성향을 중심으로 연구되어 왔음을 지적하면서 초기시에 나타난 음악적 모티프를 분석한다. 이를 통해 고정희 시를 이념적 틀에서 벗어나 예술적 영역에서 접근할 수 있는 방향을 제시해주고 있다.(김승구, 「고정희 초기시의 음악적 모티프 수용 양상」, 『동아시아문화연구』 60, 2015.)
5) 본고에서 다루고 있는 '실존'의 개념은 니체의 사상과 맥락을 함께 한다. 실존에 대

시(詩)를 쓴다는 것은 내게 있어 비로소 나를 성취해 가는 실존(實存)의 획득 외에 아무것도 아니다

내가 믿는 것을 실현(實現)하는 장(場)이며

내가 보는 것을 밝히는 방이며

내가 바라는 것을 일구는 땅이다.

그러므로 시를 쓴다는 것은 내게 있어 가리고 선택하는 문제를 넘어선 내 실존(實存)자체의 가장 고상한 모습이다.

따라서 내가 존재를 포기하지 않는 한 이 작업은 내 삶을 휘어잡는 핵일 수밖에 없다. 그것은 일종의 멍에이며 고통이며 눈물겨운 황홀이다. 나의 최선이며 부름에의 응답이다.

—『누가 홀로 술틀을 밟고 있는가』 시집 후기 부분
(『고정희 시전집』, 96쪽)[6]

시인이 스스로 밝힌바, 첫 번째 시집의 핵심은 '실존'에 있다. 그에 따라 고정희 시세계의 흐름을 다룰 때 '실존'이 언급된다. 다만 이러한 실존의

---

해 키에르케고르를 비롯하여 사르트르, 하이데거 등 여러 통로가 있지만 우선적으로 고정희와 니체의 영향관계를 고려해야한다. 고정희는 YWCA활동을 할 당시 대학부의 독서클럽인 <여울물클럽> 활동을 하는 한편, 1973~1975년까지 약 2년간 니체의 『차라투스트라는 말했다』프로그램에 열정적으로 참여한 바 있다. 니체에 대한 관심이 적지 않았음은 첫 시집에 수록된 작품 제목이 「차라투스트라」라는 점에서 확인할 수 있다. 이상범은 니체는 인간을 "인간을 아직 확정되지 않은 존재로, 끊임없이 스스로를 극복해야만 하는 존재"로 놓으며 니체 실험 철학의 목적은 "신과 저편세계에 대한 맹목적 의지를 다시 자기 자신에 대한 맹목적 사랑에의 의지로 전환"으로 정리한 바와 같이 고정희의 초기시에서도 이를 확인할 수 있다.(이상범, 「니체철학의 실존적–실천적 관점에 대한 연구」, 『哲學硏究』 137, 2016.) 이와 같이 고정희의 실존의식과 니체의 실존담론을 비교하는 집중적인 논의 역시 필요하다. 다만, 실존에 대한 고정희의 사유가 온전히 니체의 사상에만 기반을 둔다고 볼 수 없다. 앞서 언급한 바, 신학대학에 진학하여 민중과 기독교 사상에 대한 사유가 복합적으로 이루어진다. 따라서 본고에서는 우선 '실존주의'라는 이론적 개념보다는 '실존의식'이라는 포괄적 의미로 접근한다.

6) 고정희, 『고정희 시전집1』, 도서출판 또하나의문화, 2011.(이하 고정희 시전집 인용은 본문에 쪽수만 표기)

식은 두 번째 시집인 『실낙원 기행』에서도 언급되는 한편, 1983년 같은 시기에 출간한 세 번째 시집 『초혼제』와 『이 시대의 아벨』에서 '인간'에 대한 사유를 드러내고 있기에 한 시기로 묶이며 단편적으로 다루어진다.

이러한 시기 구분은 공통된 요인에 의해 이루어진 것으로 일면 타당성을 갖추고 있지만, 세부적인 차이를 드러내기 어렵다는 내재적인 한계를 보인다. 이를 범박하게나마 살펴본다면 첫 번째 시집에서는 '실존'에 중점을 두며 '사랑'을 말하는 한편, 두 번째 시집에서는 '실존적 아픔'과 '상황적 아픔'을 이야기한다. 세 번째 시집에서는 '인간성 회복의 문제'와 '죽어 있는 삶/살아 있는 죽음'에 대한 사유를 언급하면서 세부적인 차이를 보인다. 요컨대 고정희 초기시라고 할 수 있는 네 번째 시집까지는 '실존'에 대한 사유로 묶을 수 있는 한편, 실존적 자아의 형성과 전개 과정을 담아낸다.

본고에서는 이와 같은 '실존'을 대하는 차이에 주목하면서 우선 『누가 홀로 술틀을 밟고 있는가』를 세부적으로 살펴보고자 한다. 고정희 시세계의 시작점이라 할 수 있는 첫 시집을 통해 고정희에게 있어 '실존'이란 무엇이며 어떻게 다루는지 살펴보고자 한다.


## 2. 실존의식 형성 배경

주지하다시피 고정희의 문학사적 위상과 의의는 '여성'과 '민중'에 대한 사유로부터 비롯된다. 이는 초기보다 후기에 두드러지며 다수의 논의들이 후기시를 중점으로 다루어진 바 있다. 그렇다고 해서 초기 시편을 전면적으로 소홀히 다루었다고는 볼 수 없다. 초기시에서 역시 핵심적인 요소가 후기시에 비해 비교적 드러나지 않을 뿐 내재해 있기 때문이다. 선행연구 역시 이에 주목하여 고정희의 시세계의 전반의 흐름을 일관성 있게 제시해주었다는 점은 분명한 의의를 갖는다.

여기서 주목해야할 점은 초기시에서 고정희의 시세계의 핵심이라고 할 수 있는 요소들을 찾아내는 것이 아닌, 시인이 초기시에서 보다 중점에 두고 말하고자 한 바를 되짚어보는 데 있다. 다시 말해, 초기시에 나타난 '여성'에 대한 인식을 찾아내는 작업도 중요한 의의를 갖지만, 핵심적으로 말하고자 하는 '실존의식'에 보다 초점을 맞출 필요가 있다. 요컨대, 초기시의 '실존'에 대한 사유가 밑바탕이 되어 곧, '여성'과 '민중'에 대한 사유로 나아갔다고 볼 수 있으며, 고정희 시세계는 '실존'에서 시작되었음을 간과해서는 안 된다.

시집을 본격적으로 다루기에 앞서 선행되어야 할 작업은 고정희가 첫 시집을 쓰기까지의 과정을 살펴보는 데 있다.

보리
고정희

바람이 안기는/푸른 수의 자락은/고초를 이겨낸 병사의/깃발이냐.//충만으로 출렁이는 이랑 길에/흐뭇한 보람은/또 황금으로 익어/청운이 무늬진 하늘/수다스레 피어 오른 계절의/찬가여//시련을 이겨낸 아픔의 자욱들이/인내로 모딤하여/향기 화안한/―미소
―「보리」(습작품, 『월남해남』에 수록)

빗속의 抒情
高貞姬

한번쯤 신나는 소나타를 퉁겨주고,/어머니 같은 목소리의비가/치렁치렁한 꿈나라의 이야기를/소롯이 창가에 펴주는/밤은/잠시 꿈으

로 돌아가자/잊어온 동심으로 돌아가자
— 「빗속의 純情」부분(습작품, 『월남해남』에 수록)[7]

　지금까지 확인 가능한 고정희의 습작품은 1968년에서 1969년까지 『월남 해남』에서 기자와 직원으로 근무하면서 발표한 「보리」와 「빗속의 純情」이 있다. 해당 작품을 보면 알 수 있듯 현실에 대한 진취적인 태도를 찾아보기 힘들다. '보리'와 '비'라는 소재를 통해 시련을 극복하고 동심을 노래하면서 짙은 서정성이 바탕을 이룬다. 습작시에서 주목할 수 있는 점은 고정희 시의 서정성과 문학적 상상력에만 있는 것이 아니라, '자기 인식'에 있다. 이를 간명하게 드러내는 바가 바로 필명이다. 고정희의 본명은 고성애이지만 습작품을 발표할 때부터 '고정희'라는 필명을 사용한다. 다만, 습작기에서는 '高貞姬'로 표기했던 한자를 등단 이후 '高靜熙'로 바꾸어 표기한 것을 찾아볼 수 있다. 즉, '정갈한 여인'에서 '고요히 빛남'으로 나타난다.(이소희, 2018:46) 이와 같은 자기 인식의 전환은 고정희 시세계의 형성에 있어 중요한 대목이라고 볼 수 있다.

　꾸준히 문학적인 상상력을 키워오는 한편, 현실의 측면에서는 기자 활동과 더불어 광주 YWCA 신학 활동을 통해 내면에만 머무는 것이 아닌 현실에 대한 인식 또한 확장해 나간다. 이러한 과정에서 등단과 함께 작품 활동을 하면서 맺은 결실이 바로 첫 시집 『누가 홀로 술틀을 밟고 있는가』이다. 요컨대, 첫 시집은 문학적 상상력과 기자 활동을 통한 현실 인식, 그리고 YWCA를 비롯한 기독교 사상이 복합적으로 작용한 결과물이다.

　이와 같은 요소를 살펴봤을 때, 주의를 요하는 점은 후기시에 나타난 성과를 통해 초기시를 그에 대한 한계로 설정하는 것이다. 첫 시집을 통해

---

7) 고정희 습작시 「보리」와 「빗속의 抒情」은 이소희, 『여성주의 문학의 선구자 고정희의 삶과 문학』, 국학자료원, 2018. 42쪽, 45-46쪽에서 인용.)

다루어야 할 보다 큰 핵심은 크게 '문학', '현실', '기독교'로 접근할 수 있는 세 가지 결을 어떻게 다루고 있는지 살펴보는 데 있다. 이에 대해 고정희는 섣부르게 '종합'을 이끌어내지 않는다. 보다 중점에 두는 것은 세 가지 요소를 함께 둘 때 발생하는 '간극'에 있다.

여기서 하나의 종합을 이루지 못했다는 것은 한계에 놓였음을 의미하지 않는다. 오히려 종합이 아닌 간극을 통해 또 다른 새로운 국면을 맞는다. 다시 말해 습작시에서 보여주는 시적 주체와 세계의 동일화라는 서정성이 일종의 종합이라고 한다면, 등단 이후 시적 주체와 세계와의 불일치는 간극에 해당된다. 그리고 이러한 간극을 통해 초기시에서 궁극적으로 나타내고자 한 바가 바로 '실존'이라고 할 수 있다. 고정희 첫 시집 『누가 홀로 술틀을 밟고 있는가』는 곧, 실존에 대한 인식과 실존적 자아의 형성 과정을 담아낸다. 시집 제목에서도 파악할 수 있듯, 기독교 사상이 실존에 대한 인식을 전개하는 데 있어 중심적인 위치를 차지한다. 이와 관련하여 기독교 세계관이 실존주의에 나타나는 단점을 보완할 수 있다는 견해[8]도 있지만 고정희의 시세계는 '기독교 세계관'을 단적으로 담아내는 것이 아님을 염두에 두어야 한다. 곧, 당시 고정희가 몸담았던 신학대학과 YWCA이 지향했던 '민중'사상이 맞물려 있다.

여기서 말하는 '민중'이란 어떤 특정한 계층을 지칭하는 말이기 보다는 우리가 지향하고 도달해야 될 이념체, 혹은 가치체계를 형성해 가는 주체세력을 의미한다. 그러므로 우리는 '민중'을 신분이나 계급으로 규정짓는 것이 아니라 그의 결단의 자리, 그의 신념의 방향에 의해 좌우되는 문제로 가정해 보았다. 우리 모두가 지향하는 가치이념이 '참된 민주적 공동체의 형성'이라면 이를 실현하기 위해

---

8) 최용준, 「실존주의에 대한 기독교 세계관적 고찰」, 『기독교철학』 29, 2000.

여기에 자기 삶의 중심을 두고 있는 개체, 그것이 곧 '민중'인 것이다. 다시 말해서 민중의 힘은 신분에 있지 않고 공동체의 형성에 있다고 보는 것이다.(…)예수의 핵심은 사랑이고 이웃을 내 몸과 같이 사랑하는 것이 그 사랑의 실체라면, 기독교 공동체는 사랑의 공동체이며 나눔의 공동체이고 정의와 평등의 공동체이자 자유가 부여된 공동체이다.

— 고정희, 「민중과 시」 부분9)

위의 글에서는 민중에 대한 고정희의 사유를 살펴볼 수 있다. 요약하자면 민중이란 특정한 계층을 지칭하는 것이 아닌 도달해야 할 가치체계를 형성해 가는 주체로 보고 있다. 여기서 추구하는 가치란 '참된 민주적 공동체의 형성'이며, 민중이란 이러한 민주적 공동체를 형성하는 데 삶의 중심을 두고 있는 개체라고 말한다. 그리고 주목해야 할 점이 '공동체'에 담긴 기독교 사상이다. 즉, '네 이웃을 네 몸과 같이 사랑하라. 그리하면 너희가 구원을 받을 것이다.'라는 구절을 통해 '사랑의 공동체'로 보고 있다.

「민중과 시」는 1985년 출간된 『예수와 민중과 사랑 그리고 詩』에 수록된 글로 첫 시집과는 시기적인 차이가 있다. 따라서 첫 시집에서는 「민중의 시」에 담긴 사유가 온전히 반영되었다고는 볼 수 없다. 그러나 첫 시집을 '민중'과 '사랑의 공동체'에 대한 사유까지 나아가는 출발점으로 놓을 수 있다. 그에 따라 '이웃에 대한 사랑'에 대한 핵심적인 문장을 눈여겨볼 필요가 있다. 주지하다시피 이 구절은 '이웃'이라는 타자에 대한 사랑을 일컫는다. 그에 따라 고정희의 시세계에서 나타난 타자에 대한 인식은 '이웃에 대한 사랑'으로 어렵지 않게 접근할 수 있다. 다만 간과해서는 안 될 점은 '이웃에 대한 사랑'에 앞서 "네 자신을 사랑"이 전제되어야 한다는 점

---

9) 김우규 편저, 『기독교와 문학』, 종로서적, 1992, 447-448쪽.

이다. 요컨대, 고정희의 시세계에서 타자에 대한 인식은 '자기 인식'을 전제로 이루어지며, 이는 곧, 초기시에서 나타나는 '실존'과 밀접하게 관련을 맺는다.

따라서 고정희 시세계에서 보여주는 타자에 대한 인식은 곧바로 타자를 향하는 것이 아니라, 자기에 대한 인식이 전제된다. 특히 초기시에서 첫 시집 『누가 홀로 술틀을 밟고 있는가』는 "네 이웃을 사랑하라"는 말을 견지하는 한편, "네 자신을 사랑하듯"이라는 '실존'에 더 초점을 두고 있다.


## 3. '초월론적 인식'과 그 실천

고정희 첫 시집 『누가 홀로 술틀을 밟고 있는가』에 수록된 작품을 본격적으로 논의하기에 앞서 구성을 살펴볼 필요가 있다. 시집 후기에서 남긴 바와 같이 비슷한 시기에 발표한 시편으로 묶은 한편, 역순으로 배열했다. 이와 같은 구성에 대해서 단순히 시기역순으로 묶은 것으로 볼 수 있다. 이때, 각 장마다 각각 '실존의 늪', '아우슈비츠', '회소(回蘇), 회소(回蘇),', '탄생되는 시인을 위하여'라는 제목이 붙는데, 이는 곧 단순한 나열이 아닌 구성을 고려했음을 의미한다. 따라서 시집의 접근 역시 시인이 마련한 흐름을 따라 접근해볼 필요가 있다. 개별 작품 단위로 접근한다면 4장에 수록된 가장 오래된 작품을 먼저 살펴봐야겠지만, 시집 단위로 접근한다면 순서가 역전된다. 그리고 이러한 역순은 또 다른 의미의 장을 열어놓는다.

첫 시집에 수록된 작품들을 개별 작품 단위로 간단하게 정리해본다면 광주 YWCA 청년 · 대학생 지도간사를 하는 한편, 독서클럽 활동을 통해 문학적 자아가 한층 더 성장했던 시기라 할 수 있다. 그에 따라 「연가」와 같이 사랑에 실패한 시적 주체의 모습과 감정이 드러난다. 이후 1975년 신학대학 입학과 등단 이후 기독교와 민중에 대해 중점적으로 사유하기 시작하면서 시적 주체의 태도는 대상과의 거리를 두는 한편 직접적인 개입보다는 관찰하는 태도를 보인다. 이러한 흐름은 고정희의 시적 주체가 어떻게 한 개인에서 벗어나 자신과 타자, 그리고 세계를 인식하게 되었는지를 살펴볼 수 있다.

그럼에도 고정희는 이를 역순으로 구성한다. 그에 따라 보다 확장된 시야로 타자와 세계를 바라보던 시적 주체가 오히려 개인적 차원으로 축소되는 것으로 보인다. 그러나 "시를 쓴다는 것은 내게 있어 가리고 선택하는 문제를 넘어선 내 실존(實存) 자체의 가장 고상한 모습"[10]이라고 언급한 대목을 짚어 봐야 한다. 즉, 고정희는 개별 작품을 통해 기독교와 민중에 대한 사유를 점진시키는 한편, 시집에서는 보다 '실존'에 대한 사유를 이끌어내고 있다.

시집의 전반적인 특징을 살펴본다면 시적 주체와 바라보는 대상과의 관계 속에서 시의 전개가 이루어진다. 따라서 『누가 홀로 술틀을 밟고 있는가』에서 보다 주목해야 할 점은 시적 주체와 바라보는 대상과의 관계에 있으며 그 관계를 통해 '실존'에 대한 사유를 이끌어낸다. 먼저 시집의 표제작이자 서두에 수록된 「누가 홀로 술틀을 밟고 있는가」를 살펴본다면, 이 작품은 크게 두 가지 방향에서 다루어져 왔다. 첫 번째는 주로 내연보다는 발간될 때 이를 '수틀'이라고 오인하는 남성 중심적 시각에 대한 일화[11]라는 외연에 초점이 맞춰진 바 있다. 두 번째는 제목에서 알 수 있듯 기독교적인 관점에서 접근하는 방향이 있다. '술틀'은 포도알을 으깨서 즙

10) 고정희, 『고정희 시전집1』, 96쪽.
11) 박혜란 외, 「여자로 말하기, 몸으로 글쓰기」, 『또하나의 문화』 9호, 도서출판 또 하나의 문화, 1992, 58쪽.

을 만드는 '포도주틀'을 지칭하며 성경에서는 다양한 상징으로 쓰인다. 대표적으로는 술틀 속의 포도알을 짓밟는 행위를 통해 절대자의 심판을 나타낸다.[12)

새벽에 깨어 있는자, 그 누군가는/듣고 있다 창틀 밑을 지나는 북서풍이나/대중의 혼이 걸린 백화점 유리창/모두를 따뜻한 자정의 적막 속에서도/손이라도 비어 있는 잡것들을 위하여/눈물 같은 즙을 내며 술틀을 밟는 소리//들끓는 동해 바다 그 너머/분홍살 간지르는 봄바람 속에서/실실한 씨앗들이 말라가고 있을 때/노기 찬 태풍들 몰려와/산준령 뿌리 다 뽑히고 뽑힐 때/시퍼런 눈깔 다 같은 포도알 이죽이며/홀로 술틀을 밟고 있는 사람아,/속이라도 비어 있는 빈병들을 위하여/혼이라도 비어 있는 바보들을 위하여/눈 귀 비어 있는 저희들을 위하여/빈 바람 웅웅대는 민둥산을 위하여/언 강(江)하나 끌고 가는 순례자 위하여/아픈 심지 돋우며 홀로/술틀을 밟고 있는 사람아,//갈 곳이 술집뿐인 석탄불을 위하여/떠날 이 없는 오두막을 위하여/치졸들 와글대는 사랑채를 위하여/활자만 줍고 있는 인쇄공

---

12) "주께서 내 영토 안 나의 모든 용사들을 없는 것 같이 여기시고 성회를 모아 내 청년들을 부수심이여 처녀 딸 유다를 내 주께서 술틀에 밟으셨도다"(예레미야 애가 1:15)

"천사가 낫을 땅에 휘둘러 땅의 포도를 거두어 하나님의 진노의 큰 포도주 틀에 던지매 성 밖에서 그 틀이 밟히니 틀에서 피가 나서 말 굴레에까지 닿았고 천육백 스다디온에 퍼졌더라"(요한계시록 14:19 - 20)

"그의 입에서 예리한 검이 나오니 그것으로 만국을 치겠고 친히 그들을 철장으로 다스리며 또 친히 하나님 곧 전능하신 이의 맹렬한 진노의 포도주 틀을 밟겠고"(요한계시록 19:15)

"어찌하여 네 의복이 붉으며 네 옷이 포도즙틀을 밟는 자 같으냐 만민 가운데 나와 함께 한 자가 없이 내가 홀로 포도즙틀을 밟았는데 내가 노함으로 말미암아 무리를 밟았고 분함으로 말미암아 짓밟았으므로 그들의 선혈이 내 옷에 튀어 내 의복을 다 더럽혔음이니 이는 내 원수 갚는 날이 내 마음에 있고 내가 구속할 해가 왔으나 내가 본즉 도와 주는 자도 없고 붙들어 주는 자도 없으므로 이상하게 여겨 내 팔이 나를 구원하며 내 분이 나를 붙들었음이라"(이사야 63:2 - 5)

을 위하여/이리저리 떠밀리는 장바닥을 위하여/가야금 하나가 절정
을 타고/한 줄의 시(詩)가 버림을 당할 때/둔갑을 꿈꾸는 안개 속에
서/홀로 술틀을 밟고 있는 사람아,//잠든 메시아의 봉창이 닫기고/대
지는 흰 눈을 뒤집어쓰고 누워/작은 길 하나까지 묻어버릴 때/홀로
술틀을 밟고 있는 사람아,//그의 흰 주의(周衣)는 분노보다 진한/주
홍으로 물들고 춤추는 발바닥 포도 향기는/떠서 여기저기 푸른 하늘
/갈잎 위에 나부끼는 소리 누군가는/듣고 있구나
　　　　　　　　　　　 ─「누가 홀로 술틀을 밟고 있는가─지기의 노래」
　　　　　　　　　　　　　　　　　 (『고정희 시전집1』, 29-30쪽)

　이러한 맥락에서 시적 주체는 "새벽에 깨어 있는자" 곧, 예언자이며 현
실의 층위보다 높은 곳 위치한다. 그렇기에 이 시는 "타락한 세계에 대한
신의 분노와 심판을 예시(豫示)한다"(김옥성, 2018:193)와 같이 접근할 수
있다. 여기서 다시 시적 주체뿐만 아니라 그가 바라보고 있는 대상, 즉, '홀
로 술틀을 밟고 있는 사람'을 살펴볼 필요가 있다. 시적 주체가 예언자라
고 한다면, 그가 바라보고 있는 대상 '술틀을 밟고 있는 사람'은 행위를 중
점으로 볼 때 신의 분노를 표출하는 '심판자'에 위치한다. 기독교적 상징
이 워낙 뚜렷하기 때문에 '예언자─심판자'의 구도를 어렵지 않게 설정할
수 있지만, 보다 면밀히 살펴볼 때 '심판자'라고 칭할 수 있는 대상이 모호
해진다는 것을 찾을 수 있다. 먼저, 심판자에 위치한 '술틀을 밟고 있는 사
람'을 '신'이라고 접근하기 힘든 이유는 "사람"임을 명시하고 있기 때문이
다. 그렇다면 '예수'로 접근할 수 있겠지만 이 역시 시에서는 이미 "잠든
메시아"가 등장한다. 이 말은 곧 시적 주체가 바라보는 '홀로 술틀을 밟는
사람'은 기독교의 상징뿐만 아니라 다른 요소들 역시 충분히 고려해야함을
의미한다.

포도즙을 짜면서 목이 타는 그대/그대는 또 무엇을 잃었는가?/그
대는 또 무엇을 버렸는가?/그대에게 멸시받은 것들을 그대는 잃었
다/그대가 보지 못한 것들을 그대는 버렸다
— 「차라투스투라」 부분(『고정희 시전집1』, 34−35쪽)

1장에 함께 수록된 「차라투스트라」에서는 「누가 홀로 술틀을 밟고 있
는가」와 유사한 구도를 보여준다. 시적 주체는 멀리서 포도즙을 내고 있
는 대상을 바라보고 있다. 다만, 이 시에서는 앞서 '신의 분노' 혹은 '심판'
에 대한 의미보다는 '상실'에 대한 의미를 담고 있다. 즉, '그대'는 '심판자'
라기 보다는 '무엇을 상실한 자'라고 할 수 있다. 이때 상실은 '잃어버린
것'뿐만 아니라 '버린 것'을 포함하고 있음을 주목해야한다. 고정희 초기
시에 대해 "서정성을 바탕으로 세계에 대한 비판적인 전망을 기독교적 구
원의식에 기대어 표현"하는 것으로 보고 "개인의 불안은 구원받지 못하는
현실에서 구원을 갈구하는 양상으로 나타나며 수동적인 포즈로 닫힌 전
망 속에 있다"[13)와 같이 접근하기도 한다. 이와 같은 견해는 부정적 현실
에 대해 적극적으로 저항하는 후기시와 놓고 볼 때 일면 타당성을 갖지만,
구원의식에 기댄 채 수동적인 태도로 닫힌 전망만을 그린다고는 할 수 없
다. 앞서 언급한 바, 고정희가 스스로 말했듯, 초기 시의 핵심은 '실존'에
있음을 염두에 두어야 한다.

살아남기 위하여,/맹렬한 싸움은 시작되었다/단 한번의 극복을
알기 위하여/삭발의 양심으로 푸른 삽 곧추세워/무덤 안, 잡풀들의
뿌리를 찍었다./맨살처럼 보드라운 잔정이 끊기고/잔정 끊긴 뒤 아
픔도 끊겨/범 무서운 줄 모르는 욕망을 내리칠 때/눈물보다 질긴 피

---

13) 이은영, 위의 글, 4쪽.

바다로 흘러흘러/너 올 수 없는 곳에 나는 닿아 있었다//(…)//나는
서서히 듣고 있었다/무덤 밖 웅웅대는 들까마귀 울음도/독수리떼 너
의 심장 갉아먹는 소리도/이제는 먼 지하 밀림 속/뿌리 죽은 것들 맑
게맑게 걸러져/한줄기 수맥으로 길 뻗는 소리

— 「카타콤베—6.25에게」 부분
(『고정희 시전집1』, 31—32쪽)

그렇다면 다시 제기해야 할 물음은 고정희의 시에서는 '어떻게 실존을
사유하고 있는가'이다. 이는 곧, 시적 주체와 바라보는 대상과의 관계를
통해 이루어진다. 특히 시집의 1장에 수록된 작품에서 시적 주체는 대상
과 멀리 떨어진 곳에서 관찰하고 있음은 어렵지 않게 찾아볼 수 있다. 앞
서 살펴본 「누가 홀로 술틀을 밟는가」나 「차라투스투라」와 같이 「카타콤
베」역시 시적 주체는 '너'라는 대상을 관찰하고 있는데, 여기서는 보다 직
접적으로 "너 올 수 없는 곳에 나는 닿아 있었다"로 드러난다. 이때, "올 수
없는 곳"은 '무덤 안'이라는 시적 공간을 통해 '죽음'과 맞닿아있다. 주의를
요할 점은 시적 주체가 '죽음'을 초월한 자가 아니라는 점이다. 즉, 시적 주
체의 위치는 대상과 그를 둘러싼 현실을 객관적으로 관찰하고 있는 위치
는 현실을 초월한 곳에서 이루어지지 않는다. 시적 주체는 '죽음'을 통해
죽음 이후 구원의 세계를 말하고자 하는 것이 아닌 '죽음 그 자체'를 다룬
다. 그에 따라 역설적으로 드러나는 것은 "눈물보다 질긴 피 바다"와 같은
'생의 영역'과 "뿌리 죽은 것들 맑게맑게 걸러져 한줄기 수맥으로 길 뻗는
소리"를 비롯한 '생의 감각'이다.

따라서 종교적인 관점에서 일컬을 수 있는 '죽음 이후'의 세계, '신'이 위
치한 초월적인 공간을 그리지 않는다. 시적 주체 또한 '죽음'과 맞닿아있
을 뿐 현실과 죽음을 넘어서는 초월적 존재가 아니다. 시적 주체는 "너"보

다 "닿을 수 없는 곳"에 '먼저 닿은 자'이다. 즉, 시적 주체와 '너'의 관계는 '선행자(先行者)'와 이를 뒤 따르는 후행자(後行者)'라고 할 수 있다. 그렇기에 첫 시집에 나타나는 시적 주체의 태도는 이미 겪은 과정에 대해서 시적 대상에게 알려주는 것으로 볼 수 있다.

> 그리고 다가와 일렬횡대로 서서/주검 속 반짝이는 그대 거울을 향해/다소곳이 그대 허리를 구부리라/그때 그대는 알게 되리라(그대가 만나는 최초의 그대)우리가 보내는 이 최초의 장송 앞에서/슬픔도 기쁨 또한 떠나감을 보리라/이제 가라/ 가서 땀이 강처럼 넘치게 하라/그때 그대는 샘이 되리라(일찍이 없었던 아름다운 장례)
> ―「차라투스트라」 부분(『고정희 시전집1』, 36쪽)

> 직사각의 칠성판에 누워 있는 건/고인의 시체가 아니라/은빛으로 번쩍이는 '거울'이었습니다/그 거울 속에 누워 있는 건/다름아닌 소생의 상반신이었던 것입니다/그때 소생은 죽었습니다
> ―「우리들의 순장(旬葬)」 부분(『고정희 시전집1』, 201쪽)

> 아아 그대 눈에서 나는 모든 것을 보지만 내가 하고 싶은 말은 바로 그대 눈에 있습니다.
> ―「미궁(迷宮)의 봄·2―고뇌하는 자에게 바침」 부분
> (『고정희 시전집1』, 37쪽)

이와 함께 살펴볼 내용은 '그', '너'로 지칭되는 대상의 정체이다. 이는 시집에 수록된 작품을 함께 살펴보면 어렵지 않게 확인할 수 있는데 바로 '자기 자신'이다. 다시 말해 또 다른 '타인'이 아닌 '분신'이라 할 수 있다. 「차라투스트라」에서 역시 가장 죽음과 맞닿는 마지막 과정이라고 할 수 있는 '장례'의 장면을 그리고 있다. 이때 관 속에 있는 존재는 타인이 아닌

'거울' 속에 비친 시적 주체의 분신이다. 시인은 "「차라투스트라」라는 서구적 제목으로 씌어졌던 시대 인식을 다시 한국적인 언어와 풍습 속에 재조명"[14]했다고 말한 바 세 번째 시집 『초혼제』(1983)에 수록된 「우리들의 순장(旬葬)」과 함께 보면 거울을 통한 분신 이미지임을 구체적으로 확인해볼 수 있다. 여기서 주목해야 할 두 작품간 차이는 '서구적'과 '한국적'이라는 이미지보다는 화자의 위치에 있다. 「차라투스트라」에서는 대상과의 거리를 통해 이미 앞선 '선지자'로서의 태도가 나타난다면 「우리들의 순장」에서는 "소생"을 통해 직접적인 발화가 이루어진다. 즉, 「차라투스트라」에서 지칭되는 '그대'는 시적 주체의 분신이라 할 수 있으며, '거울'을 통해 '분신의 분신'을 그려낸다.

고정희 첫 번째 시집에서 다루고자 하는 '실존'은 바로 '분신의 분신'이라는 이중 구조에 담겨있다. 앞서 살펴본 바, 시적 주체와 '너' 혹은 '그대'로 지칭되는 대상 사이에는 시차(時差)가 있다. 따라서 시적 주체를 기준으로 본다면 '그대'는 과거의 분신이며 그렇기에 대상에 대해 예지적인 태도를 취할 수 있다. 그러나 시적 주체와 대상인 '분신'과의 관계는 일방적이지 않다. '분신' 또한 '거울'을 통해 시적 주체와 동일한 시야를 획득한다. 다시 말해 거울을 보는 순간 "그대는 알게 되"면서 일종의 깨달음을 얻는다. 그리고 그 깨달음이란 다름 아닌 자기 자신의 '실존'이다. 이러한 실존은 현실 너머 외부의 초월적인 깨달음으로 비롯된 것이 아닌 '초월론적'인 것으로 놓인다.[15] 니체가 '차라투스트라'라는 인물을 내세워 "신은 죽

---

14) 고정희, 『고정희 시전집1』, 296쪽.
15) 기다 겐(2011)에 따르면 '초월적(transzendent)'과 '초월론적(transzendental)'은 '초월'을 토대로 하지만 엄밀한 차이가 있다. '초월적'은 경험의 수준 또는 틀 내지 한계를 넘어선 것이라면 '초월론적'은 인식을 가능하게 하는, 인식에 선행하는 선험적(a priori)의 조건으로 놓는다. '초월적'이 '초월'의 결과로 대상적 존재자에 해당하는 반면, '초월론적'은 초월의 작용 및 활동으로 '초월적'인 것의 의미를 생각하는

었다"고 말한 바와 같이 자신의 고정희 첫 번째 시집의 시적 주체는 시인의 실존에 대한 '초월론적 틀'이라 할 수 있다.

> 보세요, 우러르던 하늘이 첩첩산중에서/산에 묶이고 산 건너오는 바람/첩첩산중에서는 산 안에 갇힙니다/우리에게 주어진 시간과 사람들/산 너머 산 너머에 보이지 않습니다/아아 첩첩 산정에서는 산 아래로 사라지는/것들 보이고 넘어야 할 산밖에는/보이지 않습니다
>   ─「미궁의 봄 · 5」부분(『고정희 시전집1』, 38쪽)

> <지금보다 변한 것은 아무것도, 아무것도 없었어요 축제가 벌어지는 날이라는 것 외엔>//보세요, 일렬횡대로 서서 유태인의 고아들이 가고 있어요 아우슈비츠로 가고 있어요(중략)조금만 더 가면 천국으로 들어가는 꿈, 꿈같은 궁전으로 들어가는 꿈, 하느님의 축제에 들어가는 꿈을 꾸는 고아들이 일렬횡대로 서서 가고 있어요(중략)//꿈속에서 주검을 보신 적이 있나요?/
>   ─「미궁의 봄 · 6」부분(『고정희 시전집1』, 39─40쪽)

시적 주체가 자신의 분신인 '대상'을 통해 말하고자 하는 깨달음이란 곧, '현실을 넘어선 세계는 보이지 않는다'는 점이다. 이는 곧, 『누가 홀로 술틀을 밟고 있는가』에 수록된 시편에서는 '보세요'라는 표현에서 파악할 수 있다. 간단하게 정리하자면, 시에서는 '보이는 것'과 '보이지 않는 것'에 대해서 다룬다. '보이는 것'이란 '산 아래'이자 '아우슈비츠로 향하는 유태인 고아들'이며, '보이지 않는 것'은 '산 너머'이자 '꿈속'이다. 이를 통해 말하고자 하는 바는 다름 아닌, '죽음 너머'를 바라보는 것이 아닌 '현실'에 초점을 맞춰야 한다는 것이다.

---

구성적 주관에 놓인다.

다만, 고정희 초기 시에서 보여주고 있는 '현실'에 대한 인식은 구체적인 방향이 제시되어 있지 않다는 점에 비추어 한계로 보일 수 있다. 다시 말해, '현실을 직시해야한다'라고 할 때, 그 현실이란 무엇인가에 대한 방향이 후기 시편에 비해 명확하지 않다. 그럼에도 『누가 홀로 술틀을 밟고 있는가』의 의의는 '현실'을 직시하고 구체적인 방향을 제시하고자 하는 초석이라 할 수 있다.

시집의 후반부로 넘어가면 시적 주체의 전환이 이루어진다. 가장 두드러지는 차이는 시적 주체의 위상이다. 전반부에서 대상과 거리를 두고 관찰자의 위치에 서 있었다면, 후반부에서는 개인적 차원에서 발화가 이루어진다. 그에 따라 한 개인의 내면이 직접적으로 드러나는 시편으로 구성된다. 이에 따라 시적 주체의 위상이 축소되었다고 볼 수 있겠지만, 시집의 구성에 따라 읽게 된다면 '관찰자'에서 '행위자'로의 이행이 이루어졌다고 할 수 있다.

여기서 주목할 수 있는 행위는 곧, '사랑'이다. 고정희 시에서 사랑은 기독교와 민중사상이 맞물리면서 다양한 층위[16]로 접근한 바 있으나, 『누가 홀로 술틀을 밟고 있는가』에 수록된 시에서는 '연가(戀歌)'의 내용을 담고 있다. 그렇기에 후기 시편에서 보여주는 공동체의 사랑과는 달리 큰 주목을 받지 못했다. 중요한 것은 부재한 대상을 향한 그리움이라는 감정에 있는 것이 아닌 '사랑의 실패'라는 실천에 있다. "내 실존(實存)의 겨냥은 최소한의 출구와 최소한의 사랑을 포함"하고 있다는 시인의 말에서 '사랑'은

---

16) 이은영에 따르면 고정희가 세계에 대한 인식과 저항의식을 잃지 않는 근본에는 타자에 대한 끊임없는 사랑이 자리하는 것으로 보며, 시의 중요한 시적 주제는 '사랑'에 있음을 말한다. 바디우의 사랑에 대한 논의를 경유하여 고정희 시에 나타나는 사랑의 상실은 고통과 슬픔에서 그치는 것이 아닌 자신에서 벗어나 타자를 바라보는 사랑의 진리로서의 가치를 향하는 것으로 본다.(이은영, 「고정희의 아름다운 사람하나에 나타난 사랑의 의미」, 『韓國言語文學』 94, 2015. 참고)

다름 아닌 '사랑의 실패'로 접근해야 한다.

> 그대 떠난 자리 가시 하나 돋아서/사랑받지 못한 나 사뭇 아프게
> 한다/그대가 애인과 살 맞대는 동안/강 하나가 도도하게 시간을 밀
> 고 흐를 때/물결 밑에 투명한 그대를 본다/그대는 나를 끌어당긴다/
> 나는 그대를 향해 걸어나간다/그대는 다시 나를 잡아당기고/내가 전
> 심으로 달려나갈 때 도처에서/그대는 바람소리를 내며 흩어진다/종
> 말 때문에 울부짖는 내 머리칼 뒤/강은 그대를 아주 감춰 버린다/아
> 아 어둠이 올 때까지 그대 때문에/우는 나 그대 때문에 혼자인/나를
> 지나며 강은 깊이깊이 문을 닫는다/어제 나와 동침하던 인류가/먼
> 불빛에서 꺼꾸러진다
>
> ―「파블로 카잘스에게」(『고정희 시전집1』, 62쪽)

위의 「파블로 카잘스에게」를 살펴보면 전반부에 수록된 시와는 달리
'그대'는 '사랑하는 대상'으로 구체적으로 나타난다. 간단하게 정리하면 이
시는 사랑하는 대상을 떠나보낸 아픔과 슬픔을 노래한다. '그대'는 이미
'애인과 살 맞대고' 있으며 '나'는 '그대'를 향해 다가서려고 하지만 끝내
실패한다. 앞서 언급했듯 화자의 '감정'보다는 '사랑의 실패'라는 상황을
중점으로 접근해야 한다. '사랑의 실패'를 통해 이끌어내고자 하는 바는
부재하는 대상을 향한 슬픔이나 고통이 아닌, "그대 때문에 혼자"가 되었
다는 점이다. 이와 같은 '홀로 되기'는 대상과의 분리가 이루어지며 "인류"
라는 집단에서 '한 개인'으로 분리된다.

따라서 시집의 후반부에 나타나는 시적 주체는 사랑을 노래하는 서정
적인 주체가 아닌 실천적인 주체라 할 수 있다. 전반부에서 제시하고 있는
'현실 그 자체를 바라보아야 한다'를 '사랑의 실패'로 실천한 것이다. 이러
한 실천이 곧 고정희에게 있어 최소한의 실존을 나타내는 방식이다.

우리 서로 문 닫고 혼자인 밤에는/사는 것이 돌보다 무거운 짐 같고/끝내는 눈덮이 설원(雪原)하나 곤두서서/더운 내 부분을 지나갑니다/무사한 날을 골라 반기는 그대/우리는 정말 친구이가요?/우리는 정말 시인인가요?/캄캄한 어둠이 우리 덮는 밤에는/제 십자가 무거워 우는 소리 들리고/한 사람의 시인도 이 땅에는 없습니다

　　　　　－「탄생되는 시인(詩人)을 위하여－예술 진화론을 죽이며」

　　　　　　　　　　　　　　　　　(『고정희 시전집1』, 95쪽)

마지막으로 살펴볼 내용은 '사랑의 실패'를 통해 '홀로 남은 한 개인'이다. 고정희는 '한 개인'에 명확한 정체성을 부여하는데 이는 다름 아닌 '시인'이다. 시집의 말미에 수록된 「탄생되는 시인을 위하여」에서 '시인'은 두 층위로 분류할 수 있다. 하나는 시의 본문에서 언급되는 '시인'이며, 또 다른 하나는 제목에서 보여주는 '탄생되는 시인'이다. 시의 내용을 살펴봤을 때 "한 사람의 시인도 이 땅에는 없습니다"는 '시인'의 죽음을 상기시키며, '무'에서 비롯되는 비관적 허무주의를 보여주는 듯하다. 그러나 "우리는 정말 시인인가요?"와 "한 사람의 시인"에서 '시인'은 '예술 진화론'의 결과물이며, 최종 귀결 지점은 창조되어 새롭게 '탄생되는 시인'에 있다.

이 대목에서 시집에 언급되는 '부활'의 의미를 함께 살펴보아야 한다. 주지하다시피 『누가 홀로 술틀을 밟고 있는가』는 기독교적인 의미로 접근할 여지가 크다. 그렇지만 고정희는 구원을 통해 '부활'을 지향하지 않는다. 부활은 "죽은 신(神)"만이 가능하다. 따라서 인간은 '죽음'을 두고 넘어설 수 없으며, 이를 딛고 다시 생의 영역으로 '회복'하는 것이 최선이다. 다만 고정희는 여기서 또 하나의 존재론적 차원을 열어두는데 바로 '탄생'이다. 즉, 가장 큰 차이는 존재론적 위상에 있다. '부활'은 초월적 존재로서 과거, 현재, 미래 전체를 장악한다면, '회복'은 진화론적 존재로서 과거의

연쇄에 사로잡혀 있다. 마지막으로 '탄생'은 창조적 존재로서 과거의 연쇄에서 벗어난다. 『누가 홀로 술틀을 밟고 있는가』에서 고정희가 최종 귀결로 삼고 있는 '탄생'이 곧 그의 실존 양상이다. 초월적 사유가 아닌 초월론적 사유를 통해 실존에 접근한다. 이를 토대로 타자와 현실에 대한 인식과 더 나아가 공동체적 사유까지 나아간다.

## 4. 나가며

고정희는 1975년 등단 이후 1991년 사고로 작고하기 전까지 왕성한 작품 활동을 보여주었다. 특히 '민중'과 '여성'에 대한 사유는 가히 선구자로 칭할 수 있을 만큼 문학사에 굵직한 발자취를 남겼다. 오늘날 고정희에 대한 논의가 더욱 활발하게 이루어지는 것은 당면한 문제의식과 나아가야 할 방향을 시에서 제시해주고 있기 때문이다. 그만큼 아직 고정희 시에 담긴 함의가 남아 있으며 이를 밝히는 작업이 필요하다.

그럼에도 본 연구는 고정희 시의 핵심이라고 할 수 있는 '민중'과 '여성'과 다소 거리를 두고 접근하고자 했다. 지금까지 고정희에 대한 논의는 민중과 여성 의식을 바탕으로 후기 시편을 중점으로 다루어진 바 있다. 다만 본 연구에서 제기하고자 하는 문제의식은 고정희 시세계의 출발점을 비교적 소홀히 다루었다는 데 있다. 또한 고정희가 남긴 시편이 적지 않기 때문에 연구 범위를 폭넓게 접근하고 있다는 점이다.

이러한 문제의식을 바탕으로 본 연구의 목적은 고정희 초기시를 보다 세밀하게 접근하여 고정희 시세계의 흐름을 견고히 다지는 초석을 마련하는 데 있다. 그 일환으로 고정희 시세계의 출발점이라고 할 수 있는 첫 번째 시집『누가 홀로 술틀을 밟고 있는가』를 중심으로 다루었다. 시인이 언급한 바 초기시의 핵심은 '실존'에 있다. 즉, 고정희 시세계는 '실존'에 대한 사유에서 시작되며 이를 바탕으로 '민중'과 '여성'에 대한 사유로 확장된다.

고정희의 실존에 대한 사유 역시 전기적인 측면을 놓고 봤을 때 즉각적으로 이루어진 것은 아니다. 앞서 살펴본 바 등단 이전의 시에서는 문학적 소양을 토대로 서정적인 모습을 보이기도 한다. 고정희의 실존의식은 기자와 YWMC활동을 통해 현실 감각과 기독교적 사상이 축적된 결과라고 할 수 있다.

시집의 제목에서도 알 수 있듯 전반적으로 기독교적 상징과 이미지가 두드러지게 나타나고 있지만 핵심은 '실존'에 있다. 다시 말해 기독교적인 관점에서 접근한다면 구원받지 못한 주체의 형상으로만 비칠 가능성이 크다. 또한 수록된 시를 단편적으로 볼 때 실존에 대한 사유보다는 예지적 태도를 통해 '초월적'인 주체의 형상으로 놓일 수 있다. 따라서 시집의 구성에 따라 접근해야 보다 '실존'에 대한 사유가 드러난다.

시집의 전반부에서 시적 주체는 대상과의 거리를 두며 예지적인 태도를 보인다. 이때 시적 주체와 대상의 관계를 면밀히 살펴봐야한다. 시적 주체가 바라보는 대상은 '타인'이라기보다는 '분신'이다. 즉 고정희는 자신의 분신으로 '시적 주체'를 놓은 한편, 바라보는 대상 역시 '시적 주체의 분신'에 놓음으로써 '분신의 분신'의 구도를 설정한다. 니체가 '차라투스트라'라는 인물을 전면에 내세워 보다 직설적으로 선구자의 위치에서 발화하는 것처럼 고정희의 '시적 주체' 역시 시인의 분신이자 '초월론적'주체로 놓인다. 이러한 시적 주체를 통해 '현실 그 자체'를 직시해야함을 말한다.

시집의 후반부에서는 시적 주체의 전환이 이루어진다. 개인적 층위에서 발화가 이루어지며 그 위상이 축소되는 것으로 보인다. 그러나 이는 축소가 아닌 '관찰자'에서 '행위자'로의 이행을 의미한다. '사랑의 실패'라는 실천을 통해 타인과 구별되는 한 개인으로서 '실존'하게 되며 고정희는 더 나아가 '인류'와 구분되는 '한 개인'을 '시인'으로 탄생하는 것으로 나타낸다. 이를 통해 비로소 '최소한의 실존을 겨냥'한다.

본고의 의의는 고정희 초기시에서 '실존의식'을 보다 면밀하게 살펴봄으로써 그의 시작점을 되짚어보는 것에 있다. 다만 폭넓은 시인의 시세계에 비해 지엽적이라는 한계도 담고 있다. 그럼에도 고정희 시세계에 대한 보다 다양한 층위를 밝히기 위해서는 보다 세밀한 접근이 필요하다. 기존 논의에서 고정희 시세계의 전반적인 틀과 핵심을 밝힘으로써 문학사적 의의를 제시해주었다면 후속 연구에서는 면밀하게 다루지 못한 부분을 다룸으로써 견고하게 다져나가는 작업이 필요하다. 고정희 '실존의식' 역시 첫 시집 『누가 홀로 술틀을 밟고 있는가』뿐만 아니라 『실락원 기행』(인문당, 1981), 『초혼제』(창작과비평사, 1983), 『이 시대의 아벨』(문학과지성사, 1983)에서도 지속되며 각각 차이를 보인다. 이를 명징하게 밝히는 작업은 곧 타자와 현실에 대한 인식과 더 나아가 공동체적 사유까지 나아가는 고정희의 시세계의 전개 과정을 견고히 다져나가는 것과 같다. 이에 대한 개별적 논의는 후속 연구에서 다뤄보고자 한다.

제2부

# 고정희 시에 나타난 풍자의 성격

권준형

그동안 여러 논자들의 연구[1]에서 고정희가 다루었던 주제는 크게 역사와 이데올로기, 기독교, 페미니즘 등으로 요약할 수 있다. 이러한 연구들을 살펴보면 고정희의 시세계는 다양한 형식 및 주제로 묶인 시편들을 토대로 메시지가 강한 부류에 속하는 시로 분류되었다. 동시에 고정희의 시가 갖는 사회비판의 의미를 강조했다. 본고는 이러한 논의를 바탕으로 고정희의 시적 언어가 갖는 '과잉'을 통해 풍자[2]의 알레고리로 나타나는 언

---

1) 고정희 시가 갖는 역사 인식을 아이러니를 통한 기호 체계를 분석하는 연구로, 윤인선, 「고정희 시에 나타난 현실에 대한 재현적 발화 양상 연구—시적 발화에 나타난 아이러니적 기호작용을 중심으로」, 『비교한국학』, 국제비교한국학회, 2011; 굿이라는 형식을 중심으로 분석한 김은정, 「고정희 '굿시', 주술(呪術)의 언어 그 욕망의 이중주 : 「還人祭」, 「사람 돌아오는 난장판」을 중심으로」, 『용봉인문논총』, 전남대학교 인문과학연구소, 2012; 그리고 작품 속 공동체의 모습의 추이를 추적한 이은영, 「고정희 시의 공동체 의식 변화양상」, 『한국여성문학연구』, 한국여성문학학회, 2016; 등을 참조했다.
2) "현대시의 알레고리 주체는 '보편화된 관념'을 '개인의 주관적 관념'으로 대치하곤 한다. 그러한 주체는 시인 자신의 주관적 세계 해석을 제시하기 위해 사소하고 개별적인 경험과 상상을 재구성하여 작품화하기를 즐긴다. 현대의 물질문명과 소외된

어의 소수화 양상을 살펴볼 것이다.

　고정희와 마찬가지로 당대의 현실 비판을 중요하게 생각했던 대표적 시인으로 김수영을 꼽을 수 있다. 김수영은 그의 시론을 통해 "풍자가 아니면 해탈"이라는 주장을 피력한 바 있다. 김상환은 김수영의 주장에 대해 "해탈이 죽음의 기술이라면, 풍자는 사랑의 기술"이라 논하며, 풍자가 갖는 성격에 대해 "시간의 의지이자 역사의 의지"3)라고 분석했다. 마찬가지로 고정희 또한 풍자를 통해 역사적으로 억압된 민중과 현실을 대리하는 목소리를 냈다. 김수영의 풍자가 자신의 모순 의식과 생활 그리고 온몸을 토대로 두고 있는 반면, 고정희의 경우는 기독교와 고전 설화 및 굿시 등을 기반으로 다룬다는 차이가 있다. 하지만 이 둘 모두 공통적으로 지성을 바탕으로 하여 당대의 현실을 겨냥한다는 공통의 목표가 존재한다. "나는 이상과 현실을 분리해서 생각하지 않으며 정치 현실과 예술의 혼을 따로 떼어 놓지 못한다. 삶과 이데아는 동전의 안과 밖의 관계이다. '현실'이라는 렌즈가 곧 꿈의 광맥을 캐는 도구인 것이다. 탐사는 계속될 것이다."라는 고백을 살펴볼 때, 고정희에게 있어 현실은 꿈(이상)과 따로 구분될 수 없이 뒤엉켜 있으며, 이 양자가 텍스트 나타날 때 모종의 사건이 된다. 여러 연구들에서 논의되어온 주장들에 따르면 그의 사건은 실제 현실과 역사에서 일어난 폭력에 기반하고 있다. 하지만 다른 의미로서의 사건이 존재한다. 그것은 고정희가 죽음을 인식할 때 일어난다.

---

인간 군상에 대한 비판적 조망을 바탕으로 개인적 주관적 세계관을 예시, 비유하는 이 유형은 현실을 비판하면서도 '유희적' 조망을 놓치 않는다."(정끝별, 『시론』, 문학동네, 2021, 202쪽.) 이때 유희적 '조망'은 고정희의 시편들에 나타난 마당굿, 설화의 차용 등에 따라 현실과 작품 간에 생긴 미적 거리를 일컫는다.

3) 김상환, 『풍자와 해탈 혹은 사랑과 죽음』, 민음사, 2000, 52쪽.

바로 그때였습니다/직사각의 칠성판에 누워 있는 건/고인의 시체
가 아니라/은빛으로 번쩍이는 '거울'이었습니다/그 거울 속에 누워
있는 건/다름아닌 소생의 상반신이었던 것입니다/그때 소생은 죽었
습니다/대한민국 주민등록증을 가졌고/생존시인에게 주는 회원증
을 가졌고/두 장의 의료보험카드와/출판사 재직증명서를 가진 소인
이/그 어마어마한 장례식의 빈소에/팔자 좋게 안치되어 있었습니다/
아무도 주검을 되돌릴 순 없었습니다/우리가 서둘렀고/우리가 마련
했고/우리가 하관한 그 무덤 속에/우리가 묻힐 줄은 아무도 몰랐습
니다[4]

위 시는 "이 시대의 마지막 선비"의 장례식에서 벌어진 일을 다룬다. 읍
소를 하며 장례를 치르는 중 화자는 관의 거울에 자신의 "상반신"이 비친
것을 보고 자신이 관 속에 묻혀 있다는 생각을 하게 된다. 여기서 주목해
야할 것은 거울에 비친 자신의 모습을 통해 이뤄지는 화자의 시선 전환이
아니라, 자신의 "대한민국 주민등록증", "생존시인에게 주는 회원증", "의
료보험카드", "재직증명서" 등의 일상을 죽음의 자리에 놓는 배치의 구조
이다. 이렇게 고정희의 발화는 위 시의 배경과 같이 장례식장에선 사자를
애도하기 위함 등 죽음이 갖는 사회적 제도의 위상을 흔들어놓는다. 이러
한 "배치는 기계도(알튀세르의 이데올로기 이론에서처럼) 기구도 아니다.
그것은 발화와 제도의 추상적 물질성과 대상의 구체적 물질성을 결합한
것이다. 그 속에서 토대와 상부구조는 돌이킬 수 없이 혼합된다."[5]는 논리
에 맞닿게 된다. 즉 작품 속 조문객들을 통해 시인이 풍자하고자 했던 현
실은 거울에 비쳐 녹아내린 자신의 일상성과 같이 융해되어 어떤 것이 풍

4) 고정희, 『고정희 시전집 1』, 또하나의문화, 2011, 201쪽.(이하 인용에 쪽수만 병기)
5) 장―자크 르세르클, 이현숙·하수정 옮김, 『들뢰즈와 언어 : 언어의 무한한 변이들』,
   그린비, 2016, 16―317쪽.

자의 대상인지 경계가 불분명해지는 데까지 이르게 된다. 이를 통해 일상의 배치 속에서 죽음을 욕망하는 자신과 조우하게 된다.

> 그러나 나는 이번 시집의 원고를 마무리하고서 내심 크게 놀란 것 한 가지가 있었다. 그것은 내 내면이든 무의식이든 의식이든 '희망'과 '죽음 인식'이라는 대립 관계 속에 깊이 침잠해 있다는 것이었다. 결국 나는 '죽어 있는 삶'과 '살아 있는 죽음'에 대해 많은 콤플렉스를 숨기고 있었는지도 모른다.(266)

위 언급은 『초혼제』의 시집후기에 있는 글이다. 그는 이 시집에서 마당굿과 초혼제의 절차를 차용하여 현실을 풍자한다. 하지만 이런 과정을 거친 끝에 이르러 적은 외부 현실에 있는 것이 아니라 죽음에 대한 자신의 콤플렉스라는 것을 깨닫게 된다. 이를 통해 그의 고백처럼 희망과 죽음, 죽은 삶과 살아 있는 죽음이 뒤엉킨 역설의 사유 구조를 읽어낼 수 있다. 이런 인식까지 도달하게 된 이유에는 고정희의 개인적이고 사적인 사유를 통해서가 아니라 작품에서 나타나듯이 하나의 거대한 공동체의 죽음들 틈에 자신의 죽음 또한 놓여 있음을 발견하기 때문이다. 고정희의 말에서 살필 수 있듯이 무의식은 내면이 아니라 외부에 있는 것으로서, 그것은 언어의 배치와 발화를 통해 드러난다. 들뢰즈와 가타리가 "주체는 없다. 언표행위의 집단적 배치만이 있을 뿐이다."라고 말한 것처럼, 고정희는 시의 형식(마당굿, 초혼제)을 현실의 폭력(풍자)으로 배치한 것이다. 따라서 고정희의 작품은 현실의 반영이라는 측면뿐만 아니라 언어의 사용에서도 방점을 찍고 접근하는 것이 중요할 것이다. 형식면에서 굿이나 설화를 통한 차용은 다른 많은 시인도 다뤘지만, 고정희의 경우를 통해 살피고자 하는 것은 풍자를 통한 언어의 '소수화' 과정이다.

거울 한 장의 형이상학 속에서/한 시대의 청년이 죽었습니다/한 시대의 사람이 죽었습니다/한 시대의 과거가 죽었습니다/한 시대의 미래가 죽었습니다/한 시대의 관계가 죽었습니다/그리하여 우리가 속해 있던/믿음과 평화와 자유의 싸움터,/마을과 집단과 이 세계 내의/갈등이 허용된 개개인도 죽었습니다(202)

고정희는 죽음을 인식한 계기를 마련한 "거울"을 "형이상학"이라고 적시한다. 이때 "거울"이라는 오브제는 텍스트 속에서 사물의 반사적 기능을 하는 기호일 뿐이다. 하지만 "형이상학"이라는 발화가 개입되면서 변화한 "거울"의 의미는 그것이 단순 미의 기호가 아니라 죽음을 인식하는 화자의 사유, 즉 삶의 기호가 된다는 것이다. 그리고 그 이면에는 수많은 죽음이 자리하고 있다. 이 죽음들은 고정희가 풍자하고자 하는 대상과 달리 "우리", "믿음과 평화와 자유의 싸움터", "갈등이 허용된 개인" 등 오히려 풍자의 주체가 되어야할 이들이다. 그리고 이어지는 수많은 "죽었습니다"의 반복과 소위 상투적 발화들은 미적 문체와는 다소 거리가 있다. 이러한 점은 소수자 문학이 갖는 특징인 언어의 강도 높은 비의미작용의 사용6)이 된다고 할 수 있다. 비의미작용의 효과는 사회의 폭력과 이데올로기에 대항하는 주체화의 과정을 "형이상학"에 둠으로써 그들의 죽음을 다

---

6) "메타포는 의미를 증가시키고 다양하게 한다. 그것은 더한 의미를 발생시키는 장치이다. 그러나 소수자 문학의 중심은 납득할 만한 의미를 만드는 것이 아니라, 강도를 표현하고 힘을 포획하고 행위하는 것이다."(앞의 책, 333쪽.) 고정희의 시편들은 이미지나 상징 등의 수사적인 메타포를 따르지 않는다는 특징이 있다. 그는 말 그대로 갈지자로 언어를 밀고 나아가는데, 이러한 문체는 "기표의 구조도, 언어의 고의적 구조도, 심지어 순간적 영감의 결과도 아닌 불협화음, 가장 생생한 형태의 언어에 영향을 미치는 중얼거림을 가리키는 말이 된다. 거기에는 소수성의 개념과 분명한 관련이 있다. 문체야말로 우리 자신의 언어에서 스스로를 낯설게 하고 화자 혹은 작가로서 우리를 위해 비행 노선을 열어 주어 사고가 발화를 방문하게 한다."(앞의 책, 372쪽.)는 논리를 통해 고정희 언어의 '소수자' 발화 방식을 살필 수 있다.

른 차원으로 이동시키는 역할을 하게 된다. 이를 통해 고정희가 풍자하고
자하는 대상은 구체적 현실의 폭력과 이데올로기에 대한 저항이 아니라
오히려 이러한 저항에 사로잡혀 자신의 배치(position)를 상실한 '죽은' 존
재들이다.

이때의 죽음은 이른바 혁명 주체라고 불릴 수 있는 "거울" 속의 수많은
인물들의 비주체화 과정을 보여주며, 그들이 소위 혁명의 주인공이라는
고정된 이념의 정체성을 흐릿하게 만드는 효과를 유발한다. 이 모순적인
죽음을 무엇이라 불러야 할까. 고정희의 시집 후기 고백에서 보듯이 "죽어
있는 삶"과 "살아 있는 죽음"의 경계는 뚜렷하지가 않다. 그것은 현실에
닻을 내리지 못한 채 부유하는, 발화만 있고 아무런 변화를 일으키지 못한
'미제 사건'에 해당할지도 모른다. 하지만 고정희는 역설적으로 이러한 대
립관계를 통해 이데올로기를 해석하는 시대의 시각을 죽음을 통해 풍자
한다. 하여 그는 다음과 같이 묻는다. "슬픔이거나 이별이거나 한(恨)이거
나/비분강개 명분 따위 참으로 사소한 것에 지나지 않는/이 미증유의 송장
사태를 아십니까?"(203)

# 고정희 시의 힘
## ―「행방불명 되신 하느님*께 보내는 출소장」을 중심으로

김치성

    무릇 너희가 밥으로 사는 것이 아니라 영에서 나온 말씀으로 거듭나리라, 수수께끼를 주신 하느님, 우리가 영에서 나온 말씀으로 사는 것이 아니라 미사일 핵무기고에서 나오는 살인능력 보유자와 우리들 밥줄을 틀어쥔 자를 구세주로 받드는 오늘날 이 세상 절반의 살겁과 기아선상에 대하여 어떤 비상정책을 수립하고 계신지요
    한나절을 일한 자나 하루 종일 일한 자나 똑같이 최대생계비를 지부함이 하늘나라 은총이다 선포하셨건만, 반평생을 뼈빠지게 일한 자나 일년을 혼빠지게 일한 자나 똑같이 임금을 체불당한 채 밀린 품삯 받으러 일본으로 미국으로 다국적기업 뒤꽁무니 쫓아간 우리딸들이 임금 대신 똥물을 뒤집어쓰고 울부짖을 때 당신의 말씀은 침묵했습니다
    온갖 제국주의 음모와 죽음의 쓰레기들이 자유와 정의와 평화라는 식품 상표를 달고, 당신의 이름으로, 배고픈 나라의 백성을 향하

---

\* 일반적으로 개신교에서 신을 지칭할 때 '하나님'이라고 표기하지만 시인은 가톨릭과 함께 작업한 <공동번역>성서에 나오는 '하느님'이라는 표기를 따르고 있다.

여 무한대로 수출되고 있는 작금에도 당신의 말씀은 침묵하고 있습니다

아아 살인병기를 자처하는 다국적군이 실로 처참하고 참혹하게 이라크와 쿠웨이트의 땅을 피바다로 싹쓸이할 때도 당신의 말씀은 침묵했습니다 어디 그뿐입니까 "미국은 새로운 전쟁시대의 첫 승리자이다" 부시가 오만불손하게 음성을 높일 때, 그리고 당신의 이름을 부르는 자들이 스무 번씩 기립박수를 칠 때도 당신은 온전히 침묵했습니다

대답해 주시지요 하느님, 당신은 지금 어디 계신지요 세상이 너무 재미없어 쟈니 윤의 쇼 프로그램에서 미국식 웃는 법을 익히고 계십니까, 아니면 힘이 무지무지 센 나라의 현대판 노예 수출선에 팔려가고 계십니까, 그것도 아니라면 용용 죽겠지 꼭꼭 숨어라 목하 종말론이 생산 중인 페르시아 만이나 바빌론의 무기 창고에서 재고를 헤아리는 무기 상인들을 격려하고 계십니까? 아니아니 당신의 이름을 교수형에 처한 공산대륙이나 모스크바 페레스트로이카 전철 속에 앉아 이단의 풍물을 감상하고 계십니까? 대답해 주시지요 하느님, 당신은 교회로 돌아와야 합니다 그리고 당신은 교회의 창고부터 열어야 합니다

이 곤궁한 시대에
교회는 실로 너무 많은 것을 가졌습니다
교회는 너무 많은 재물을 가졌고 너무 많은 거짓을 가졌고
너무 많은 보태기 십자가를 가졌고
너무 많은 권위와 너무 많은 집을 독차지하고 있습니다
너무 많은 파당과 너무 많은 미움과
너무 많은 철조망과 벽을 가졌습니다
빼앗긴 백성들이 갖지 못한 것을 교회는 다 가졌습니다
잘못된 권력이 가진 것을 교회는 다 가졌습니다
그래서 교회는 벙어리입니다

그래서 교회는 장님입니다
그래서 교회는 귀머거리가 된 지 오래입니다
그래서 교회는 오직 침묵으로 번창합니다
의인의 변절을 탓하던 시대는 이제 끝나야 합니다
옳은 자들이 당신의 이름을 더 이상 부르지 않는 시대가 오기 전에
하느님, 가버나움을 후려치듯 후려치듯 교회를 옳음의 땅으로 되
돌려
참회의 강물이 온갖 살겁의 무기들을 휩쓸어가게 하소서
새로운 참소리 태어나게 하소서
거기에 창세기의 빛이 있사옵니다 아멘……

　시는 신과 갈등하는 지점에서 탄생한다.[1] 적어도 고정희 시에서는 그
렇다. 이 땅에 육화된 몸을 지닌 채로 무심히도 던져졌다고 자각할 때, 신
이 만들어 놓은 삶이라고 믿을 수 없을 만큼의 부정의를 경험할 때, 신을
믿는 사람들(교회)의 타락을 목격할 때, 인간은 그 부당함에 대해 항변하
기 시작하면서 자신의 언어를 획득해 나간다. 어쩌면 신이 없는 세상에서
홀로서기를 감행하는 자들(호모 릴리기오수스)이 경험할 수밖에 없는 필
연적 과정일 것이다. 하지만 이러한 인간의 종교(혹은 신)를 향하는 문학
적 언어들은 표면적으로 종교인들의 비윤리적 행태에 대한 고발하는 외
부적 시선에 머무는 것에 국한될 때가 많다. 구원의 주체가 되어야 할 것
들의 객체화가 빚어낸 모순과 반사회적 행태들은 순간적인 분노와 혐오
의 감정을 불러일으키는 것이 사실이지만 궁극적 실체인 신을 향한 인간
실존의 근원적 물음의 차원에까지 나아가는 비판적 언어들은 보기 드물

---

1) 이와 관련하여 유성호 교수께서는 "문학적 상상력이 종교적 감수성과 만나는 갈등의
　지점을 종교문학의 연원이다."라고 말한 바 있다. 유성호, 「고정희 시에 나타난 종교
　의식과 현실인식」, 『한국문예비평연구 1권』, 한국현대문예비평학회, 1997, 84쪽.

다. 이런 맥락에서 고정희 시는 누구보다도 신께 가까이 가서 닿으려는 자의 언어이면서도 가장 인간적인, 문학적인 언어2)라는 점에서 차원이 다른 묵직한 울림을 준다. 원래 내부고발자가 가져온 균열의 위태로움은 근간을 흔드는 일이니까.

알다시피 시인은 신학을 전공하고 행동하는 신학자였다. 그런 그가 '하느님이 "행방불명" 되었으며, 그분께 감히 "출소장"을 보낸다'는 식의 표현은 교회입장에서 보면 당혹스럽고, 위험한 발언이 아닐 수 없다. 그런데 흥미로운 것은 '편지'의 형식으로 시를 쓰면서 수신자를 교회가 아닌 "하느님"으로 설정한 점이다. 우선 편지는, 오늘날 문자메시지와 같이 표준화된 폰트에서는 느낄 수 없는, 상대의 육체의 흔적(물질성)이 남아 있는 형식이다. 내용적으로는 신을 향해 불만을 토로하는 탄원을 담고 있으며 나아가 법적 대응도 불사하겠다는 "출소장"으로 표현되어 있지만 편지의 형식3)을 통해 어떤 방식으로든 신과의 소통을 통해 신이 부재해 보이는 답

---

2) 고정희는 「현대사 연구 10 − 경건주의 시인에게 쓰는 편지」에서 보여 주듯 "시문(詩文)이란 본디 선하기 때문에 / 추한 속세를 논해서는 안되고/ 민중 같은 말 따윈 말려 태워버려야 하고 / 아예 뿌리꺼정 뽑아버려야 하고/ 참된 예술이란 어디까지나 / 우주나 영원이 나 사랑이 근본이니 / 속세의 잡사에서 발을 떼야 한다"는 허위의식에 저항하며, 관념적 표현을 극도로 경계한다. '민중'이라는 단어가 관념화되는 것을 방지하기 위해 '오클로스'로 명명해야 함을 주장하고, '민중신학'에서 '민중문화'로 나아가야 함을 피력한 것 또한 같은 맥락에서 나온 의견이다. 그리고 고정희의 그리스도교적 자의식은 기표적 단어 차원에서만 드러난 것이 아니라, 구어체와 같은 서술어 형태로 나타난다는 점에서 다른 시인에게는 찾아볼 수 없는 특징으로 볼 수 있다.
3) 사실 편지의 형식은 『신약성경』에서 소위 '복음'으로 표기된 많은 경전에서 쉽게 찾아 볼 수 있듯이, 그리스도교 전통에서 익숙한 소통의 방법이다. 불교가 독백적 말하기라면, 그리스도교 전통에서 말하기는 신에게 말하고 신에게 쓰고 신에게 듣는 형식을 취한다. 같은 고향, 해남 출신의 신학자로서 한신대학교의 총장를 지낸 오영석 교수의 경우에도 유년시절 신께 편지를 썼고 그것을 받은 우체국 배달부가 지역 교회로 보냈고 그것을 받은 해당 교회 목사가 하나님의 이름으로 지속적으로 답변하였다는 이야기도 널리 알려진 바 있다. 이러한 편지는 사실 고정희의 시집 전체(『저 무덤 위에 푸른 잔디』, 『광주의 눈물비』, 『여성해방출사표』, 『아름다운 사람 하나』,

답한 상황을 극복하고자 하는 의지가 엿보인다.

특히 이 시편 「행방불명 되신 하느님께 보내는 출소장」의 경우, 구조적으로 크게 두 부분(A: 무릇~ 열어야 합니다. B: 이 곤궁한 시대에~ 아멘)으로 나뉘는데, 사실 두 부분 모두 완전히 신에게서 돌아서는 태도는 보이지 않으며 오히려 더욱 신이 개입해야 할 인간 문제에 대해서 아주 정확한 지적과 함께 구속사적 하느님의 개입을 촉구하고 있다. 그리고 교회의 회복을 기도하고 있다.

전반부에서 "무릇 너희가 밥으로 사는 것이 아니라 영에서 나온 말씀으로 거듭나니라"(마태복음4:4)와 "한나절을 일한 자나 하루 종일 일한 자나 똑같이 최대생계비를 지불함이 하늘나라 은총이다"(마태복음25:14이하)라는 본인이 체화한 성서 구절을 근거로 제시하면서 '신의 침묵'으로 규정한, 힘 있는 사람과 나라의 사회 구조적 폭력 행태를 고발한다. 누구보다 신의 말씀을 정확히 알고자 하였고, 그의 뜻을 따라 살려고 하였으나, 이내 현실에서 직면하게 된 상황에서 신정론(神正論, theodicy) 물음을 지속적으로 집요하게 던지는 화자의 질문은 이토록 날카롭지 않을 수 없다. 그런데 주목할 점은 전반부 마지막 부분에서 신이 돌아와야 자리가 당장 문제를 해결해야 할 현장이 아니라, "교회로 돌아와야"한다고 말하는 장면이다. 사실 신은 어디에서나 존재하는 분으로 소위 진보신학을 표방하는 시

---

『모든 사라지는 것들은 뒤에 여백을 남긴다』)를 관통하는 중요한 형식이다. 「하늘에 쓰네」처럼 전면적으로 신을 상정하고 신께 보내는 편지만이 아니라, 「편지」와 「눈 내리는 새벽 숲에서 쓰는 편지」처럼 제목의 기표차원에서부터 편지를 나타내기도 하고, 「민중사랑, 민족사랑, 겨레사랑 선생님 : 문동환 선생님 고희에 바침」처럼 한 국신학대교 기독교교육학 스승이신 문동환 교수와 「하녀 유니폼을 입은 자매에게」처럼 오늘날의 '오클로스'들에게 편지를 쓰기도 하며, 「반월시화 2 ─ 산하여, 누가 너를 사라지게 하는가」처럼 자연을 대상으로 확장시켜 편지를 쓰기도 한다. 「황진이가 이옥봉에게」처럼 고전문학 여성들 간에 주고받는 문학적 장치로도 편지의 형식을 취하고 있다.

인이 왜 하필 교회라는 공간으로 신의 활동 영역을 제한시키려 한 것일까?

후반부의 첫머리에 그 해답이 등장한다. "이 곤궁한 시대에 / 교회는 실로 너무 많은 것을 가졌습니다"는 구절은 시인의 『이 시대의 아벨』에서 이어진 연대의식, 책임윤리 등을 잘 드러내는 대목이다. 일반적으로 사회비판 의식을 지닌 문학이 전개되는 방식은 폭력에 희생된 자의 모습을 구체화한다거나, 폭력을 행하는 자들의 고발하는 형식으로 유형화된다. 하지만 고정희의 경우, 인류 최초의 살인 사건의 피해자인 "아벨"의 모습만을 담고 있지 않으며 그 아벨을 지키지 못한 시대, 특히 생명살림을 실천해야 할 교회공동체의 책임윤리의 부재 문제를 지적한다. 바로 이것이 고정희 시가 다른 사회비판적 문학과 다른 차별적 지점인데, 단순히 이분법적 구도 속에서 폭력을 비판하는 것이 아니라 우리가 끌어안고 넘어서야 하는 문제라는 인식을 가졌던 것이다. 그러기에 시인으로서는 교회의 회복이 절실했을 것이다. 왜냐하면 '교회의 침묵'이 바로 '신의 침묵'으로 이해되는 것을 알았기 때문일 것이다. 그런데도 "교회는 침묵으로 번창하"는 중이고, "너무나 많은" "재물"과 "거짓"과 "보태기 십자가"와 "권위"와 "집"과 "파당"과 "미움"과 "철조망"과 "벽"을 "가진" 상태이기에, 교회는 권력에 대해서 "벙어리", "장님", "귀머거리" 노릇을 할 수밖에 없는 지경에 이른 것이다. 평소 '고행―청빈―묵상'이라는 좌우명을 가질 정도로, 스스로 구도자/수행자의 삶을 살면서, 세속을 이길 힘은 '비움'에서 나오는 것임을 알았던 시인이기에 교회의 탐욕이 신의 침묵으로 이어지게 했다는 놀라운 지적을 한다. 그러면서 예수께서 사역지로 활동하였던 "가버나움"처럼 후려쳐서라도 "교회를 옳음의 땅으로 되돌"리라고 신께 기도하고 있다. 그런데 마지막 장면에서 "새로운 참소리 태어나게 하소서"라는 청각적 이미지를 활용한 것이 돋보인다. 사실 청각은 인간이 가진 감각중에서 가장 종교적인 성격을 지니고 있다[4]는 점에서 고정희 시에 지속적으로 소리와 그것의 탄생이 빚어내는 풍경을 갈망하는 것[5]도 우연은 아닐 것이다.

이렇듯 고정희 시는 신과 갈등하는 지점에서 인간의 몸을 입은 채로 주어진 삶에 누구보다 치열하게 고민하며 온몸으로 이웃의 아픔에 공감하며 연대하고자 하였던 언어로 빚어졌기에 일종의 시적인 에너지 힘을 분출하고 있다. 사실 이런 고정희를 잘 아는 사람은 드물었고, 대중매체에서 과장스럽게 부추기는 베스트셀러 시인도 아니고, 대단한 문제작으로 우리의 기억 속에 각인되어 있는 유명 시인도 아니었던[6] 그녀가 김승희 시인에게 "어떤 사람은 태어나 자신의 '이전과 이후'로 그 사회를 변화시켜 놓는다. 고정희는 그런 사람이었다."[7]는 평가를 듣게 되고, 여성주의, 민

---

4) 마르틴 루터(Martin Luther)는 "신은 더이상 발이나 손이나 다른 신체 기관을 필요로 하지 않으며, 신은 오직 귀만을 필요로 하고, 귀만이 그리스도인의 신체기관이다"고 했고, 루드비히 포이어바흐(Ludwig Feuerbach)는 "눈, 손, 미각, 후각만 가지고 있다면 인간에게는 종교가 없을 것인데, 왜냐하면 공포를 느끼고 신비주의적이며 경건하고 유일한 감각이 바로 청각이기 때문"이라고 했다. 그리고 누군가는 '귀가 무의식의 영역에서 닫는 것이 불가능한 유일한 구멍'이라고 했다. 출애굽기 33장 18~23절에서도 모세가 하나님께 "주의 영광을 보이소서"라고 말했지만, 신께서는 그 얼굴 '보는 것'을 허락하지 않으셨는데, 이것은 인간이 귀로 '듣는 것'으로만 당신께 나아가야하는, 인간 실존의 자리를 명확하게 하신 것이다. 그래서 우리는 크거나 작거나 아예 소리가 들리지 않아도, 그것이 신의 로고스인지 인간의 소리인지, 웃는 것인지 우는 것인지, 그것이 로고스인지, 파토스인지, 에토스인지 등 천개의 촉수를 가진 밝은 귀가 필요한 법이다. 종교적 인간에게는.

5) 고정희의 시에서는 청각적 이미지가 자주 등장한다. 외부나 내부에서 들려오는 소리에 민감하게 귀 기울이는 주체가 등장하고, 생생한 시대의 현장감들 전달하거나 시대의 소리 풍경을 완성하거나 균열의 자리를 만들어 내기도 한다. 그리고 '타인의 말'이 끼어드는 형식을 보여주기도 한다.

6) 유성호, 「고정희 시에 나타난 종교의식과 현실인식」, 『한국문예비평연구』 1권, 한국현대문예비평학회, 1997, 77쪽.

7) 이세아, "고정희 타계 30년 죽은 시인은 힘이 세다", <여성신문>, 2021년 6월 1일, https://www.womennews.co.kr/news/articleView.html?idxno=211957

주의식, 종교의식 등을 중심으로 탈식민주의, 장르실험에 이르기까지 다양한 관점에서 많은 이들이 그야말로 "봇물터지듯" 그의 시를 텍스트로 삼는 연구들이 쏟아지게 된 데에는 다른 시에서 찾아볼 수 없는 고정희 시만이 지니고 있는 힘 때문이 아니었을까?

# '이물질처럼 징그러운 희망'과
고정희라는 위치
―「서울 사랑」연작을 읽기 위한 노트

김혜진

## 1. 발화의 조건들에 대한 물음

1980년대를 관통하는 주요한 키워드 가운데 하나는 '민중'일 것이다. 시인 고정희를 언급할 때 중요한 키워드 역시 이 어휘 범주를 염두에 둘 수밖에 없다. 그의 시가 등단 무렵부터 사회 · 정치적 시선을 표출하고 있었던 사정은 작품뿐만 아니라 주변의 반응으로부터도 확인된다. '선이 너무 남성적'이고 톤이 거칠어 당선되었다는 신춘문예 심사의 후일담이나, 너무 사회성이 강한 정치시를 쓴다는 이유로 당대 남성 지식인들에게 비판을 받기도 했던 일화들에는 80년대의 특수한 국면이 비남성인 고정희에 의해 발화되었을 때의 거부감이 함께 녹아 있다. 여러 논자들이 지적했듯, 당대의 민중이라는 어휘가 여성을 배제하였던 사정, 남성이라는 보편성과 사회성의 범주에서 여성의 발화 장소가 빈곤했던 사정은 고정희의 시를 더욱 각별히 바라보게 한다.

일명 '소주파'라 칭해지기도 했던 '데모하는 친구들' 가운데 하나로 남성성의 영역으로 인식되던 범주에 속하면서도, 동시에 여성이라는 젠더를 강력하게 드러내고 주장하며 시를 썼던 고정희의 발화는 여러 모로 복합적인 층위에 놓여 있었다고 할 수 있다. 정치와 젠더 문제가 분리 불가능하다는 인식, 무엇보다 그러한 인식의 장을 열어가기 위한 가능성을 타진하는 발화 주체로서의 여성이었다는 사실이 당대의 '남성의 얼굴을 한' 민중 운동에서 '이질적'이었거니와, 그런 가운데 기독교적 영향력을 정면으로 내세운 '유신론자 여성 문학인의 위치' 또한 당대에는 매우 이물질스러운 면모가 아닐 수 없었을 것이다.[1] 이런 특성들은 다양한 반사를 통해 시인 자신의 발화에도 영향력을 행사했다. 이 영향력에 대한 인식은 등단 이전의 이력들에서부터 <목요시>, <또 하나의 문화> 활동에 이르기까지 보다 선명해지고 강렬해지기도 했다.

## 2. 이물질처럼 징그러운 희망

"민중운동과 여성운동이 '인간화'의 차원에서 궤를 함께 하는 것"[2]이라는 1985년 고정희의 입장은 '민중'이라는 기표를 장악하고 있는 80년대식

---

1) 고정희가 지닌 '이물질스러움'에 '유신론자'라는 항목이 더해진 것은 세미나 시간에 유성호 선생님께서 코멘트해주신 내용을 참조한 것이다. 이러한 항목들은 사실상 더해지는 것이라기보다 '증폭'되는 것이라 해야 할 것인데, 80년대 한국 문단에서 '광주'와 '민중'을 문제삼는 '유신론자' '여성' 발화자 위치란 여러 겹의 변방을 체감해야만 하는 매우 이례적인 지점이라 할 수 있을 것이다.
2) 조형, 「편지글을 통해 본 고정희의 삶과 문학」, 『너의 침묵에 메마른 나의 입술』, 도서출판 또 하나의 문화, 1993, 42쪽.

보편성을 되묻고, '여성'이라는 기호를 이전과는 다른 방식으로 재배치해 보고자 하는 탐색 작업의 일환일 것이다. 이는 '닫힌 정체성'3)으로서 규정 된 민중 혹은 시민의 개념을 젠더와 계급의 문제로서 열어젖히는 작업에 해당된다. 이 모든 작업들의 수행성을 담당하는 것이 다름 아닌 말—언어 —활자들이라는 사실은 당대의 많은 문학가들과 운동가들에게 작용했던 것 이상으로 시인 고정희에게 중요한 항목이었던 것 같다. '시민권'과 더 불어 '예술적 시민권'4)으로부터 이중으로 소외되어 있던 여성—운동가의 발화에서, 비평적 발언들이 드러내거나 감추는 것의 범주와 한계가 예술 적 발언의 그것과 다르다는 점을 전제해본다면, 후자의 경우에서 읽어낼 수 있는 것들에 관심을 가져볼 만하다.

그런 의미에서 「서울 사랑」 연작에 나타나는 '말'의 문제들은 중요해 보 인다. 그것은 '말'이기만 한 것이 아니라 희망과 절망, 삶과 죽음, 그리고 말과 침묵의 항들을 거느리는 것이기도 하기 때문이다. 연작의 제목들이 '어둠을 위하여', '절망에 대하여', '죽음에 대하여', '말에 대하여' 등으로 구성된 면면들은 일차적으로 이를 확인시켜 준다.

각별히 문제적으로 다가오는 것들이 있다면, 이 연작에서 드러나는 '희 망'의 형상에 대한 것이다.

황혼 무렵이었지/ 네 외로움만큼이나 흰/ 망초꽃 한아름을 꺾어 들고 와/ **하느님을 가진 내 희망이**/ **이물질처럼 징그럽다고 네가 말했을 때**/ **나는 쓸쓸히 쓸쓸히 웃었지**/ 조용한 밤이면/ 물먹은 솜 으로 나를 적시는/ 내 오장육부 속의 어둠을 보일 수는 없는 것이라

---

3) 알랭 바디우, 「'인민'이라는 말의 쓰임에 대한 스물 네 개의 노트」, 『인민이란 무엇 인가』, 현실문화, 2014, 26쪽.
4) 김정은, 「'광장에 선 여성'과 말할 권리: 1980년대 고정희의 글쓰기에 나타난 '젠더' 와 '정치'」, 『여성문학연구』 44, 한국여성문학학회, 2018.

서/ 한기 드는 사람처럼 나는 웃었지/ 영등포나 서대문이나 전라도/ 컴컴한 한반도 구석진 창틀마다/ 축축하게 젖어 펄럭이는 내/ 하느님의 눈물과 탄식을/ 세 치 혀로 그려낼 수는 없는 것이라서/ 그냥 담담하게 전등을 켰지/ 전등불 아래 마주 선 너와 나/ 삼십대의 불안과 외로움 너머로/ 유산 없는 한 시대가 저물고 있었지
　　　　　　　　　－「서울 사랑－절망에 대하여」부분.(강조－인용자)


　오 친구여/ 오랫동안 어둠으로 무거운 친구여/ 내가 오늘 내 어둠 속으로/ 순순히 돌아와 보니/ 우리들 어둠은 사랑이 되는구나/ 우리들 어둠은 구원이 되는구나/ (중략) / 이 어둠 속에서 우리가 할 일은/ 오직 두 손을 맞잡는 일/ 손을 맞잡고 뜨겁게 뜨겁게 부둥켜안는 일/ 부둥켜안고 체온을 느끼는 일/ 체온을 느끼며 하늘을 보는 일이거니// 오 캄캄한 어둠 속에서/ 당당하게 빛나는 별이여/ 내 여윈 팔등에 내려앉는 빛이여/ 너로구나 모른 체할 수 없는/ 아버지 눈물 같은 너로구나/ 아버지 핏줄 같은 돈으로/ 도시에서 대학을 나오고/ 삼십평생 시줄이나 끄적이다가/ 대도시의 강물에 몸 담그는 밤에야/ 조용히 조용히 내려앉는 빛이여/ **정작은 막강한 실패의 두 손으로/ 한 웅큼의 먹물에 받쳐든 흐－이－망/ 여전히 죽지 않는 너로구나//** 이제야 알겠네/ 먹물일수록 찬란한 빛의 임재, 그러니/ 빛이 된 사람들아/ **그대가 빛으로 남는 길은/ 그대보다 큰 어둠의 땅으로/ 내려오고 내려오고 내려오는 일/ 어둠의 사람들은 행복하여라**
　　　　　　　　　－「서울 사랑－어둠을 위하여」, 부분.(강조－인용자)


　이 연작에서 희망은 '이물질처럼 징그러운' 것이고, '죽지 않는 너'로 되돌아오는 것이다. 여기에는 끊임없이 주장되고 외쳐지는 '말'들에 대한 강렬한 지지와 회의가 동시에 담겨 있다. '너'의 말을 통해 전달되는 희망의 '징그러움'을 발화자는 '쓸쓸한 웃음'으로 인정한다. 이때 '이물감'은 80년 광주를 지나온 자들이 품는 희망의 요원함에 대한 감각과, 그럼에도 불구

하고 끈질기게 '말'을 하고 '행동'을 이어가는 행위 주체들의 태도가 뒤얽힌 복합적인 것일 터이다. 동시에 80년대 문학장 안에서 여성 발화주체에게 던져진 이중적인 배제의 그물망을 칭하는 이름이기도 하다. 가령, 그의 첫 시집 『누가 홀로 술틀을 밟고 있는가』가 나왔을 때 동인들과 면도칼로 「발문」을 모두 잘라내어야만 했던 일화5)나, '술틀'이라는 단어 대신에 '수틀'로 바꾸어 쓰는 문학계 사람들을 두고 시인 스스로 "그것이 여성에 대한 고정관념의 반영"이라고 언급했던 일6) 등은 고정희의 문학에 배음으로 깔린 여성으로서의 '이물감'의 사정을 단적으로 드러내고 있기도 하다. 민중 운동을 둘러싼 고민과 기독교적 모순에 대한 중첩된 인식 한가운데서 여성해방을 발언하는 자에게 '희망'이란 투명하거나 밝지도, 단선적으로 구원으로 향하지도 않는 것으로, 징그럽지만 몸에 붙어 있어 떼어낼 수 없는 것이다. 그것을 없애려는 순간 절망이 오는 것이 아니라 다시 "실패의 두 손"으로 받쳐든 다른 형태의 더 징그러워진 희망이 달라붙어 있다.

그러나 이 희망은 "모른 체할 수 없는", "조용히 내려앉는 빛"과 같은 고요하면서도 강하고 끈끈한 "체온"들을 거느리는 것이기에 죽지 않고 찬란할 수 있다. 징그럽게 달라붙어 있으면서도 끊임없이 갱신되는 희망의 힘줄이 이와 같이 부드럽고 고요한 성분으로 이루어져 있는 면면은 음미해 볼 만하다. 그것의 형식은 끊임없이 갱신된다는 점에서 '징그러운' 것으로 언명되지만, 그 내용을 채우는 것은 징그럽기에 피해야 할 어떤 것이 아니라 맞서서 응시하기 위해 치러야 하는 수긍과 인정을 향해 있다. 이를 "넉

---

5) 당시 발문은 시인 이하석이 썼으나 "자궁"이라는 시어를 지나치게 남성중심적으로 해석하였다고 판단되어 잘라내지 않을 수 없었다고 한다. (이소희, 『고정희의 삶과 문학』, 국학자료원, 2018, 58−59쪽.)
6) 박혜란, 「토악질하듯 어루만지듯 가슴으로 읽은 고정희」, 『여자로 말하기, 몸으로 글쓰기』, <또 하나의 문화> 동인지 9호, 도서출판 또 하나의 문화, 1992, 98쪽.(이소희, 위의 글, 59쪽에서 재인용)

넉한 실존적 승인"7)의 절차라는 표현에 견줄 수도 있을 것이다.


## 3. 분리된 '말'들과 '우리'

「서울 사랑」 연작에서 묻고 있는 '희망'은 다른 한편 '하느님'과의 관계성 속에서도 읽힌다. 앞서 읽은 「서울사랑—절망에 대하여」에서 희망이 "하느님을 가진 내 희망"일 때 두 요소는 서로를 지탱하고 끌어당기지만, "하느님을 등에 업은 행복주의라는 것이/ 얼마나 맹랑한 도착 신앙인가도 / 토악질하듯 음미"하는 반성적 절망감을 수반하는 것이기도 하다.

그러나 두루 알려져 있듯 고정희 시에서 '하느님'이 종교적 의미의 절대 존재로 환원되는 것만은 아니다. '민중신학'이라 일컬어지는 고정희 시 특유의 지점이란 그 안에서 역사, 민중, 신학, 여성 등의 핵심어들이 중첩되어 운동한다는 점일 것이다. 이러한 운동성의 한가운데 자리하고 있는 문제는 '말'과 '공동체'라 할 수 있을 것이다. '말'은 한편으로는 '하느님'의 말씀과 관계하고, 무엇보다 시의 언어와 관계한다. 80년 광주 이후 문학 언어를 둘러싼 고민들 속에서 고정희 역시 이 점을 또렷하게 의식하고 있었고8), 그가 쓴 시에서도 가시적으로 드러난다. 한편 '공동체'와 관련해서도 이러한 중첩의 지점을 짚을 수 있다. 아래에서 읽을 시에서 드러나듯 '기도회'와 '민중'은 모두 집회의 형식을 지니는 것으로, '우리'라는 언명을 통

---

7) 유성호, 「고정희 시에 나타난 종교의식과 현실인식」, 『한국문예비평연구』 1, 한국현대문예비평학회, 1997, 78쪽.
8) 이 점은 <목요시> 동인지의 서언들 속에서도 여러 차례 확인된다. 가령, <목요시집> 3집에서는 "시의 언어"가 "역사 속에 처한 인간의 현재를 조명하는 데 있어서" "강한 명징성"을 가지고 있다고 언급하는가 하면, <목요시> 4집에서도 시의 언어가 "역사적 언어와 예술적 언어로서" 꽃을 피워야 한다고 서술하고 있다.

해서야 비로소 성립한다는 점에서 기독교와 민중을 가로지르는 것이기 때문이다. 이렇게 볼 때 다음 시에서 '말'과 '우리'(공동체)가 분리되는 사태에 대한 자각은 각별히 관심을 끈다.

> 친구여 우리는 입을 모아 야훼를 불렀다/ 나라 사랑 앞세워 야훼를 부르고/ 국가 사랑 앞세워 야훼를 부르고/ 정치 사랑 앞세워 야훼를 부르고/ (중략)/ 그러나 친구여/ 기도회가 끝난 수유리의 새벽 네 시,/ 우리의 얼굴엔/ 어제보다 더 짙은 피곤이 서리고/ 반짝이던 두 눈엔 고드름이 열린 채/ 어제와 다름없는 타인으로 악수했어/ (중략)/ 아아 그때 나는 깨닫게 되었지/ 우리가 한무데기 로봇이라는 것을,/ 왜?냐고 강하게 질문해 다오/ 〈말〉과 〈우리〉는 분리되어 있었던 거야/ 버튼을 누르면 작동하는 말/ 버튼을 누르면 편리하게 작동하는 몸/ 말과 몸은 하나라고 믿어 왔는데, 이제/ 몸은 말의 힘을 믿지 않았고/ 말은 몸의 집에 거하지 못했어/ 그것은 각각의 작동일 뿐이야/ 말이요 몸이신 하느님께서/ 우리를 버리신 이유를 알았지/ 그리하여 친구여/ 로봇과 분별이 안 가는 나는/ 로봇과 구별 없는 말을 건네며/ 새로운 행복에 길드는 중이니/ 이제는 내 말을 조심하게/ 이제는 내 시를 조심하게
>
> —「서울 사랑―말에 대하여」, 부분.

이 시에서 '말'과 '우리'가 분리된다는 것의 의미가 다시 '말'과 '몸'의 분리로 변주되는 과정은 섬세히 살필 필요가 있다. '우리'의 자리가 동시에 '몸'의 자리이기도 한 것은 '우리'라는 단어가 이미 그 자체로 '함께 모여든 다수의 몸'[9]으로 이해되기 때문이다. 이때 '모여든 몸'은 중요한 의미를 갖는다. 일차적으로 이 시에서 드러나듯 기독교적 집회의 형식이자 정확히

---

9) 주디스 버틀러, 「우리, 인민―집회의 자유에 관한 생각들」, 『인민이란 무엇인가』, 92쪽.

동시에 '국가 사랑', '정치 사랑', '자유 사랑'을 앞세우는 민중의 집회 형식이기도 하다. 그러니 모여듦 그 자체가 이미 하나의 발화 형태라 할 수도 있을 것이다. 다른 한편으로 이 지점은 후일 고정희가 '민중'을 정의하게 되는 방식10)이자 여성해방을 주장하는 방식이기도 하다.

그럼에도 불구하고 이 시에서 그러한 '몸―우리'의 '말들이 로봇의 그 것처럼 텅 빈 것으로 다가온 사정에는 몇 가지 현실적 장벽들이 개입해 있다. 우선 '우리'는 "여덟 시간 근무를 마친" 자들로, 춥고 피로하며, 기도회가 끝나면 "더 짙은 피곤"을 감당해야 한다. 그 피로 속에서 야훼를 부르는 행위는 아무리 애를 써도("보청기를 낀 노인에게 말하듯", "있는 말 다 모아") 살에 닿지 않고 공중으로 퍼져가는 '평화주의자', '도덕주의자'의 언어로, "짙은 피곤"과는 너무도 멀리 있는 언어이기도 한 것이다. 구체성으로서의 현실이 '몸'의 한계와 고단함에 의해 장악되는 사태는 '국가―정치―사랑―야훼'의 관념성만큼이나 강력하다. 그러니 '말'과 '우리'는 적어도 이 순간, 한밤의 철야 기도회가 끝난 새벽의 수유리에서 만큼은 진실로 멀어져 있다고 할 수도 있을 것이다.

그러나 더욱 중요한 것은 그것의 '분리' 이전에는 "하나라고 믿어 왔"다는 점이다. "말이요 몸이신 하느님"의 형식처럼 '우리' 또한 '말이요 몸'이라고 믿어왔다는 언술에는, 고정희가 정의 내리게 될 여러 겹의 이물질적인 공동체적 주체들에 대한 희미한 희망이 있고, 다시 징그럽게 달라붙을 희망이 있다. 그러한 믿음 속에서 '말'과 '우리'가 끊임없이 어긋나는 체험

---

10) 고정희는 '민중'을 정의하면서 "신분이나 계급으로 규정짓는 것이 아니라" "신념의 방향"에 핵심이 있으며, "민중의 힘은 신분에 있지 않고 공동체의 형성에 있다"고 보았다. 물론 이때의 민중이란 "기독교 공동체이자 정의와 평등의 공동체이자 자유가 부여된 공동체"이다. (고정희, 「새롭게 뿌리내리는 기독교 문화를 위하여」, 고정희 엮음, 『예수와 민중과 사랑 그리고 시』, 기민사, 1985, 9―10쪽.)

을 통해 희망을 되살리는 시도를 이어간다고 할 수 있을 것이다. 그러니 '우리'와 '말' 사이가 얼마나 균열되어 있는가를 짚어보는 체험은 고정희에게 아주 근본적인 차원에서의 동력이라 할 수도 있을 것이다. 이 점은 후일 고정희의 시에서 드러난 "언표와 실천 간의 근본적인 간극"이 "정치적 동력의 장"으로 활용[11]될 행보를 예견하고 있기도 하다.


## 4. 맺음말

「서울 사랑」 연작이 실린 시집 『이 시대의 아벨』이 출간된 것은 1983년이다. 이 무렵 서른 초반을 지나고 있었던 고정희는 1979년부터 활동하던 <목요시> 동인 활동을 활발하게 이어가며 5번째 동인지를 냈고, 같은 해 출간된 시집 『초혼제』를 포함하여 네 번째로 시집을 묶어냈다. 광주 항쟁 이후였고, <또 하나의 문화>에 가담하기 이전이었다.

이즈음 그가 '징그러운' 것으로 표현한 것에는 '희망' 외에도 서른 초반의 나이("설혼 두 살의 늦가을/ 징그러워라", 「그해 가을」)가 있었다. 이 무렵을 지나며 한국 문단에 이례적이고도 오래 지속될 발자국을 남겨놓을 것을 그 자신은 알지 못했을 것이다. 그러나 이제와 보건대 그가 쓴 '서른 두 살의 징그러움'이란 것도 '희망'처럼 이물질적이지만 강력하게 되살아나는 그 자신의 정신사였을 지도 모르겠다. 이 시기 이후, <또 하나의 문화> 운동과 더불어 그가 남긴 몇 편의 글들과 여러 권의 시집들이 한국 문학과 페미니즘 운동사에서 되살아나 있다. 이 글은 고정희 문학에 대한

---

11) 최가은, 「여성-민중, 선언-『또 하나의 문화』와 고정희」, 『한국시학연구』 66, 한국시학회, 2021, 215쪽.

탐구와 평가가 본격적으로 펼쳐지고 있는 이 순간에 참여하는 의미에서, 앞으로 개진할 연구를 예비하는 노트이다.

# 사랑법 첫째

　그대 향한 내 기대 높으면 높을수록 그 기대보다 더 큰 돌덩이 매달아놓습니다.

　부질없는 내 기대 높이가 그대보다 높아서는 아니 되겠기에 내 기대 높이가 자라는 쪽으로 커다란 돌덩이 매달아놓습니다.

　그대를 기대와 바꾸지 않기 위해서 기대 따라 행여 그대 잃지 않기 위해서 내 외롬 짓무른 밤일수록 제 설움 넘치는 밤일수록 크고 무거운 돌덩이 하나 가슴 한복판에 매달아놓습니다.

# 사랑법 세째

제가 제 살 찌르지 못하는 법 이리 와요
제가 제 절망 찌르지 못하는 법 이리 와요
제가 제 아픔 자르지 못하는 법 이리 와요
제가 제 죽음 이기지 못하는 법 이리 와요
제가 제 사랑 이기지 못하는 법 이리 와요
이리 와요 곪은 살일수록 깊이 들어가는 가시
탱자나무 가시를 받아요

확실한 것을 우린 죽여야 해
분명한 것을 우린 죽여야 해
소리 나지 않는 것을 우린 죽여야 해

이리 와요 썩은 살을 골라요
아프지 않는 맘을 골라요
멍들어 있는 골반을 골라요
아프지 않는 살일수록 깊이 박히는 가시
자, 가시를 받아요

# 최소한의 사랑
### —『이 시대의 아벨』의「사랑법」연작 읽기

문혜연

　고정희의 시집『이 시대의 아벨』에서 아벨이 누구인지를 떠올리는 것
은 기독교적 의미를 거둬내더라도 그리 어려운 일이 아니다. 역사 속에서
희생당한 사람들, 탐욕 앞에 힘없이 쓰러진 사람들, 가진 것이 없어 끝까
지 내몰린 사람들. 그러므로 이 시집에는 수많은 아벨의 형상만큼 카인과
카인의 후예가 나온다. 고정희는 때로는 태풍 같은 분노와 꾸짖음으로, 때
로는 슬픔과 자조로 '이 시대'를 말한다. 흥미로운 점은 이 시집이 그럼에
도 불구하고 '사랑법'을 말하며 끝나고 있다는 것이다. 고정희의 사랑법은
누구를 향한 사랑이며, 어떤 방법으로 가능한 것일까.

　「사랑법 첫째」에서 시인은 사랑의 대상에게 저도 모르게 기대하고 바라
는 마음이 사랑을 힘들게 하는 것을 알기에 섣불리 기대하지도 바라지
도 않겠다고 말한다. 사랑의 첫 번째 방법이 가슴에 '크고 무거운 돌덩이'
를 매다는 것이라면 사랑의 대상인 '그대'는 누구일까. 말 그대로 사랑하
는 사람이라면 이 시를 깊은 사랑에 빠진 사람의 달콤한 한숨으로 읽어낼

수도 있을 것이다. 하지만 제 가슴에 매다는 '돌덩이'는 사랑의 고통이라기보다는 오히려 자신에게 내리는 무거운 형벌처럼 보인다.

> 시(詩)를 쓴다는 것은 내게 있어서 비로소 나를 성취해 가는 실존(實存)의 획득 외에 아무것도 아니다. / 내가 믿는 것을 실현(實現)하는 장(場)이며 / 내가 보는 것을 밝히는 방이며 / 내가 바라는 것을 일구는 땅이다. / 그러므로 시를 쓴다는 것은 내게 있어 가리고 선택하는 문제를 넘어선 내 실존(實存) 자체의 가장 고상한 모습이다. / 따라서 내가 존재를 포기하지 않는 한 이 작업은 내 삶을 휘어잡는 핵일 수밖에 없다. 그것은 일종의 멍에이며 고통이며 눈물겨운 황홀이다. 나의 최선이며 부름에의 응답이다. / 나는 시(詩)를 쓰는 일이 여기가 될 수 있는 부자가 아니며, 그렇다고 시 쓰는 일을 통해서 누구에게나 선사할 수 있는 아름다운 꽃 한 송이 못 가진 자신이 내내 가슴 아프다. / 지금 내가 알 수 있는 건 진실이 다 편한 것은 아니며 확실한 것이 다 진실은 아니라는 점이다. 때문에 내 실존(實存)의 겨냥은 최소한의 출구와 최소한의 사랑을 포함하고 있다.
>
> ─『누가 홀로 술틀을 밟고 있는가』후기 부분

고정희는 첫 시집 『누가 홀로 술틀을 밟고 있는가』를 마치며 시를 쓰는 것이 자신의 '실존 자체의 가장 고상한 모습'이면서도 그것이 '멍에이며 고통'이라고 말한다. 이를 「사랑법 첫째」와 함께 읽는다면 시는, 시인의 실존 그 자체이자 시인이 믿고 보고 바라는 바를 실현할 수 있는 고상한 사랑의 대상이지만, 자신이 시를 휘어잡는 것이 아니라 시가 자신의 '삶을 휘어잡'기에 시인에게 시 쓰기는 고통의 형벌이다. '그대'를 시로 읽는다면, 시의 힘을 믿고 또 그 힘을 빌리길 간절히 바라는 시인의 마음이야말로 '그대 향한 내 기대'일 것이다. 그러므로 사랑하는 이에게 기대했다가 실망하지 않겠다는 「사랑법 첫째」의 화자는 시에 자신의 존재를 던졌지만 시가 '아름다운 꽃 한송이'도 되지 못하고, 또 '확실'과 '진실'을 명료하게 밝혀줄 수도 없다는 걸 알기 때문에 괴로워하는 시인으로도 읽을 수 있을 것이다.

고정희는 이런 시 쓰기 자체의 괴로움에서 멈추지 않고 제 말과 시가 '로보트와 구별 없는 말'(「서울 사랑―말에 대하여」[1])이 되어버릴 수 있다는 의심으로까지 나아간다. 시는 자신의 '최선이며 부름에의 응답'이지만 그럼에도 타성에 젖어 공허한 말이 되어버릴 수 있음을 알고 있기에 언제나 경계한다. 자신의 존재를 내걸어 쓰는 시 역시 믿지 않고 끊임없이 경계하는 이 태도 역시 시인의 가슴에 매달린 '돌덩이'일 것이다.

그렇지만 고정희의 시 쓰기는 거듭될 것임을, 시인이 시와 시 쓰기로 이룩할 사랑에 대한 믿음을 포기하지 않을 것임을 우리는 알 수 있다. 시를 쓴다는 형벌은 '멍에이며 고통'이지만 '눈물겨운 황홀'이기에 반복되기 때문이다. 그런 형벌을 스스로에게 거듭 내리는 이유는 고통 뒤에 다시금 '그대'에 대한 기대가 마음 한편에 자라나기 때문이다. 그러므로 시인이 말하는 사랑은 가슴에 '돌덩이'를 매다는 것에서 그치지 않는다. 가슴의 고통을 잊지 않은 채 사랑하는 것이야말로 사랑의 첫 번째 방법이다.

---

[1] "우리는 모두 평화주의자가 되었어/우리는 모두 도덕주의자가 되었어/우리는 모두 완전주의자가 되었어/ (…) 아아 그때 나는 깨닫게 되었지/우리가 한 무데기 로보트라는 것을,/왜?냐고 강하게 질문해다오/'말'과 '우리'는 분리되어 있었던 거야/버튼을 누르면 작동하는 말/버튼을 누르면 편리하게 작동하는 몸/(…) 그리하여 친구여/로보트와 분별이 안 가는 나는/로보트와 구별 없는 말을 건네며/새로운 행복에 길드는 중이니/이제는 내 말을 조심하게/이제는 내 시를 조심하게"
「서울 사랑―말에 대하여」의 시적 화자는 옳음을 의심해본 적 없던 자신의 외침이 실은 '로보트'의 말처럼 '버튼을 누르면' 나오는 기계음과 같다는 것을 깨닫는다. 자신의 말과 시가 더 이상 자신과 뗄 수 없는, 자신의 실존이자 육화 그 자체인 것이 아니라 자신과 분리된 그저 말뿐인 말, 시일 뿐인 시가 되었다는 것을 알게 된 시적 화자는 자신의 말과 시를 조심하라고 친구에게 경고한다. 이 경고는 결국 시인이 저 스스로에 내리치는 채찍과도 같을 것이다.

「사랑법 세째」에서 화자는 이제 자신의 가슴에 '돌덩이'를 매다는 것에서 그치지 않고 다른 사람들에게 '가시'를 건넨다. '가시'를 받는 사람들은 자신의 '살과 '절망'을 찌르지 못하고, '아픔'을 자르지 못하며, '죽음'과 '사랑'을 이기지 못해 '곪은 살'을 가진 사람들이다. 만약 이 시를 연이 나뉜 대로 대화의 형식으로 본다면, 화자의 사랑의 대상은 2연의 '우리'일 것이다. '확실'하고 '분명'하며 '소리 나지 않는 것'을 죽여야 한다는 '우리'에게『이 시대의 아벨』에 자주 등장하는 침묵하는 사람들을 겹쳐볼 수 있다. 그들은 입에 '반창고가 붙'어 말할 수 없고(「박홍숙전」), '절제된 침묵을 무덤에 새'기며 '입으로는 다 못 전할 무서운 불씨를'(「망월리 풍경」) 무덤에 묻는 사람들이다. 침묵해야만 했고, 침묵 당해야만 했던 그들은 '사랑가로 재갈 물려 '외마디 소리마저 빼앗긴 아벨'(「이 시대의 아벨」)이다. 앞서 말했듯 고정희의 아벨을 역사와 권력 앞에서 희생당한 힘없는 사람으로 읽어낸다면, 그들이 죽여야 하는 '확실'하고 '분명한 것'은 그들을 침묵하게 만든 선명하고 거대한 힘일 것이다. 그러나 그들은 침묵을 당했기에 그들이 죽일 수 있는 것은 결국 '소리 나지 않는' 자신들 뿐이다.

화자는 이런 자기 파괴적인, 상처투성이인 사람들에게 '가시'를 주고 있다. 이 '가시' 주기는 또 다른 상처를 주기 위해서가 아니라 오히려 최소한의 사랑을 실천하는 방법이며 시를 쓰는 일이라 말할 수 있을 것이다. 화자는 '이리 와요'라고 거듭 말하며 그들을 제 곁으로 불러 모으고 있다. 「사랑법 네째」에는 시를 쓰는 일이 '설렁대는 말들을 일격에 눕히고 성나는 말과 말 사이를 잘라'낸 '침묵의 공간'에 '마침표를 지워버'리고 '두 배의 객토'를 뿌리는 일에 빗대어진다. 그렇다면 '이 시대의 아벨'들과 「사랑법 세째」의 '우리'를 말할 수 없게 만드는 이들의 말을 잘라내고 침묵을 듣는 것은 말할 수 없는 자들에 대한 사랑법이자 시인이 해야 하는 일이 아닐

까. 말하지 못해서 상처가 계속 곪는 사람들의 가까이에서 그들의 상처와 절망을 보고 말하는 것, 그 일이 비록 '가시'처럼 끌어안을수록 피 흘리게 하더라도 '썩은 살'에서 '곪은' 피를 빼내고 새 살이 돋아나도록 도우려는 것, 그것이 고정희가 말하는 또 하나의 사랑법이 될 것이다.

# 오월에게 대접하는 저녁 밥상
## ─고정희의 「프라하의 봄」 연작시에 대해

양진호

## 1. '작은 사다리'로서의 시적 어휘들

리처드 로티는 하이데거가 자기 자신의 중요한 어휘 중 하나인 '존재'의 의미를 가볍게 만들기 위해 했던 어떤 시도에 대해 언급한 바 있다.[1] 하이데거는 많은 시를 남기진 않았는데, 그중 어떤 작품에서는 "존재의 시─인간─는 이제 막 시작되었다"라는 구절이 등장한다. 하이데거는 여러 저서에서 삶에 대한 근본적인 물음을 제시할 때 '존재'라는 어휘를 사용했다. 그러나 그는 자신의 시에서 그것을 일종의 문학적 상징으로도 사용했다. 로티는 하이데거가 그런 시도를 통해 '존재'를 얼마든지 다른 단어로 대체할 수 있는 무언가로 만들고자 했다고 이야기한다. 평범한 개인들은 삶의 구체성을 이해하기 위해 형이상학적인 개념을 동원하지 않고, 하이데거

---

[1] 리처드 로티, 김동식 · 이유선 옮김, 『우연성, 아이러니, 연대』, 사월의 책, 2020, 247쪽.

가 그 사실을 알고 있었기 때문에 '존재'라는 어휘에 드리운 휘광들을 걷어내려고 했다는 것이다. 그에게 있어서 '존재'는 우리의 다른 평범한 어휘들보다 우월한 단어는 아니었다고 할 수 있겠다. '존재'는 우리와 세계를 사다리처럼 연결해줄 수 있다. 하지만 그 사다리를 타고 건너간 세계에서 우리가 자신만의 어휘를 찾을 수만 있다면, '존재'는 치워버려도 되는 무언가가 될 수도 있을 것이다. 그때 우리는 스스로의 언어로 세계와 자신을 자연스럽게 연결할 수 있기 때문이다.

고정희의 「프라하의 봄」 연작 시편2)에서 느껴지는 시적 화자의 망설임은 하이데거가 '존재'라는 자신의 어휘 앞에서 느낀 망설임과 조금은 닮았을지도 모른다. '서늘한 산철쭉'(「프라하의 봄 · 1」), '짐승의 신음소리'(「프라하의 봄 · 5」), '눈물겨운 낙인'(「프라하의 봄 · 15」)과 시인이 마주하는 모습을 담은 시편들에서 그의 기독교, 민중, 여성과 같은 담론에 대한 깊은 성찰3)의 시간을 느낄 수 있다. 그러나 시적 화자가 "오 나의 봄은 이렇게 가도 되는 것일까"(「프라하의 봄 · 1」)라던가 "벼랑에 뿌리내린 너는

---

2) 고정희의 중기에 해당하는 다섯 번째 시집인 『눈물꽃』(실천문학, 1986)에 수록되었다. '프라하의 봄'은 1968년 체코슬로바키아 사회주의 공화국의 당 제1서기 알렉산데르 둡체크에 의해 시작된 자유화 운동으로, 정권의 보수정책에 대해 저항하는 지식인층을 중심으로 전개되었다. 이후 공산주의 진영의 붕괴를 막는다는 명목으로 개입한 소련군에 의해 이 운동은 좌초되었으며, 둡체크 등 지도자들이 소련으로 연행된 뒤 구스타우 후사크가 정권을 잡아 소위 정상화(normalizace) 정책을 실시해 체코를 '프라하의 봄' 이전의 상황으로 돌려놓으려고 했다. 고정희는 당시 프라하의 막막한 현실, 특히 소련군에 의해 민주화 운동이 좌절된 뒤 예전의 정체된 분위기로 회귀하려는 사회 현실과 80년대 전두환의 군사 쿠데타 이후 보수화되어 '이 빠지고 귀 빠진 늙은 말들'만 존재하게 된 한국사회의 분위기가 비슷하다고 보고 이러한 제목을 붙이게 된 것으로 보인다.
3) 고정희가 직접 <또 하나의 문단> 월례논단에서 기독교, 민중, 여성이라는 세 개의 주제를 껴안고 씨름했다고 말하였다. (이소희, 「고정희 글쓰기에 나타난 여성주의 창조적 자아의 발전과정 연구」, 『여성문학연구』 제30호, 한국여성문학학회, 2013, 222쪽 참조.)

피어/오리온성좌로 떠오르겠구나"(「프라하의 봄·12」)라며 사회·역사적 담론들 사이로 자신의 감정을 조심스럽게 꺼낼 때, 독자들은 시인의 어깨를 짓누르는 언어들의 무게를 느끼게 되기도 한다. 지금 우리의 문학은 '우리'라는 주어가 뒤로 밀려나는 과정[4]을 겪어내고 있다. 그래서 그 바깥과 안의 경계에 있는 '나'라는 개별 화자의 목소리가 가진 의미들이 과거 어느 때보다 더 주목받고 있다. 그러나 고정희 시인이 활동했던 80년대에 '나'들이 세상 속에서 느낀 고통은 그들의 고유한 목소리로 표현되기 어려웠다. 시인과 세상 사이에는 커다란 사다리, 즉 '민주주의'라는 담론이 놓여 있었기 때문이다. 그때 고정희 시인이 느낀 망설임은 그 담론에 대한 자연스러운 반응이었을 것이다. 시인은 분명 시대적 아픔을 마음 깊이 받아들였을 것이다. 그럼에도 불구하고 그 아픔을 '세계'로부터 '나'로 가져오는 동안 '민주주의'라는 사다리를 이용할 수밖에 없는 상황에 대해 불편함을 느낄 수밖에 없었을 것이다. 그러므로 「프라하의 봄」 연작 시편에서 시적 화자가 드러내는 망설임은 시인이 '서늘한 산철쭉'과 '짐승의 신음소리'를 온전히 자신의 언어로 받아적기 위해 스스로의 내면에서 꺼낸 자연스러운 감정, 즉 '큰 사다리'와 대조되는 '작은 사다리'라고 할 수 있을 것이다.

---

4) 신형철은 "'나'와 '우리' 사이 어디쯤에서 '우리'를 지향하는 '나'의 목소리로 말하던 한국문학의 주어가 2009년을 기점으로 용산참사와 세월호참사를 겪으며 '우리'로 완성되어 가는 것처럼 보였지만, 촛불혁명 전후로 강남역 살인사건과 '미투' 운동과 안희정 재판 등을 겪으며 다시 '나'로 되돌아갔다"고 했다. (신형철, 「시적 시민성의 범주론」, 『창작과비평』 2021년 봄호. 342−344쪽.)

## 2. 지울 수 없는 감각으로서의 '사랑' — 「프라하의 봄 · 2」

> 하얀 수술대에 포박된 그는/무서운 굉음 속에서/입에 재갈을 물린 채/악마의 날렵한 집도가 한일자로/그의 가슴을 가르는 소리를 들었다 실로/눈 깜짝할 사이, 수술대 위에는 그의/펄떡거리는 양심과 정조와 내장이/붉은 피에 젖어 꺼내지고/아련한 붕괴의 소리와 함께/그는 굵은 눈물을 흘렸다/다만 그는 홀로 갇혀 있었다/그리고 그의 빈 가슴속에는/악마의 혈통에서 발명된/새로운 양심과 정조와 내장이/컴퓨터로 입력되었다//(중략)/그는 번민 없는 인간이 되었고/신념을 갖지 못한 지도자로 찍혔다/기억상실증에 걸린 많은 백성들은/아무도 그의 포박당한 과거를 책임지지 않은 채/그가 박제되었다는 소문을 퍼뜨리며/무수한 화살을 쏘아보냈다//(중략)//오 친구여/부분적으로 화간을 허용하지 않고는/아무것도 사랑할 수 없는 불륜의 시대에/누가 그에게 돌을 던질 수 있을까/누가 그를 정죄할 수 있을까
>
> —「프라하의 봄 2」 부분

「프라하의 봄 · 2」는 한때 민주주의를 위해 헌신했던 정치인이 '중도보수주의'(「프라하의 봄 · 1」)와 같은 현실에 의해 개조되는 과정을 그리고 있다. 그는 '수술'을 통해 '양심과 정조'뿐만 아니라 '내장'을 적출당하고, 그의 내부에는 감정이 배제된 차가운 '컴퓨터' 장치들이 이식된다. 시인은 시적 대상인 '그'에게서 도덕이나 윤리가 지워지는 과정뿐만 아니라 '내장'으로 상징되는 그의 '생물성' 자체가 지워지는 과정에 주목한다. 컴퓨터 장치들은 이 생물성과 정반대의 성격을 띠는데, 그것은 '굵은 눈물'을 지우고 '그'를 '번민 없는 인간'으로 만든다. 이를 통해 시인이 '악마의 혈통에서 발명'되었다고 직접적으로 그 성격을 언급하고 있는 '컴퓨터'의 속성은 인간의 도덕성뿐만 아니라 '감정'을 지우는 것이라고 볼 수 있다. 송주

영은 그러한 컴퓨터에 의해 벌어지는 일들을 "식민주의가 의식의 식민지화 작업을 수반하는 모습", "언론의 통제로 민중의 눈과 귀를 막는 시대"에서 벌어지는 일[5] 등으로 해석하고 있는데, 그렇게 민주주의의 파괴가 일어나는 과정에서 고정희 시인은 '양심과 도덕'의 적출보다 '내장', 즉 '감정'의 적출을 더 강조하고 있다. 이러한 감정의 의미는 이 시의 마지막 연에서 언급되는 '사랑'을 통해서 확인할 수 있다. 컴퓨터는 시적 대상인 '그'와 그를 바라보는 '기억상실중에 걸린 백성들'이 상처로 얼룩진 과거를 떠올리지 못하고 '박제'된 현재를 살아가게 만들지만, '사랑'까지는 컴퓨터의 0과 1이라는 언어로 대체하지 못했기 때문에 '기억상실중에 걸린 백성들' 중 일부인 시인은 현실에 의해 개조된 정치인인 '그'에게서 '화간'으로 퇴색된 형태로라도 남아 있는 '사랑'이라는 감정을 바라볼 수 있게 된다. 분명 '화간'과 '사랑'이라는 두 의미 사이에는 큰 간극이 있지만, '사랑'이라는 감정이 수술을 통해 쉽게 적출할 수 없는 것임을 시인은 이 구절을 통해 이야기하고자 하는 것이다. 푸코는 보편적인 힘이라고 믿고 있는 진리의 담론에서조차 욕구와 권력이 작동한다고 보았다.[6] 그래서 고정희 시인은 '양심과 정조'도 컴퓨터가 만든 언어로 대체될 수 있는 것으로 보았던 것인지도 모른다. 하지만 우리가 진리로 포착할 수 없는 감정 혹은 생의 감각은 어떤 과정을 통해서도 쉽게 사라지지 않는다. 그래서 시인은 "부분적으로 화간을 허용하지 않고는/아무것도 사랑할 수 없는 불륜의 시대에/누가 그에게 돌을 던질 수 있을까"라며 '그'의 내면에 희미하게라도 남아 있을 '사랑'을 믿어 보려고 한다. 그가 '수술' 당한 뒤에도 인간에 대한 지울 수 없는 감정을 간직하고 있다면, 그는 새롭게 태어날 세대에게 그것을

---

5) 송주영, 「고정희『눈물꽃』에 나타난 탈식민성 연구」,『현대문학이론연구』제65호, 현대문학이론학회, 2016, 165 – 185쪽.
6) 미셸 푸코, 이정우 옮김,『담론의 질서』, 서강대학교 출판부, 2001, 17쪽.

전하며 '포박당한 과거'가 반복되지 않게 할 수도 있기 때문이다.


## 3. 모두 사라진 뒤에도 남을 기억들―「프라하의 봄 · 5, 9」

전라도 목포산(産)인 조각가 이춘만 씨는/모친과 남동생을 한꺼
번에 여읜 뒤/유령 두 마리와 동거하면서/봄 · 여름 · 가을 · 겨울/저
승 쪽으로 창을 크게 내놓고/아슬아슬한 교수대에 매달린/브론즈 인
간을 만들었습니다/그는 버릇처럼 중얼거렸습니다/"가슴속에 시체
가 들어 있지 않은 사람은 가짜야,/전자인간들이야/산다는 것은 무
엇인가?/시체를 발견할 줄 아는 일이야"/깊은 밤/어두운 지하실 만
찬대에서/이춘만 씨가 유령 두 마리와 마주앉아/소주잔을 기울이며
저승의 창문을 바라보는 날이면/고향의 아득한 곳에서/산 사람도 못
당할 귀곡성소리 들리고/피붙이로 세워둔/석고 미라와 대리석 인간
들이 걸어나와/곡비(哭婢)[7]처럼 흐느끼며 하관(下官)례를 벌였습니
다/그때마다/이춘만 씨의 작업실에는/시체 두어 구 넘어져,/체념한
사람들의 사지에 흐르는/소름끼치는 '긴장'을 덮고 누웠습니다/'아
시는지요'/다음날도 그 다음날도/저승 쪽으로 창을 내는 이춘만 씨
는/아슬아슬한 교수대에/살아 펄떡거리는 자신을 매달아 놓고/짐승
의 신음소리로/한 시대의 죽음을 읍소하고 있었습니다
          ―「프라하의 봄 · 5: 이춘만(李春滿)씨의 작업실」 전문

대저네가쓰는시문(時文)이라는것도/한자루낫보다무딘것이라면
야/흙에씨뿌리고가꾸는일보다/떳떳하지못하니라/그러니이애비말
잘듣고/생의근본이무엇인지따지기바란다/한가지덧붙이자면너도
알다시피/이곳은일손이모자라/구순노인장까지들밭으로나가야하
고/지난수마에사리린논배미가몽땅할켰는디/보리수매가격은가마

―――――――――――――

7) 상(喪)을 당했을 때 상주를 대신하여 곡(哭)을 전담하는 계집종.

당팔백원거우올라/울상에죽상에설상가상이고/농수산부장관한마
디에한우값어물값폭락하여/대다수의농어민들오장육부속에서는/
냄비끓는소리다글다글한가면/귀와눈과코에서하얀연기풍풍풍/솟
아나고있다만/개고천선하기전에선영뵈올생각은말아라/(부[父]로
부터)

—「프라하의 봄 · 9」 부분

채연숙은 고정희의 시에 대해 "개인적 소회와 소사를 소재로 다룬 문학
적 기억은 물론 시대를 넘어 '모두 사라지고 난 후에도 그래도 아직 남아
있는' 문화적 기억을 시사하는 시 텍스트"[8]라고 평한다. 그가 언급한 것처
럼, 고정희의 「프라하의 봄」 연작시에는 현실 정치에 의해 의도적으로 지
워지고, 또 시간의 흐름에 따라 자연스럽게 소멸의 과정을 거쳐온 역사적
기억들이 완전히 사라지지 않도록 그 일부를 보존하는 역할을 해왔다. 그
런데 독특한 점은, 그것이 현실 바깥에 있는 사적인, 그리고 진공상태인
시 · 공간에서 이루어지는 것처럼 그려진다는 점이다. 시인은 '오월 광주'
의 희생자들이 제대로 '매장'의 절차를 거치지 못했기 때문에 '유령'의 시
간대에 머물고 있지만, 그들이 자신과 혈연관계, 혹은 '이웃'이나 '동료' 등
밀접한 관계를 맺은 이들에게는 초감각적으로 자신의 '역사'를 전하고 있
음을 작품을 통해 이야기한다.

「프라하의 봄 · 5」에서 한 개인의 역사는 '조각' 속에 보존되어 있다. 이
작품의 주인공인 조각가 이춘만 씨는 어떤 사건에 의해 어머니와 남동생
을 잃은 것으로 서술된다. 그 사건이 무엇인지에 대한 직접적인 언급은 없
지만, 시의 마지막 행인 "한 시대의 죽음을 읍소"한다는 구절을 통해 그가

---

8) 채연숙, 「문화적 기억과 문학적 기억으로서의 여성시—독일의 힐데 도민과 한국의
고정희 시를 사례로」, 『비교한국학』 제19호, 국제비교한국학회, 2011, 145–176쪽.

가족을 광주민주화운동 시기에 잃었음을 짐작할 수 있다. "가슴 속에 시체가 들어 있지 않은 사람은 가짜"라고 말하는 그는 이 시대의 어떤 '죽음'을 기억하는 일을 통해 자신의 삶이 온전히 유지될 수 있다고 생각하는 것 같다. 그리고 그가 그런 자신과 대비되는 존재들로 언급하는 '전자인간'은 「프라하의 봄·2」에서 시인이 서술한 것처럼, '도덕관념'과 '감정'을 적출당한 사람들이다. 즉, 그는 자신의 내면에서 그 감정이 적출되지 않았거나, 혹은 그것이 제거되었다는 사실을 부정하는 형태로 '생'을 보존하고 있는 것이다. 그런데 문제는, '오월 광주'라는 사건이 이춘만 씨에게 있어서는 종결되지 않은 사건이기 때문에 그가 자신의 어머니와 남동생을 정상적으로 애도할 수 없다는 사실이다. 시의 마지막 행에서 시인은 그가 '한 시대의 죽음을 읍소'하고 있다고 서술하지만, 시에서 전개되는 이야기를 살펴보면 이춘만 씨가 희생된 가족들에 대해 직접적으로 감정을 표출할 수 있는 상태가 아님을 알 수 있다. 그가 만든 "저승 쪽으로 창을 크게 내놓고/아슬아슬한 교수대에 매달린/브론즈 인간"은 자신의 내면을 형상화한 것이며, 교수형은 영원히 집행되지 않기 때문에 그는 떠나간 이들에 대해 제대로 속죄할 수도 없다. 그리고 그보다 더 비극적인 상황은 이춘만 씨가 만든 "석고 미라"와 "대리석 인간들"에 의해 재현된다. 그들은 "곡비(哭婢)처럼 흐느끼며 하관(下官)례를 벌"이는데, 그럴 때마다 그의 작업실에는 넘어진 두어 구의 시체가 '체념'한 채 "소름 끼치는 '긴장'을 덮고 누워"있는 장면이 연출된다. '오월 광주'라는 사건은 '과거'이므로 이춘만 씨는 현실에서 그것을 다시 겪어낼 수 없는데, 그럼에도 불구하고 그는 혈연관계인 "유령 두 마리"로부터 그 사건으로부터 전해지는 '긴장'을 계속 전해 받는다. 그것은 어떤 식으로든 해석하지 않으면 계속 불안을 유발하기 때문에, 그 감각을 구체화하기 위해 이춘만 씨는 "석고 미라와 대리석 인간들"

을 만들어 사건 속으로 들어가고, 자신이 직접 울 수 없기 때문에 "곡비"인 그들을 통해 가족들의 죽음에 대한 슬픔 이상의 감정을 표출하며 '오월 광주'의 의미를 정리해나갔던 것이다. 그 곡비의 울음에서 퍼져 나오는 공명을 고정희 시인은 받아적었고, 이를 통해 독자들은 단순히 슬픔으로만 표현할 수 없는 감정을 작품을 통해 전해 받을 수 있게 된다.

「프라하의 봄·9」는 그러한 진공상태에서 보존된 역사가 어떤 이들에게는 '현실'을 넘어서는 의미로 받아들여지고 있음을 이야기하는 작품이다. 고향에 있는 아버지가 고정희 시인에게 보내는 편지의 형식을 띠고 있는 이 작품에서, 아버지의 전언에는 띄어쓰기가 없다. 읽는 이들에 따라 그것이 편지를 쓴 사람의 다급함이나 삶을 이어나가는 일의 절박함을 표현한 것으로 느낄 수도 있고, 한글 교육을 제대로 받지 못한 한 국가의 '(자본주의에서) 낙오된' 국민이 시대에 대한 정합적인 판단이 아니라 '읍소'로서 자신의 말을 전하는 것으로 읽을 수도 있다. 그런데 띄어쓰기가 생략된 문장들은 「프라하의 봄·5」에서 재현된 진공상태, 즉 현실의 시·공간의 멈춤을 재현한 것처럼 보이기도 한다. 왜냐하면 이 편지에는 "공동묘지"와 같은 단어도 두 번이나 등장하고, 편지를 쓴 시인의 아버지와 같은 처지에 놓인 "대다수의농민들"이 "한우값어물값폭락"이라는 현실에 대한 분노를 '시위'와 같은 능동적인 방식으로 표출하는 것이 아니라 "귀와눈과 코에서하얀연기풍풍풍" 뿜어내는 방식으로 표출하고 있기 때문이다. 이 작품에는 '오월 광주'에 대한 직·간접적인 해석이나 표현이 나타나지 않는다. 하지만 이 작품에서 시인의 아버지가 "세상이하수선하게돌아가고 있지않느냐"라고 하며 "도대체스포츠가뭣나오는것이며/쌍팔년이복삼제9)

---

9) '복삼재(福三災, '삼재'는 사람이 살면서 9년 간격으로 찾아오는 인생의 가장 위험한 시기를 뜻하지만, 대운이 들어오는 시기에 삼재가 찾아오면 오히려 좋은 흐름으로 바뀌기 때문에 주변 사람들에게 영향을 미치며 나와 경쟁관계에 있는 사랑의 불행

라도된다는것이다냐'라고 언급하고 있는 것으로 보아(그리고 그 진술에 이어 곧바로 '이유 없는 공동묘지'에 대해 언급하는 것으로 보아) 시적 화자인 시인의 아버지는 지난 역사의 비극을 다른 무언가로 지워내려는 사회적·정치적 흐름에 커다란 불안감을 느끼고 있음을 알 수 있다. 그가 88년도를 "쌍팔년이복삼제라도된다는것이다냐'라고 언급한 것처럼, 그를 포함해 현실과는 다른 공간에 있는 역사를 공유한 이들은 당대를 '불안의 겹침'으로 보지만, 현실을 지배한 이데올로기는 그 불안의 겹침을 '복삼제', 즉 '삼재(三災)가 복(福)의 흐름으로 바뀌는 것'으로 보고 있다. 그리고 그러한 현실과 자신의 시차 때문에 시인의 아버지는 살아 있으면서도 죽어 있는 것 같은 느낌을 받으며 "공동묘지"와 "귀신들"에 대해 계속 언급하는 것이다. 고정희 시인은 아버지의 목소리를 빌려, 자신이 쓰는 '시문(時文)'이 "한자루낫보다무딘것"임을 고백한다. 시인은 자신의 시를 통해서 '오월 광주'를 기리지도 못했을 뿐만 아니라, 그것이 뿜어내는 울림의 자장 안에 들어와 있는 '살아 있는' 아버지조차 죽어 가게 만들고 있었기 때문이다. 이 작품의 말미에 등장하는 "개과천선하기전에선영뵈올생각은 말아라"라는 아버지의 말은 그래서 '선영'이 아니라 '죽은 아버지'가 하는 말처럼 들린다. 그리고 그것을 느꼈을 때 독자들은 이 시에서의 '띄어쓰기'의 의미에 대해서도 짐작할 수 있게 된다. 우리의 현재라는 시간을 분절한 주체는 전두환 군사정부뿐만 아니라 그들에게 협력하거나 굴복한 도시의 "식자층"이다. 그러나 시인의 아버지(그리고 시인)는 그 분절을 그대로 받아들일 수 없을 뿐만 아니라, 그것의 영향권으로부터 계속 밀려나고 있다. 그들을 시간의 바깥으로 잡아끄는 것은 앞서 언급한 '불안', 그리고 「프라하의 봄·2」에서 언급한 '감정' 같은 것이다. 변절한 식자층도,

---

이 나의 행복으로 찾아올 수 있다)'의 사투리 혹은 오기로 보인다.

그리고 '시문'을 통해 '민주주의'를 지켜나가는 이들도 불안과 감정의 원천이 되는 '오월 광주'라는 억압된 역사로부터의 파장을 제대로 해독하기 어렵기 때문에 그것을 외면하거나 혹은 타자의 언어로 '의역'하고 만다. 고정희 시인의 「프라하의 봄 5 · 9」는 그런 외면과 오역을 거절하는 '방언'의 시들이다. 시인은 '오월 광주'와 아주 밀접하게 닿아 있는 사람들의 목소리를 통해 과거의 '사건'을 있는 그대로 재현하려고 한다. 비록 그것이 명확한 해석이 불가능한 '유령'의 목소리일지라도, 그 불안과 긴장을 본래의 모습으로 지켜봐야만 독자들은 '오월 광주'의 중핵에 다가갈 수 있기 때문이다. 이러한 방언을 통해 희생자들의 목소리를 기록하며, 고정희 시인은 잊혀 가는 역사를 '모두 사라진 뒤에도 남을 기억들'로 만들어 나갔다고 볼 수 있다.

## 4. 오월 광주에게 말 걸기 — 「프라하의 봄 · 8」

오매, 미친년 오네/넋나간 오월 미친년 오네/산발한 미친년 오네/젖가슴 도려낸 미친년 오네/눈물 핏물 뒤집어쓴 미친년 오네/옷고름 뜯겨진 미친년/사방에서 돌 맞은 미친년/돌 맞아 팔다리 까진 미친년/쓸개 콩팥 빼놓은 미친년 오네//오오 오월 미친년 오네/히, 히, 하느님께 삿대질하며/하늘의 동맥에다 칼을 꽂는 미친년/내일을 믿지 않는 미친년 오네/까맣게 새까맣게 잊혀진 미친년/이미 사망신고 마친 미친년/두 눈에 쌍불 켠 미친년 오네/철철철 피 흐르는 미친년/아무것도 무섭잖은 맨발의 미친년/아무것도 걸리잖는 미친년 오네/<누가 당하나>/사지에 미친 기운 불끈불끈 솟아/한 손에 횃불 들고/한 손에 조선낫 들고/수천 마리 유령들과 앞서거니 뒤서거니/허접쓰레기들 휘이휘이 불사르러/허수아비 잡풀들 싹둑싹둑 자르러/

오 무서운 미친년/위험스런 미친년 달려오네//(여엉자야, 수운자
야…… 미친년 온다/문단속 해라…… 이럴 땐 ××이 제일이니라)
　　　　　　　　　　　　　　　　　　　　—고정희, 「프라하의 봄 · 8」 전문

　신지연은 "젠더 정치학의 관점에서 볼 때 오월광주—시는 보수적인 경
향을 지니"며, 이는 "가족 이데올로기가 텍스트 전체를 관할하는 강한 구
심력으로 작동하고 공/사 영역에 남성/여성을 배치"하기 때문에 그렇다고
언급했다. 그러면서 그는 고정희의 「프라하의 봄 · 8」이 "오월광주에 대
한 일정한 해석과 의미 부여를 거부"하기 때문에 "오월광주를 의미화하는
주체들이 피하고 싶어 한 '외상적 중핵'을 보여"주며 오월광주가 가진 내
적 모순을 넘어서는 가능성을 제시[10]한다고 했다. 그의 해석처럼 이 시에
서 '오월 광주'는 남성이 아니라 여성의 얼굴을 하고 있으며, 더군다나 그
여성은 외형으로도 행동으로도 "넋나간" 모습을 보여준다. 이 시에서 등
장하는 "미친년"은 보호도 필요로 하지 않고 대신 복수를 해주는 것도 바
라지 않으며, 또한 따뜻한 품으로 누군가를 안아주려고 하지도 않는다. 이
를 통해 '오월—미친년'은 우리가 기존에 인식하고 있던 오월 광주의 숭고
한 의미 안에 포함되지 않으며, "장악되지 않는 현재로 남아 의미 부여를
어렵게 만든"[11]다. 그럼에도 불구하고 '미친년'은 민주주의라는 타자의
언어로 오역된 '오월 광주'의 체계를 무한하게 해체하려고 하지는 않는다.
불안정하지만 어느 정도 체계를 가진 그녀의 내적 기율은 "하느님께 삿대
질하며/하늘의 동맥에다 칼을 꽂"는 행위, "한 손에 횃불 들고/한 손에 조
선낫 들고/수천 마리 유령들과 앞서거니 뒤서거니/(중략)/허수아비 잡풀들

---

10) 신지연, 「오월 광주—시의 주체 구성 메커니즘과 젠더 역학」, 『여성문학연구』 제
　　17호, 한국여성문학학회, 2007, 31—73쪽.
11) 신지연, 위의 글.

싹둑싹둑 자르"는 행위 등을 통해 드러난다. 그녀에게 있어서 현실의 하느님은 '죽은 하느님'이다. 그렇기 때문에 오월의 망자들은 앞선 시들에서 그랬던 것처럼 편안한 이승이 아니라 구천을 떠돌며 그들의 생존한 가족이나 동료들에게 '긴장'의 파동을 전한다. 그리고 오월 광주의 뜻을 받드는 지식인과 정치인들 중 일부는 '죽은 하느님'으로서의 민주주의에 의지해 오월 영령들이 '지금 여기'의 시공간을 흔들지 않고 잠들어 있기를 바랄 뿐이다. '미친년'으로서의 오월 광주는 그런 민주주의의 숨통을 끊기 위해 "하늘의 동맥에다 칼을 꽂"는다. 하지만 이 행위를 통해 현실이 혼돈에 빠지지는 않는다. 오히려 '희생자'와 '생존자(그리고 민주주의를 따르는 자)' 사이에 놓인 질서(현실 정치와 역사에 대한 관념 등)의 경계가 무너지면서 오월 영령들과 현실의 인간들은 서로 '소통'할 수 있게 된다. 그녀가 "내일을 믿지 않"거나 "아무것도 걸리잖"는 것은 그녀의 윤리가 죽은 하느님으로서의 현실의 법칙을 따르지 않기 때문이다. 그런 그녀는 "까맣게 새까맣게 잊혀졌"고 "이미 사망 신고를 마친", 살아 있지만 현실 속에서는 죽어 있는 것이나 다름없는 사람이기 때문에 현실 바깥의 망자의 목소리를 듣고 그것을 제대로 해석해 삶과 죽음의 경계를 찢고 그들의 목소리를 현실로 불러들일 수 있었던 것이다. "횃불"과 "조선낫"은 우리 혁명의 역사적 전통, 즉 '동학농민운동'을 떠올리게 한다. 그런데 그것을 들고 있는 주체는 '민중'이나 '시민'이 아니라 "수천 마리 유령들"이다. "유령들"은 과거로부터 지금까지 한 번도 정확하게 해석되지 않은 집합명사다. 그들이 이룬 역사적인 업적들을 통해 우리는 그들을 특정한 명칭으로 명명하거나 기록하지만, 그렇게 '정의된' 명사의 의미에는 그들이 가졌던 "미친 기운"과 "위험스런" 기운은 포함되지 않는다. 그런데 "미친년"으로서의 오월 광주가 소환해내는 "유령들"은 바로 이 미친 기운과 위험스런 기운을 있는 그대로 드러낸다. 그러면서도 그것이 명확하게 언어화할 수는 없지만 '기억'을 통해 복원할 수 있을 만큼 견고한 내적 체계를 가지고 있음을 보여주기도 한다. 고정희 시인은 우리가 그런 그녀의 발화를 쉽게 받아들일 수 없기 때문에 그녀를 보면 "문단속"부터 할 수밖에 없다고 시에서 언급하고 있다. 그래서 시인은 자신이 그 "미친년"의 위치에 서기를 원했는지도 모른다. 잊힌 역사에 대한 '침묵', 그리고 그 대척점에 있는 '맹목적인 분노'. 이 두 가지 현실을 바라보던 시인은 그 너머의 유령의 목소리를 들으며, 오월 광주에 대한 그 두 가지 태도가 잊힌 과거로부터 전해져 오는 진정한 울림을 막기 위한 행위일 뿐임을 "새까맣게 잊혀진 자"로서 이야기하려고 했다. 그리고 그녀는 우리가 정말로 바라봐야만 했던 것, 즉 "허접쓰레기"와 "허수아비 잡풀들"을 가리키며 "횃불"과 "조선낫"을 들어야 한다고 이야기했다. 이것은 고이 잠들지 못한 오월 영령들이 바랐던 본래의 희망을 이해할 수 있는 자만이 가능한 것이므로, 고정희 시인은 스스로 청하여 현실 세계에서 지워진, 그래서 현실 바깥의 목소리를 세세하게 들을 수 있는 "미친년"의 위치에 서기를 바랐던 것으로 보인다.


## 5. 오월과 독자 사이에 놓인 사다리

고정희 시인의 눈에는 우리의 '오월 광주'가 안방이 아니라 다락방에 있는 것처럼 보였던 것 같다. 안방에서는 광주의 친지들이 해마다 그들을 기리며 큰 상 한가득 음식들을 차려 놓지만, 정작 그 밥상 앞에는 광주가 찾아올 수 없다. 왜냐하면, 안방과 다락방 사이에는 너무나 크고 위태로운 '민주주의'라는 큰 사다리만 놓여 있어서, 우리가 그것을 타고 다락방으로 올라갈 수도 없고, 광주가 그것을 통해 안방으로 내려올 수도 없기 때문이다. 고정희 시인은 우리가 눈치를 보면서 치워 버리지 못했던 그 사다리를 치우고, 거기에 '감정'과 '시체'와 '유령'의 언어로 만든 자신의 작은 사다리를 놓아둔다. 그리고 자신의 시를 읽는 독자들로 하여금 그 사다리를 타고 다락방으로 올라가 오월 광주와 만나고, 그들에게 말을 걸 수 있도록 만든다. 그렇게 시인은 광주를 다락방에서 내려오게 하고, 그를 위해 마련한 저녁 밥상에 함께 모여 따뜻한 식사를 나눈다.

지금 '우리'라는 주어가 뒤로 밀려나는 과정을 겪어내고 있는 우리 문학 역시 '나'들의 언어를 안방으로 불러들이지 못하고 있다. '나'들은 오월 광주처럼 다락방에 머물고 있지는 않지만, 안방에서 '식구'들과 함께 저녁을 먹지 못하고 있다. '나'들과 '우리' 사이를 이어줄 어떤 연결점을 찾아야 하는 지금, 고정희의 시가 우리에게 시사하는 바는 크다. 우리에게는 '커다란 언어'가 아니라 '작은 언어'가 필요하다. 그리고 그것을 세공하기 위해서는 섬세한 주의력과 세밀한 감정이 필요하다. 고정희 시인이 남긴 「프라하의 봄」 연작시에는 그 세밀한 노력의 과정이 담겨 있다. 지금 그의 시를 다시 천천히 읽어보며, '나'들을 위한 투박하지만 친절한 말들을 상상해 보는 것도 좋을 것 같다고 생각한다.

# 고정희 시에 나타난 '애도'를 어떻게 읽을까
## —「밥과 자본주의—악령의 시대, 그리고 사랑」을 중심으로

이은실

## 1. 고정희 시에 나타난 '애도'

고정희 시에 나타난 최근의 애도 관련 연구를 살펴보면 다음과 같다. 양경언[1]은 1980년대 한국문학 장(場)에서 현실과의 접점을 형성하는 시작(詩作) 활동으로 사회변혁적인 실천을 이어갔던 김남주와 고정희의 시 작품을 '샤먼—시인'의 수행성으로 분석한다. 이를 통해 시가 현실과 적극적으로 대화 관계를 가질 때 언어적 도전과 실험을 다양하게 시도하면서 수행적으로 구성 가능한 장르임을 밝히고, 미학적 행위로서의 예술 활동이 어떻게 사회를 변혁시키는 데 기여하는지를 살핀다. 이 과정에서 고정희의 시가 민중이 겪은 '5.18 광주'에 감정이입함으로써 통치 권력인 신군부가 호도하는 '5.18 광주'에 대한 관점을 낯설게 여기는 상황을 형성하는 데

---

[1] 양경언, 「1980년대 한국 시에 나타난 '샤먼—시인'의 수행성 연구—김남주, 고정희 시를 중심으로」, 박사학위 논문, 서강대학교, 2020.

주목한다. 이는 은폐되어왔던 과거의 사실을 끌어와 역사적 현장이 개시된 '현재'라는 시간성을 창안하는 방식에 해당한다는 것이다. 여기서 '샤먼—시인'은 역사적인 문제를 계속되는 현재의 구성적 조건으로 가져감으로써 '과거/현재', '죽음/삶'으로 변별되던 시간성을 '현장성(liveness)'으로 변환하는 역할을 한다.

특히 고정희의 시는 많은 이들의 죽음을 초래한 정치권력에 맞서 살아있는 삶을 사수하는 리듬을 살려내는 애도를 수행함으로써 '현재'라는 시간성을 통치 권력의 발전적, 수직적 구도로 형성된 시간정치와는 다르게 구성한다. 국가 차원에서 '애도될 수 없는 죽음' 혹은, '애도해선 안 되는 죽음'으로 분류되었던 존재의 형상을 고정희 시에서는 역사적 사건의 은유화를 통해 고통의 참상을 활성화함으로써 윤리적 행위로서의 애도를 수행해나간다는 것이다. '샤먼—시인'의 현재를 역사적 현장의 개시로 전환시키는 윤리적 행위로서의 애도의 수행을 통해 '5.18 광주' 당시의 죽음은 부정의한 정치권력이 저지른 폭력에 의한 것이라는 사실이 폭로될 뿐아니라, '5.18 광주'는 그에 대한 진상규명이 이뤄지지 않는 한 계속해서 '현재'를 구성하는 조건으로, 또한 다음의 현실을 그릴 때 반성적으로 참조해야 하는 진실로 자리매김 된다는 점을 주장한다.

보다 구체적으로 살펴보면 그는 고정희의 시가 갖추고 있는 '죽음의식'에 대해 언급하며 시인의 전기시에 드러나는 세계를 '실낙원'이자 '죽음' 상태로 인식하는 양상에 대해 말한다. 이러한 죽음의식은 변증법의 역설적 성격을 기반으로 '삶'과 '죽음'의 관계 사유를 드러낸다고 했다. 고정희의 전기시에서 변증법은 '죽어있는 삶'과 '살아있는 죽음'의 역설적 관계를 인식하는 방법론이자 '죽음'을 극복하는 원리로 작동한다. 이와 관련지어 생각했을 때, 특히 고정희는 공적 영역에서 드러나지 못하도록 금기시된 죽음에 부당하게 부여되는 명칭을 낯설게 여기는 과정 자체를 구현해낸다. 이 과정에서 해당 죽음이 현재적 삶을 출현시키는 구성조건임을 알려내고 그 죽음 자체에 의미를 다시 부여('재의미—부여하기')할 수 있도록 '지금'수행해야 할 실천으로서의 애도를 강조하고 있다는 것이다.

그는 이와 관련하여 고정희 시세계가 국가가 애도행위를 금기시한 바 있는 죽음이 실은 지금의 삶을 출현시키는 조건임을 상기시키면서, '지금'을 이루고 있는 그러나 '지금'으로부터 박탈당한 형상들을 은유적 표현의 반복에 기대어 형성되었음을 언급한다. 나아가 그는 고정희 시인이 애도를 수행해나가는 상황을 통해 그와 같은 죽음은 '있어선 안 될 일'임을 강조하는 시의 전략을 보여주었다는 것과, 애도가 일종의 정치적인 실천 행위일 수 있음을 강조한다. 그러므로 고정희의 시에서 두드러지게 나타나는 '샤먼—시인'은 마치 시대의 안티고네와 같다는 것이다. 이는 국가가 금기시한 죽음을 삶다운 가치의 연장선에서 장사를 지냄으로써 죽음을 맞이한 이들의 존엄을 존중하는 역할 수행[2])으로 이어짐을 확인할 수 있다.

## 2. 「밥과 자본주의—악령의 시대, 그리고 사랑」에 나타난 '애도'

이 글에서는 위와 같은 애도 관련 연구를 비판적으로 수용하여, 고정희 시에 나타난 애도를 어떻게 읽을 것인가를 탐구하고자 한다. 이를 위해 유고시집 『모든 사라지는 것들은 뒤에 여백을 남긴다』(1992)에 주목하였다. 잘 알려져 있듯, 해당 시집은 고정희 시인이 시집 발간을 목적으로 청서해

2) 양경언, 앞의 논문, 78—82쪽.

놓은 원고로 구성되어 있다.3) 주요 작품으로는 「밥과 자본주의」 연작(총 26편)과 「외경읽기」 연작(총 16편), 그리고 「사십대」와 「독신자」 등이 있다. 여기서는 「밥과 자본주의」 연작 중 「밥과 자본주의─악령의 시대, 그리고 사랑」에 집중하고자 한다. 이를 위해 먼저 '악령태평천국'이라는 지칭되는 시대를 비판하는 시적 주체의 의식과, 이에 대한 극복과 그 응전으로서의 '슬픔'의 복권에 대해 알아본다.

고정희 시인의 유고 시집 『모든 사라지는 것들은 뒤에 여백을 남긴다』(1992)에서 두드러지게 나타나는 시적주체의 의식과 행위는 애도를 바탕으로 개진된다. 이에 대한 구체적인 분석을 위해 정신분석적 애도 이론을 참고하고자 한다. 애도4)란 "보통 사랑하는 사람의 상실, 혹은 사랑하는 사람의 자리에 대신 들어선 어떤 추상적인 것, 즉 조국, 자유, 어떤 이상(理想) 등의 상실에 대한 반응"을 의미한다. "그런데 어떤 사람들의 경우에는 똑같은 종류의 상실감이 슬픔을 유발하는 것이 아니라 우울증을 유발하는 것으로 나타난다. 이럴 경우 우리는 그들에게는 어떤 병리적인 기질이 있는 것이 아닌가 의심하지 않을 수 없다. 또 하나 주목할 만한 것은, 비록 슬픔이 삶에 대한 정상적인 태도에서 크게 벗어나는 상황을 만들기도 하지만 결코 그것이 어떤 병리적인 상황은 아니며, 또 치료를 받아야 하는 상황도 아니라는 사실이다. "중요한 것은" 어느 정도 시간이 경과되면 그 상황이 극복되리라는 기대를 갖고 있으며, 따라서 슬픔의 감정에 간섭하

---

3) 이에 대한 보다 자세한 사항은 이시영 시인의 편집후기를 통해 확인할 수 있다. 고정희, 『고정희 시전집 2』, 또하나의문화, 2010, 563-564쪽.
4) <슬픔>을 뜻하는 독일어 *Trauer*가 영어판에서는 *mourning*으로 번역되고 있다. 영어의 *mourning*과 마찬가지로 독일어의 *Trauer*는 슬픔의 감정 그 자체를 의미하기도 하고 그 슬픔의 감정을 겉으로 표시하는 것(가령 상복(喪服)이나 상장(喪章))을 의미하기도 한다. 또한 *Trauer*는 <애도 콤플렉스>라고 번역되기도 한다. 지그문트 프로이트, 윤희기 외 옮김, 『정신분석학의 근본 개념』, 열린책들, 2020, 243-244쪽.

고 끼어드는 일은 무익한 행위이며, 심지어 해로운 행위로까지 보"고 있음을 확인할 수 있다.

위와 동일한 맥락에서 "우울증의 경우에도 미지의 상실이 비슷한 내적인 작용을 불러일으키고, 따라서 우울증적 억제의 원인이 되는 것은 마찬가지"이다. 다만 "차이가 있다면, 우울증의 경우는 당사자를 그렇게 전적으로 사로잡는 것이 무엇인지 알 수 없"다. 그렇기 때문에, "슬픔의 경우에서는 찾아볼 수 없는 또 다른 것, 즉 자애심의 급격한 저하, 말하자면 상당한 정도로 자아의 빈곤을 내보인다"는 점에서 차이가 있다. "슬픔의 경우는 빈곤해지고 공허해지는 것이 세상이지만, 우울증의 경우는 바로 자아가 빈곤해지는 것"[5]임을 알 수 있다.

앞서 살펴본 바와 같이 고정희 시인은 애도를 수행해나가는 상황을 통해 비극적 죽음이 반복되어서는 안 된다는 의식을 강조하고 있다. 이러한 시적 전략은 "애도가 일종의 정치적인 실천 행위"로서 확장될 여지를 제공한다. 그러므로 고정희의 시에서 두드러지게 나타나는 시적 주체는 마치 시대의 안티고네적 형상으로 나타난다. 이는 "국가가 금기시한 죽음을 삶다운 가치의 연장선에서 장사를 지냄으로써 죽음을 맞이한 이들의 존엄을 존중하는 역할 수행"[6]으로 이어지고 있음을 알 수 있다. 고정희 시세계에서의 시적 주체는 부정적 세계에 대한 응전으로서 애도를 수행한다. 특히 애도의 수행성은 각 시편마다 개진되고 있는 일련의 의식(儀式)에 대한 시적 주체의 관점과 태도로 구조화되어 있다.

---

5) 프로이트, 앞의 책, 248쪽.
6) 양경언, 앞의 논문, 78-82쪽.

## 3. '악령태평천국'에서의 '슬픔'의 복권

잘 알려져 있듯, 고정희 시인은 필리핀 체류 이후 전 지구적 규모로 작동하고 있는 자본주의와 신식민주의를 아시아의 역사적 맥락에서 읽어낸 바 있다. 그리고 그 결과로 탄생한 것이 바로 「밥과 자본주의」를 구성하고 있는 26편의 시이다. 연작시 「밥과 자본주의」에서 자본주의의 허구성과 타락상을 본격적으로 파헤치는 작업은 여섯 번째 시 「악령의 시대, 그리고 사랑」으로부터 출발한다. 서두에서 "아시아의 하느님"을 몰아낸 "자본의 하느님"은 이 시에서부터 "악령"의 모습으로 등장하고 "악령의 자본이 시대를 제패한 후""안식의 밥","기다림", "신념","인본주의"는 모두 사라져버렸다. 동시에 "인본주의와 함께 신도" 죽게 된다. 그러나 이 악령이 영향을 미치는 곳은 한 나라에만 국한된 것이 아니라 전체적 세계로 확장되고 있음에 주목해야 한다. 당시 고정희가 느끼는 악령의 영향력은 세계를 장악할 정도로 점점 막강해지고 있었던 것이다.[7] 다음은 시의 전문이다.

> 악령의 자본이 시대를 제패한 후/ 그대는 이제 꿈꾸는 것만으로는/ 안식의 밥을 갖지 못하네/ 기다림이라거나 신념 따위로는/ 그대는 이제 편히 잠들 수 없네/ 그대가 영혼의 방에 불을 끈 그대가/ 악령의 화려한 옷자락에 도취된 후/ 품위 있고 지적이며 인자하고 또 매우/ 귀족적인 악령의 도술에 반해버린 후/ 궁핍한 시대의 인본주의는 죽었네/ 인본주의와 함께 신도 죽었네/ 사랑도 그대도 죽었네/ 연미복을 입은 악령의 날개 밑에서/ 그대는 지금 황홀한 사랑의 독주를 마시네/ 애오라지 그대가 그리워하는 모습으로/ 노심초사 그대가 사랑하는 모습으로/ 악령이 망토자락을 휘날리는 밤, / 그대가 악

---

7) 이소희, 「연작시 <밥과 자본주의>에 나타난 아시아, 자본주의, 신식민주의」, ≪젠더와 문화≫ Vol.11, 계명대학교 여성학연구소, 2018, 54쪽 참조.

령과 살을 섞고 입맞추는 밤에는/ 창세기의 하늘에서 비가 내리네/ 먼저 간 영혼들의 수의자락이/ 하늘에서 회색으로 젖고 있네/ 지난 날 우리들 고행의 등불마저/ 상수리나무 숲에서 마악 젖고 있네/ 젖고 있는 목숨의 행복한 죄악 위로/ 실로 달콤한 악령의 순풍이 불어와/ 우리들 슬픔의 촉각을 마취시키는 동안/ 악령태평천국 박제수술대에 누운 어린 영혼이/ 새 시대 주기도문을 받아 외우네/ 세계는 이제 악령의 통일로 가고 있네/ 지적이며 우아하며 또 귀족적인 환상으로 사랑으로

　　　　　　　　－「밥과 자본주의－악령의 시대, 그리고 사랑」 전문8)

　여기서 강조되어야 할 것은 연작 전반을 통해 드러나고 있듯이 악령(자본)의 증식성이 갖는 메커니즘이다. 자본주의는 내재적 한계들을 통해 발전하기 때문이다. 여기서의 "요점은 발전의 어떤 시점에서 생산관계의 틀이 생산력의 더 나은 발달을 제한"한다는 것이 아니다. 문제는 "자본주의를 영원히 발전하도록 추동하는 것은 바로 이런 내재적 한계인 '내적 모순'이라는 것"이다. 역설적인 의미에서 "자본주의의 '정상적인' 상태는 그 자신의 존재 조건들의 영원한 혁명화"이다. 왜냐하면 자본주의는 근본적으로 부패되어 있기 때문이다. 그것은 "균형의 내적 결핍에 의해, 치명적인 모순과 불협화음에 의해 낙인찍혀" 있다. 그런데 바로 그러한 원인을 토대로 이유 자본주의 자체가 끊임없이 변화하고 발달한다. "끊임없는 발전은 자본주의가 자신의 근본적이고 구조적 불균형인 그 '모순'과 타협해서 그것을 계속해서 다시 한 번 해소하려는 유일한 방법"이다. 정리해보면 "그것의 한계는 제한이라기보다는 발달의 원동력"인 것이다. 바로 여기에 "자본주의의 역설이, 자본주의의 최후 수단"이 존재하게 된다. "자본주의는 자신의 한계를, 자신의 무능력을 힘의 근원으로 변형"할 수 있다. 결과

---

8) 고정희 지음, 유승희 펴냄, 『고정희 시전집 2』, 또하나의 문화, 2011, 428－429쪽.

적으로 부패하면 할수록 "내재적 모순이 가중되면 될수록 그것은 생존하기 위해 자신을 더 혁명화"[9]하기 때문이다.

## 4. 시쓰기와 애도 작업은 세계에 대한 주체의 응전

위의 내용을 토대로 볼 때, 고정희 시인이 주목한 자본주의적 환상은 "우리들 슬픔의 촉각을 마취시키"면서 세계를 장악하고 있는 악령의 모습으로 그려진다. "지적이며 우아하며 또 귀족적인 환상으로" 다가오는 악령은 마침내 "사랑으로"까지 변모한다. 이에 대한 고정희의 위기의식은 "어린 영혼"이 받아 외우고 있는 <새 시대 주기도문>이라는 제목으로 이어지는 시에 잘 나타나 있다.[10] 시적 주체는 악령이라고 지칭되는 자본(환상)에 의해 희생된 '그대'와 "먼저 간 영혼들의 수의 자락", 그리고 "박제수술대에 누운 어린 영혼이 새 시대 주기도문을 받아 외우"는 장면을 목도한다. "세계는 이제 악령의 통일로 가고 있"지만 시적주체는 "먼저 간 영혼들"을 망각해서는 안 되며 이를 애도하는 방식으로 자본주의의 증식을 막아야 한다고 주장하고 있다. 나아가 "실로 달콤한 악령의 순풍이 불어와/ 우리들 슬픔의 촉각을 마취시키는 동안"에서 볼 수 있듯이, 인간이 고유한 능력인 슬픔에 대한 중지를 야기하는 실체로서의 악령에 주목한다. 상황이 이러할 때 가장 우선시 되어야 하는 것은 상실된 슬픔의 복권일 것이다. 그리고 이는 "박제수술대에 누운 어린 영혼이/ 새 시대 주기도문을 받아 외우"는 의식을 통해 확인할 수 있듯이 대리 수행된다.

---

9) 슬라보예 지젝, 이수련 옮김, 『이데올로기의 숭고한 대상』, 새물결, 2013, 96−99쪽.
10) 이소희, 앞의 논문, 54−55쪽.

이러한 문제의식은 고정희 시인이 다음과 같은 발언에서도 그 참조점을 확인할 수 있다. "나는 내가 너에게 죽음을 선언하고 저주를 선언하는 때에조차도 그 속에서 무럭무럭 솟아나는 신념과 기대를 저버리지 못한다. 그리하여 앞으로도 나는 더욱 더 전폭적으로 인간을 신뢰하고 인간을 사랑하고 인간을 갈망하기를 꿈꾸며 (중략) 그날을 기원하는 자세로 오늘을 걸어가고 싶다."11) 이처럼 그는 '악령의 시대'를 마주하며 그 속에서 "죽음을 선언하고 저주를 선언하는 때에조차도 그 속에서 무럭무럭 솟아나는 신념과 기대를 저러리지 못하는" 것에 대해 언급하고 있다. 상황이 이러할수록 "더욱 더 전폭적으로 인간을 신뢰하고 인간을 사랑하고 인간을 갈망하기를 꿈꾸"기 위해서는 시대 비판으로서의 시쓰기와 애도 작업이 수행되어야 한다. 그에게 시쓰기와 애도 작업은 세계에 대한 주체의 가장 윤리적인 응전이었기 때문이다. 삶과 죽음의 경계에 선 시인이 스스로를 매개체로 하여 이루고자 했던 과업이 바로 이 지점인 것이다.

---

11) 『초혼제』(1983) 시집 후기, 고정희, 『고정희 시전집 2』, 또하나의문화, 2010, 296쪽.

# 서울 사랑*
### —어둠을 위하여

빨래터에서도 씻기지 않은

高씨 족보의 어둠을 펴놓고

그 위에 내 긴 어둠도 쓰러뜨려

네 가슴의 죄 부추긴 다음에야

우리는 따스히 손을 잡는다

검은 너와 검은 내가 손잡은 다음에야

우리가 결속된 어둠 속에서

캄캄하게 쓰러지는 법을 배우며

흰 것을 흰 채로 버려두고 싶구나

너와 나 검은 대로 언덕에 서니

멀리서 빛나는 등불이 보이고

멀리서 잠든 마을들 아름다와라

우리 때문은 마음 나란히 포개니

머나먼 등불 어둠 주위로

내 오랜 갈망 나비되어 날아가누나

네 슬픈 자유 불새되어 날아가누나

---

\* 고정희, 『이 시대의 아벨』, 문학과지성사, 1983, 13-15쪽.

오 친구여
오랫동안 어둠으로 무거운 친구여
내가 오늘 내 어둠 속으로
순순히 돌아와 보니
우리들 어둠은 사랑이 되는구나
우리들 어둠은 구원이 되는구나
공평하여라 어둠의 진리
이 어둠 속에서는
흰 것도 검은 것도 없어라
덕망이나 위선이나 증오는 더욱 없어라
이발을 깨끗이 할 필요도 없어라
연미복과 파티도 필요 없어라
이 어둠 속에서 우리가 할 일은
오직 두 손을 맞잡는 일
손을 맞잡고 뜨겁게 뜨겁게 부둥켜안는 일
부둥켜안고 체온을 느끼는 일
체온을 느끼며 하늘을 보는 일이거니

오 캄캄한 어둠 속에서
당당하게 빛나는 별이여
내 여윈 팔등에 내려앉는 빛이여
너로구나 모른 체할 수 없는
아버지 눈물 같은 너로구나
아버지 핏줄 같은 돈으로
도시에서 대학을 나오고
삼십평생 詩 줄이나 끄적이다가
대도시의 강물에 몸 담그는 밤에야
조용히 조용히 내려앉는 빛이여
정작은 막강한 실패의 두 손으로
한 움큼의 먹물에 받쳐든 흐―이―망
여전히 죽지 않는 너로구나

이제야 알겠네
먹물일수록 찬란한 빛의 임재, 그러니
빛이 된 사람들아
그대가 빛으로 남는 길은

그대보다 큰 어둠의 땅으로
내려오고 내려오고 내려오는 일
어둠의 사람들은 행복하여라

# (빛을 보기 위한) 어둠을 위하여

정보영

　여성 문학의 선구자로 꼽히는 고정희에 대한 시 연구는 크게 네 가지로 나뉜다. 서정시에 초점을 둔 연구와 기독교적 의식 연구, 페미니즘에 초점을 둔 연구, 민중시 측면에서 고찰한 연구이다. 각 연구는 작품의 시기에 따라서 논의의 중심이 바뀌는데, 서정시 논의는 주로 초기 시에서 이뤄졌으며, 중기에서 후기 시로 갈수록 페미니즘과 민중시를 중심으로 한 연구가 주를 이루고 있다.

　문학사에서 그가 특히 주목을 받는 것은 여성적 글쓰기의 방식을 통하여 기존의 남성중심주의에서 벗어나려 했기 때문이며, 시의 양식적 실험 속에서 여성 주체의 목소리를 담지 해냈기 때문이다. 기독교 집안에서 성장한 고정희는 광주YWCA와 한국신학대학을 거치면서 기독교적 상상력을 견지하였고, 그의 초기 시에서 드러난 개인의 실존 의식은 점차 여성의 주체성과 민중에의 천착으로 나아가며 역사의식의 확장을 보여주었다. 고정희는 역사, 신화, 설화를 통해 여성과 민중을 드러내면서, 그들이 남성·기득권 중심의 일반화된 통념 속에서 소외되었을 뿐이지, 그들도 언제나 '존재'했음을 역설했다. 고정희는 시적 형식은 물론 70~80년대 사회에서 터부시 되던 성적 언술을 촉발 시키며 여성과 민중 해방의 실천 방향을 선도했다. 이와 같은 시인의 진취적 시 세계는 당대의 시대상도 함께 고려해야한다. 1975년『현대시학』을 통해 시단에 데뷔한 고정희는 1970~80년대 정치 · 사회의 격동 속에서 시작(詩作)을 이어갔기 때문이다.

「서울 사랑—어둠을 위하여」는 1983년에 출간된『이 시대의 아벨』시집의 맨 처음에 위치한 시이다. 이 시에서 화자는 '빨래터에서 씻기지 않은/高씨 족보의 어둠을 펴놓고' 있다. '고씨 족보'라는 정보로 보아, 화자는 고정희 시인과 동일시되어 있는 것으로 보이는데, 그렇다면 역시 1970~80년대 정치 · 사회적 상황과 시인의 삶의 배경을 오버랩하여 시를 볼 수 있다.

먼저 주목할 것은 '어둠을 펴놓'았다는 것이다. 이 시에서 '어둠'은 세 가지의 의미를 함축하고 있는데, 어둠이 가진 원형적이고 관습적인 상징성을 상기해보았을 때, 이 어둠은 시간성을 가진 암흑기를 뜻한다. 3연의 8행에 나오는 '삼십평생 詩 줄이나 끄적이다가'에서의 시간성을 보아서도 이는 고씨 가문에서의 암흑기라고 할 수 있다. 그리고 여기서 잠시 질문해볼 수 있다. 그렇다면 고씨 가문에서 '누구'의 암흑이라는 것일까. 이는 4~5행에서 드러난다. '네 가슴의 죄 부추긴 다음에야/우리는 따스히 손을 잡는다'에서의 '너'인데, 그렇다면 '너'의 실체는 무엇일까. 새삼 이 시집의 제목을 떠올려 본다면, 덧붙여 기독교적 상상력을 견지한 고정희의 시 세계가 지향하는 것이 소외된 '여성'과 '민중'의 해방이라는 것을 염두에 둔다면, '너'는 구약성서 창세기 4장에서 나오는 아벨 또는 카인이라고 볼 수 있지 않을까.

카인과 아벨 이야기는 인류 최초의 살인 이야기로 전해지고 있다. 아담과 이브는 두 아들을 두었는데, 큰 아들 카인은 농부가 되었고 둘째 아들 아벨은 양치기가 되었다. 카인은 땅에서 나자란 곡식을 하느님께 제물로 바쳤고, 아벨은 양과 양 기름을 제물로 바쳤다. 그런데 하느님은 아벨과 그의 제물은 기뻐했으나, 카인과 그의 제물은 반기지 않았다. 이것이 못마땅했던 카인은 아벨을 죽인다. 아벨의 행방을 묻는 하느님의 물음에 카인은 모른다고 하지만, 아벨이 흘린 피의 울음이 하느님께 닿아 살인 사건이 알려지게 되었다. 이후 카인은 자신의 죄를 후회하며 에덴의 동쪽 놋 땅에 살았다.

　카인과 아벨 이야기는 질투와 폭력이 뒤섞인 인간의 어두운 본성을 드러내고 있는데, 카인과 아벨 이야기를 경유하여 다시 시로 돌아와서, 그리고 시집의 제목과 더불어 기독교적 상상력을 시에 병치 해보았을 때, '나'와 '너'의 관계를 카인과 아벨로 놓고 볼 수 있지 않을까. 그들이 정확히 카인과 아벨이라는 것이 아니라, 카인과 아벨의 캐릭터와 의미를 이 시에 비유적으로 덧입혀 볼 수 있다는 것이다. 이렇게 놓고, '네 가슴의 죄 부추긴 다음에야'를 읽는다면 누구를 떠올려 볼 수 있을까. 이때, '죄'는 국어사전적 의미로 세 가지가 있는데 그 중 마지막 뜻은 기독교적 의미로써, 하나님의 계명을 거역하고 그의 명령을 따르지 아니하는 인간의 행위이다. 즉, '너'라는 실체가 죄를 지은 카인과 같은 폭력적인 존재임을 알 수 있다. 정리하자면, 이 시에서 화자가 펼친 '고씨 족보의 어둠'은 고씨 가문의 어두운 역사성을 드러내면서, 동시에 암흑기를 지나 온 화자가 죄를 지은 폭력적인 존재—카인과 같은 존재—와 '따스히 손을 잡는'것이다. 계속해 비유적 차원에서 보았을 때, 이는 아벨과 카인의 손잡음이며, 현실의 알레고리로써는 남성중심주의의 기득권(카인)과 소외되어 온 여성, 민중(아벨)과의 손잡음이 될 수도 있다. 어쨌든 이 손잡음은 화해와 사랑의 다름이 아닐 것이다. '어둠'의 세 가지 의미 중 한 가지 의미를 정리하면서 '너'의 실체와 화자와의 관계를 살펴보았는데, '너'와 '나'의 손잡음을 통하여 어둠의 두 번째 의미를 가늠할 수 있다.

> '검은 너와 검은 내가 손잡은 다음에야/우리가 결속된 어둠 속에서/(...)너와 나 검은 대로 언덕에 서니/멀리서 빛나는 등불이 보이고'
> (1연 6, 7, 10, 11행)

위 시행에서 손을 맞잡은 '우리'는 '어둠 속에서' '언덕에 서'서 '멀리서 빛나는 등불'을 바라보고 있다. 여기서 등불이라는 빛을 볼 수 있는 것은 어둠이 있기 때문이다. 즉, 어둠의 두 번째 의미는 실질적 차원의 앞이 보이지 않는 어두운 상태이다. 고씨 족보의 암흑기를 통해 선(線)적으로 긴 시간성을 느낄 수 있었다면, 어두운 상태 그 자체는 시의 깊이를 보다 심도 있게 만들고 있는데, 이는 어둠이 있기에 빛을 볼 수 있다는 '구조적 아이러니'[1] 효과를 느낄 수 있기 때문이다. 어쩌면 당연하지만 빛이 있기 위해서는 어둠이 수반되어야 한다는 이 아이러니는 1연 14, 15, 16행('머나먼 등불 어둠 주위로/내 오랜 갈망 나비되어 날아가누나/네 슬픈 자유 불새되어 날아가누나')을 통해 '나'의 '갈망'과 '너'의 '자유'까지 모두 합일이 되는 상태까지 나아간다. 이 합일의 상태로 나아갈 수 있는 것은 어둠이 있기 때문인데, 더 정확히는 실질적 차원의 캄캄한 어둠으로 인해 한 줄기 빛을 확인할 수 있게 되는 것이다. 그리고 2연에 이르러 앞서 언급한 첫 번째 어둠과 두 번째 어둠이, 세 번째 어둠으로 한데 묶어서 귀결되고, 두 가지의 어둠이 이 세 번째 어둠에 안에서 자리하고 있던 것임을 확인할 수 있다.

---

1) 한 작품에서 상충·대조되는 요소들의 종합과 조화의 상태가 구조적 아이러니이다.
 ─김준오, 『시론』, 삼지원, 4판 2002, 337쪽.

3연에서 '나'는 말한다. '오 친구여/오랫동안 어둠으로 무거운 친구여/내가 오늘 내 어둠 속으로/순순히 돌아와 보니/우리들 어둠은 사랑이 되는구나/우리들 어둠은 구원이 되는구나/공평하여라 어둠의 진리'. 여기서 '나'는 '너'를 친구라 지칭하는데, 중요한 것은 2연의 3, 4행이다. '내가 오늘 내 어둠 속으로/순순히 돌아와' 본다는 것은 화자가 실질적 세계를 조망하고 있기보다도, 내면 세계에서 느끼고 있는 것을 진술하고 있음을 뜻한다. 그렇다면 앞서 언급한 첫 번째 어둠. 카인과 아벨의 조우는 화자 내면에서 타자화 된 '나'를 지칭하는 것이며, 이중화된 '나'의 심리 간의 내적 합일이다. 그리고 마음속 기억의 이미지 속에서(고씨 가문인 '나'가 살던 옛 마을) 보이는 마을의 빛을 바라보면서, 화자는 '내' 안의 타자화 된 '나'를 사랑하고 화해하고, 이를 통해 구원의 진리를 깨닫게 된다.

화자의 '어둠 속에서는' 덕망도 위선도 증오도 없고, 어떤 것이든 깨끗하지 않아도 된다.('이발을 깨끗이 할 필요도 없어라') 그리고 '연마복과 파티도 필요 없'다. '오직 두 손을 맞잡는 일' 서로 '부둥켜안고 체온을 느끼는 일'이 중요하다. 체온은 느낀다는 것은 살아 있다는 것의 반증이며, 이를 통해 화자는 자신의 존재를 다시금 자각하고 있다. 이와 같은 화자의 자각은 실은 누구나 한번쯤은 경험해본 것이기도 하다. 자기 위해서 누웠을 때를 떠올려 보라. 캄캄한 어둠 속에서 어떤 생각을 할 때 혹은 춥거나 더움을 느낄 때, 어둠 속에서 '나'는 존재하고 있음을 자각할 때가 있다. 화자 역시 마찬가지 상태이다.

이쯤 하여, 고정희의 시대상을(70~80년대) 배경으로 놓은 채, '나'가 내면의 어둠 속에서 타자화 되고, 이중화된 '나'의 존재를 느끼고 화해(합일)하는 과정을 상기해본다면, 시가 진행될수록 '어둠'이 갖는 의미의 밀도는 한층 더 견고해진다. 3연에서 화자는 별을 보고 있다. 별을 볼 수 있는 것은 어둠이 있기 때문인데, 화자는 '도시에서 대학을 나오고/삼십 평생 시줄이나 끄적이다가/대도시의 강물에 몸 담그는 밤에' 현재 자신의 상황을 되짚어 본다. 즉 절망적인 현실 상황에서 대도시의 강물—서울의 문명—에 몸 담근 화자는 그 안에서 별을 보고 있다. '여전히 죽지 않는' 희망을 보고 있다. 그리고 화자는 빛나는 별을 보면서, 진정한 깨달음을 얻는다. ('이제야 알겠네/먹물일수록 찬란한 빛의 임재,') 여기까지, 화자는 '高씨 족보'의 시간을 짚어보고, '멀리서 잠든 마을들'을 굽어보며 기억의 이미지를 지나서, 다시 현재로 돌아와서 대도시의 별을 보면서 소급적으로 어둠의 시절을 떠올려 보고 있는 것으로 정리해볼 수 있다.

그리고 3연에서 화자는 어둠이 삶에 있어 필수불가결한 것임을 깨닫고 있는데, 이에 대해 논하기에 앞서, '먹물일수록'('한 웅큼의 먹물'3연 12행)의 중의성을 짚고자 한다. '먹물'은 캄캄한 어둠, 즉 현실적으로 어려운 상황을 떠올리게도 하지만, 한편으론 공부를 꽤나 한 사람을 뜻하기도 한다. 즉, 두 가지 해석을 둘 수 있다. '현실이 어둡고 어두울수록 빛은 더 찬란하고'와, '어둠 속에서 앎(지식)을 갖춰갈수록 빛은 더 찬란하고'이다. 만약 화자가 어둠을 단순히 앞이 보이지 않기 때문에 어쩔 수 없이 받아들여야 하는 것으로 생각한다면, 화자는 어둠이 갖고 있는 부정성에서 탈피할 수 없다. 그러나 화자는 어둠이 있기 때문에 빛('흐—이—망')을 볼 수 있다는 자각을 하고, 오히려 어둠의 중요성을 강조하게 된다. 이 어둠은 정치·사회·역사적으로 암울한 어둠이든, 내면에 자리한 부정적 의미의 어둠이든, 암담한 상황을 타개할 수 있는 대안 조건으로서의 어둠(먹물)이 된다. 이 어둠은 '내'가 지금 여기 존재하고 '있음'을 체감하고, 더 나아가 어떤 목적을 이루기 위해서는 반드시 필요한 어둠(먹물)이다. 때문에 화자는 '어둠을 위하여' 시를 쓸 수밖에 없다. 빛을 마주하기 위해서는 어둠을 외면하기보다도 어둠을 적극 받아들여야만 하기 때문이다. 정치·사회적 카인과 아벨이든, 내면에서의 카인과 아벨이든 어쨌든 이들이 화해(합일)하기 위해서는 반드시 어둠이 필요하다. 그런 뒤에야, 빛이라는 희망을 확인하고 또한 '행복'을 경험할 수 있다.

한편, 어둠이 필수조건이라면 어둠 속에서 화자 또는 우리가 갖춰야할 태도는 다름 아닌 '사랑'이다. 삶이라는 어둠 한가운데에서 고투하는 가운데, 미래의 진정한 빛(희망)을 보기 위해서는 사랑이 필요하며, 이 사랑으로 하여금 화해가 이뤄진다. 어둠 속에서 사랑을 통한 합일의 과정을 지나면, '찬란한 빛의 임재'를 경험하게 되며, 그리하여 마지막 진술을 하게 될 수밖에 없게 된다.('어둠의 사람들은 행복하여라')

이 시에서 고정희는 부정적 차원의 어둠을 삶의 필수조건으로서의 어둠으로 승화시켰다. (빛을 보기 위한) 어둠의 확장은 사랑의 합일로까지, 시인의 사유가 팽창한다. 『이 시대의 아벨』의 시집 맨 처음에 있는 이 시는 어쩌면 1970~80년대 한국의 어두운 정치·사회적 난국에서 더 나은 미래, 행복한 미래로 나아가기 위해 화자는 물론 민중이 가져야할 태도를 보여주고 있는 것이지 않을까. 2023년 현재, 정치적 폭거가 난무하는 시대라 할 수는 없겠지만 어느 시대든 환난(患難)이 없진 않을 것이다. 이 시는 어느 시대든 우리가 어둠 앞에서 가져야할 자세를 직간접적으로 보여주고 있는 것이라 할 수 있다.

# 고정희 시에 나타난 탈식민주의적 상상력
## ─시어 "밥"을 중심으로

정애진

1975년 문단에 데뷔하여 1990년대 초반까지 활발한 작품 활동을 해온 고정희는 『누가 홀로 술틀을 밟고 있는가』(1979)부터 시작하여 『아름다운 사람 하나』(1991)까지, 총 10편[1]의 시집을 우리 곁에 남겼다. 다수의 연구자들은 고정희 시의 근간을 이루는 주요 키워드로 '여성주의', '민족', '공동체 의식' 등에 주목해왔다. 이외에도 다양한 해석과 시각이 존재하지만 이 모든 것을 아우를 수 있는, 그녀를 움직이게 했던 시적 원동력은 단연 '타인을 향한 사랑'이었다.

> …(상략)… 돌아오는 길에, 형/어두운 골목에서/리어카에 카셋트를 가득 싣고/집으로 돌아가는 아저씨를 만났어요/…(중략)…/그 아

---

1) 두 편의 시집 이외에도 『실락원 기행』(1981), 『초혼제』(1983), 『이 시대의 아벨』(1983), 『눈물꽃』(1986), 『지리산의 봄』(1987), 『저 무덤 위에 푸른 잔디』(1989), 『여성해방출사표』(1990), 『광주의 눈물비』(1990), 『아름다운 사람 하나』(1991) 등이 있다.

저씨는 음악에는 무관심한 듯/굳고 어둡게 긴장된 표정으로 횡단보
도를 건너 어둠 저편으로 가물가물 사라졌어요./…(중략)…/서러운
음악을 등에 지고 서럽지 않게 사라지는 것이나/무심히 지는 낙엽이
슬프게 느껴지는 것, 그 모두가 어두운 삶의 일면인지도 모르지
요.…(후략)…2)

위의 편지글에서도 확인할 수 있듯, 고정희의 관심은 늘 '민중'에 대한
지극한 애정을 향해 있었다. 고정희는 일상 속에서 함께 부대끼며 살아가
는 '민중'을 통해 자신의 모습을 확인하는 한편, 사회의 폭력 속에서 신음
하는 그들의 고통에 공감하고 가슴 아파했다. 카셋트에서 흘러나오는 로
맨틱한 경음악과 그 음악 소리에도 무관심한 듯 어두운 표정으로 리어카
를 끄는 아저씨의 모습에서 삶의 애환을 목격하는 것이다. 고정희 시에 나
타나는 '민중'의 모습은 고달픈 삶을 살아가는 소시민들, 언제 어디서든
마주칠 수 있는 일상의 이웃들, 더 나아가 사회의 폭력과 억압으로 피 흘
리는 약자들에게로까지 확장되는 형태를 보이게 된다.

　　…(상략)…식민통치의 결과로 그 사회 구조는 봉건적이며, 토착
　적인 정치경제 질서와 이식된 자본주의의 혼합으로 기형적이거나
　계층간의 불균형이 심하게 노출되어 있습니다. 그러므로 제3세계는
　식민 유산의 청산이라는 과제와 관련하여 진정한 민족 독립의 문제,
　소수의 특권 세력과 부패한 통치 세력으로부터 민중의 생존권을 보
　장받는 민생의 문제를 각각 안고 있습니다.…(후략)…3)

고정희는 한국 사회에 뿌리 깊게 자리한 자본과 특권 지배층에 대한 적

---

2) 조형 외 엮음, 『너의 침묵에 메마른 나의 입술』, 또 하나의 문화, 1993, 38쪽.
3) 위의 책, 43-44쪽.

대감을 토로하는 동시에 '민중'의 개념과 영역을 확대하여 제3세계에까지 그 시선을 확대하게 된다. 그는 6개월 동안 마닐라에서 체류하면서 피부색이 다른 다양한 사람들을 만나게 되고, 이들 또한 사회의 압제와 자본주의 경제 체제에 신음하고 있는 '민중'임을 확인하게 된다. 시 또 다른 '민중'인 제3세계 사람들에 대한 애정 어린 관심과 이들을 억압하는 제국주의에 대한 비판 정신을 녹여낸 것이 바로 <밥과 자본주의> 연작시이다.

시인은 1990년 가을부터 1991년 겨울까지, 약 6개월 동안 필리핀 마닐라에서 체류한 바 있는데, 이때의 마닐라 체험을 바탕으로 <밥과 자본주의> 연작시를 발표하게 된다. 이 글에서는 <밥과 자본주의> 연작시에 나타난 공동체 의식을 비롯하여 시어 "밥"에 담긴 탈식민주의적 상상력에 대해 고찰해보고자 한다.

탈식민주의는 제3세계에 가해지는 서구 열강의 지배 이데올로기를 해체하고 전복하여 제국주의의 실체와 잔재를 극복하고자 하는 목적을 가진다. 요약하자면 "불평등과 야만성"으로 집약된 "식민지배에 맞선 저항의 몸짓"[4]으로 이해할 수 있다. 핵심적인 것은 "외형적 독립과 국가 건설만으로 식민 상태에서 완전히 벗어났다고 말할 수는 없다"는 점이다.[5] 다른 약소국과 마찬가지로, 대한민국 또한 식민주의의 뼈아픈 역사에서 자유로울 수 없었다. 1900년대 초 일본의 침략으로 나라의 주권을 빼앗긴 1990년대 초, 그리고 한국전쟁 이후 미국의 자본주의가 또 다른 식민주의적 상황을 만들어냈던 1950년 후반까지, 우리 민족을 옥죄었던 기억과 암울한 정서는 100여 년이 훨씬 지난 지금에까지 이어져오고 있다.

물론 1980~1990년대에 이르러서는 한 나라가 한 나라의 종속국이 되

---

4) 박종성, 『탈식민주의에 대한 성찰 : 푸코, 파농, 상리드, 바바, 스파박』, 살림출판사, 2006, 6쪽.
5) 박종성, 위의 책, 8쪽.

는 식민지배의 현장을 찾아볼 수 없는 시대가 되었으나, 미국과 유럽 등 강대국의 자본과 문화의 힘이 대다수의 국가를 지배하는 또 다른 형태의 식민주의가 표면화되기 시작했다. 그 시절 고정희는 자본의 불균등한 분배가 야기한 국가 간, 개인 간의 불평등에 주목하면서 나아가 현실 사회에서 불거지는 차별과 억압에 맞서고자 끊임없이 분투했다.

말하자면 탈식민주의란 "제국주의에 의한 정치적 예속 상태"였던 과거의 식민지 시대는 물론, "문화적 · 경제적 예속 상태에서 벗어나지 못한 현재"까지를 모두 아우를 수 있는 개념이다.6) 강대국이 가진 자본의 논리가 전 세계를 압박하고 있는 현재, 탈식민주의의 다양한 형태는 우리 사회 곳곳에 여전히 산재해 있다는 이야기다. 현 시대에 침투해 있는 '불평등'의 문제가 꾸준히 수면 위로 떠오르고 있는 이때, 1990년대 필리핀의 현실을 바라보며 '하나됨'을 부르짖었던 시인의 정신은 분명 유의미한 가치를 지닐 것이다.

> 평등하라 평등하라 평등하라/하느님이 펼쳐주신 이 땅 위에/하녀와 주인님이 살고 있네/하녀와 주인님이 사는 이 땅 위에서는/밥은 나눔이 아니네/밥은 자유가 아니네/밥은 정의가 아니네 아니네 아니네/평등하라 펼쳐주신 이 땅 위에,/하녀와 주인님이 사는 이 땅 위에서는//하나 되라 하나 되라 하나 되라/하느님이 피 흘리신 이 땅 위에/강도질 나라와 빼앗긴 나라의 백성이 살고 있네/…(중략)…/아아 밥은 가난한 백성의 쇠사슬/밥은 민중을 후려치는 채찍/밥은 죄없는 목숨을 묶는 오랏줄/밥은 영혼을 죽이는 총칼//…(하략)…
> ─「민중의 밥」(417쪽) 부분

---

6) 고현철, 「한국문학의 탈식민주의 비평 · 연구사적 검토」, 『한국문학논총』 제30집, 2002. 6, 8쪽,

고정희 시에 나타나는 공동체 의식은 '민중'으로 표상된다. 중요한 사실은 이 '민중'이라는 통합의 정신이 제3세계에 대한 관심, 즉 탈식민주의 인식으로 확장되어 나타난다는 점이다. 고정희 시가 내포하고 있는 '민중'의 개념은 제3세계의 가난한 사람을 향한 '평등'과 '인류애'로 뻗어나가게 된다. 「민중의 밥」에 나타나는 제3세계와의 동일화는 모든 인간은 다 같은 '하나님의 자녀'라는 기독교적 휴머니즘에 기초해 있음을 확인할 수 있다. 절대자인 신 앞에서는 모든 사람이 평등해야 하지만 자본의 불균등한 분배는 다양한 혼란과 비도덕성을 야기했다. 이 같은 문제의식을 드러내는 상징적 시어가 바로 '밥'이다. 밥이 없으면 인간의 삶도 없듯, 밥은 인간의 삶에서 가장 중요한 요소로 자리 잡아 왔다. 그 옛날 우리 조상들의 생활은 "밥"으로 시작하여 "밥"으로 끝났다고 해도 과언이 아닐 것이다. 과거부터 인류는 "밥"을 통해 내일을 살아갈 힘을 얻고, 더 나은 미래를 구상할 수 있었다. 그러나 현대에 들어서 "밥"의 가치는 일찌감치 사라져버리고, 그 자리를 제국주의의 산물이 대신하고 있지 않은가. 인간에게 생명과 온기를 가져다주던 "밥"은 더 이상 "평등"하지 않다. 그것은 이제 "민중을 후려치는 채찍"으로, "죄없는 목숨을 묶는 오랏줄"로, "영혼을 죽이는 총칼"로, 즉 '자본'으로 변모하여 몇몇 선택된 사람들의 손에만 쥐어지고 있다.

시인은 "문짝마다 번쩍거리는 저 미제 알파벳"과 "시장마다 번쩍거리는 저 외제 상표"(「브로드웨이를 지나며」)가 "고상하고 인자스럽고", "매혹적이며 우아"(「다시 악령의 시대를 묵상함」)한 모습으로 우리의 삶을 장악하고 있는 현실을 안타까운 시선으로 목도한다. 도처에 도사리고 있는 이 매력적인 "악령"은 현대인의 정신을 혼란스럽게 하며, 그 무엇으로도 채울 수 없는 공허를 야기한다. 인간에게 주어진 최소한의 밥은 '삶의 존속'이라는 절대적인 가치를 지니지만, 밥 그릇 속의 밥이 차고 넘치는 순간 그것은 더 이상 "안식의 밥"이 아닌 "악령의 자본"(「악령의 시대, 그리고 사랑」)이 되고 만다. 지나친 욕심이 늘 파멸을 부르듯, "악령"에게 길들여진 인류에게 희망은 보이지 않는다. 고정희는 인류에게 주어진 자본을 균등하게 분배했을 때, 비로소 평등한 하나님의 나라를 꿈꿀 수 있음을 이야기한다. 그러나 시인이 인식한 현 세계는 빼앗는 자의 넘치는 밥그릇과 빼앗기는 자의 텅 빈 밥그릇으로 어지러울 뿐이다. 이 두 밥그릇의 이율배반적인 모습은 이 세상에 자리한 '불평등'을 단적으로 보여주는 형상으로 기능한다.

> 대저 밥이란 무엇일까요/…(중략)…손가락밥이든 젓가락밥이든/마시는 밥이든 칼자루 밥이든/그게 뭐 대수로운 일이랴 싶으면서도/이를 가만히 바라보노라면/밥 먹는 모습이 바로 그 나라 자본의 얼굴이라는 생각이 듭니다/…(중략)…밥이 함께 나누는 힘이 되지 못할 때/들어삼키는 힘으로 둔갑하고 맙니다/이것이 밥상의 비밀입니다.//…(중략)…문득 우리나라 보리밥을 생각했습니다/겸상 합상 평상 위에 차린 보리밥/보리밥 고봉 속에 섞여 있는 단순한 땀방울과/보리밥 고봉 속에 스며 있는 간절한 희망사항과/보리밥 고봉 속에 무럭무럭 솟아오르는 민초들의 뜨겁디뜨거운 정,/여기에 아시아의 혼을 섞고 싶었습니다
> —「아시아의 밥상문화」(423−245쪽) 부분

물질적 풍요가 인류의 영혼을 갉아먹고 있는 시대에서, 우리는 이미 "밥" 없이도 살 수 있는 삶에 익숙해져 버린 지 오래이다. 고정희는 '생명'을 좌지우지하는 것이 더 이상 "밥"이 아닌 '자본'이 되어버린 시대, 밥줄을 움켜쥔 자가 전지전능한 신처럼 받들어지는 현대 사회를 개탄하면서 자본주의가 야기한 계급 사회의 억압과 차별을 몰아낼 수 있는 것은 오직

'밥을 나누는 정신'임을 역설한다. 한국인이 '정'이라고 부른 '공동체 정신'을 되찾는 일이야말로 자본의 탈을 쓴 "밥"의 본래 의미를 회복시킬 수 있는 유일한 방법이라고 생각한 것이다. 봄철에 삼삼오오 모여 모내기를 하고, 단단하게 영근 곡식을 추수하고, 땀 흘려 수확한 보리와 쌀로 밥을 지어 함께 나누며 고된 삶을 위로하는 끈끈한 정. 함께 일궈낸 식량의 주인은 '우리 모두'이다. 마찬가지로 전능하신 창조주가 인류에게 할당한 자원의 주인은 '전 인류'이다. 한정된 자원을 몇몇의 소수자가 독점하는 불합리한 현실은, 분명 고정희가 바라던 이상적인 세계가 아니었다.

고정희는 단순히 밥그릇과 밥을 공정하게 나누는 평등의 원칙에서 나아가 평등한 배분을 가능케 하는 힘의 필요성에 주목한다. 시인은 인도와 중국, 한국이 하나의 아시아 국가이면서도 배고픔을 해결하는 방식, 즉 밥을 먹는 방식에서는 서로가 다름을 인식하고 있다. 문화의 다름은 곧 생각의 다름으로 이어진다. "밥이 함께 나누는 힘이 되지 못할 때/들어삼키는 힘으로 둔갑하고 맙니다"는 구절에는 사회 구성원들의 각기 다른 생각과 행동이 이 세계의 진정한 평등을 실현시키는 데 큰 걸림돌이 될 수 있다는 우려의 목소리가 담겨 있다. 시인은 이 같은 문제의 대안을 우리나라의 겸상 문화, 그리고 민중의 뜨거운 땀과 정이 서려 있는 보리밥 고봉에서 찾으려 한다. 이는 한 자리에 모여 밥을 나누는 공동체 문화를 지침 삼아 아시아 나라들이 겪어야 했던 제국주의의 폭력과 그에 따른 부작용을 함께 극복하자는 외침에 다름 아니다. 즉 '밥'의 빈익빈 부익부가 없는 평등한 사회로 나아가기 위해서는 무엇보다 세계 구성원들의 하나 된 마음과 목표 의식이 뒷받침되어야 함을 강조하고 있는 것이다.

# 고정희 시의 종교적 관점에서 바라본 이타적 관조

조수빈

　1975년 현대시학으로 등단한 시인 고정희는 15년 동안 10권의 시집과 유고시집 한 권을 포함해 11권 발표했다. 43세 지리산 급류에 쓸려 짧은 생을 마감하기까지 발표된 1979년 발표한『누가 홀로 술틀을 밟고 있는가』첫 시집을 시작으로 2019년『모든 사라지는 것들은 뒤에 여백을 남긴다』는 유고시집에서 시인은 어둠에 처한 소재들을 물으로 끌어내는 역동적인 작업을 보여 준다. 곧 부정적 현실에 대한 상황을 사회와 신에게 토로하며 실존에 대한 문제의식을 부각하고 있음을 볼 수 있다. 이러한 시인 고정희의 전체적인 시 연구에 대한 맥락을 살펴보면 선 연구자들의 논고에서 여성주의적 관점을 주목한 중기 시와 민중적 사회 구조의 모순을 폭발적으로 드러낸 후기 작품이 많이 조명되어왔다. 본고는 그동안 시인이 여러 차례 논의되었던 여성주의적 관점과 민중의 애환을 담은 주제에서 비껴나 작가가 기도교적 종교관 안에서 윤회적 죽음을 대하는 방식에 대하여 숙고하였다. 여기서 윤회적이란 고정희 시에 드러나는 큰 틀의 기독교 세계관과 달리 편 편의 시 편에 실린 작품을 중심으로 죽음에 대한 초점이 다양하게 열려 있음을 의미한다. 이는 초기 시에서 나타나는 창조적 자아 탐색과 더불어 타자의 삶을 마치 자신이 직면한 현실로 내면화 한 시인의 관조가 어두운 현실을 더 어둡게 조명함으로써 밖으로 끌어내는 역할을 하고 있기 때문이다. 이를 중심으로 종교적 호소가 담긴 『누가 홀로 술틀을 밟고 있는가』에 수록된 「영구를 보내며」에서 우리는 죽음이 절망이 아닌 남은 시대의 자양분이 될 수 있다는 역설임을 엿볼 수 있다. 고정희는 독실한 기독교 집안이었음에도 불구하고 마을 내에서 굿을 한다고 하면 항상 쫓아가서 유심히 보고 관찰하였으며 궁금한 사항들에 대해서는 끊임없이 주위 사람들에게 질문하곤 하였다.[1] 이 내용에서 확인된 바와 같이 기독교라는 종교관을 넘어 샤머니즘에도 관찰을 요했던 시인은 아래의 시에서 죽음을 맞는 방식이 기독교적 구원에 국한되지 않음을 보여준다.

> 빈 벌판에 상여 하나 떠가고 있다
> 화답하는 초목들이 열렬하게 팔을 흔든다
> 뒷산 첩첩 쓰러지는 길
> 앞 산 첩첩 수번(首番)의 요령소리
> 북망산천 골골 흐르는 살냄새
> 북망산천 골골 뼈 부서지는 소리,
> 안산에 묻힌 살은 이미 다른 살을
> 빚고 다른 살에 젖은 바람이 다른
> 아침에 섞인다 다른 햇살에 빛나는
> 아침이 다른 식탁에 놓인다 다른

---

1) 고정희, 『고정희의 문학과 삶과 문학』, 국학자료원, 2018, 이소희 39쪽.

(중략)
고조할아버지 무덤가에 고조
할아버지 염소가 자라고 고조할아버지
염소 새끼 까만 똥이 썩어
씨앗의 맨살을 빚고 있다
그대 죽음은 또 어디쯤서
누구의 지친 피를 열렬하게 일으켜 줄까?
(중략)
바람은 불고 싶을 곳으로 길을 뜨고
바흐의 무반주 첼로 C단조가
맑게 맑게 우주의 귀를 씻고 있다

꽃구름이 나직이 상여와 동반한다
　　　　　　　　　　—「영구를 보내며」 부분[2]

　「영구를 보내며」는 상여가 나가는 풍경을 담고 있다. "안산에 묻힌 살은 이미 다른 살을/ 빚고 다른 살에 젖은 바람이 다른/ 아침에 섞인다 다른 햇살에 빛나는/ 아침이 다른 식탁에 놓인다 (중략) 염소 새끼 까만 똥이 썩어/ 씨앗의 맨살을 빚고 있다" 생멸의 변화 속 움직임의 법칙을 뜻하는 연기緣起사상은 존재 현상이 서로 일정한 조건하에서 생성되고 소멸하는 원리 현상이다. 이는 마치 사과를 따 먹은 이가 죽어 사과밭에 묻히고 그 거름이 사과꽃을 피우며 열매를 맺고 이어 다른 누군가가 그 사과를 따 먹고 살다 죽어서 사과 밭에 묻히는 현상처럼 누군가의 죽음이 또 다른 "살을 빚고", "다른 살에 젖은 바람은", "아침에 섞이"며 마침내 "다른 식탁에 놓인다" 이처럼 화자가 명명하는 묻힌 이의 '살'은 '바람'과 '아침' 그리고 '햇살'에 통시적으로 섞이다 누군가의 또 "다른 식탁에" 놓이듯 한 사람의

---

2) 고정희, 『고정희 시전집1』, 또하나의 문화, 2011, 77쪽.

죽음이 끝이 아닌 또 다른 시작임을 말하고 있다. 이러한 순환은 2행의 떠나가는 상여를 "화답하는 초목들이 열렬하게 팔을 흔든다"에서 외로운 소멸이 아님을 볼 수 있다. 또한 2연의 고조할아버지가 묻힌 무덤가에서 풀을 뜯고 자랐을 염소의 까만 똥에서 씨앗의 순이 자란다는 시행 또한 1연과 개연성을 이루며 자연의 순응적 의미를 이미지화 한다. 이어 "바흐의 무반주 첼로 C단조가/ 맑게 맑게 우주의 귀를 씻고 있다//꽃구름이 나직이 상여와 동반한다" 바흐의 무반주 첼로 C단조는 어두운 음색이 비통하면서 격정적인 음을 뿜어내는 선율이다. 그런데 시인은 "바흐의 무반주 첼로 C단조"가 "맑게 맑게 우주의 귀를 씻고 있다"는 역설적 시행과 함께 "꽃구름이 나직이 상여와 동반한다"는 이미지로 연을 맺는다. 이를 살펴볼 때 "앞 산 첩첩 수번(首番)의 요령소리"와 "바흐의 무반주 첼로 C단조"는 망자를 보내는 슬픔을 극대화 한다 그러나 이 청각적 요소는 비통감에 머물지 않고 오히려 "우주의 귀를 씻고" "꽃구름이 나직이 상여와 동반한다"는 시행을 통해 아름다움으로 승화시킨다.

> 겨울이 밤바다 생목 가지를 비튼다/ 한꺼풀씩 한꺼풀씩 살을 말리며/ 저승의 뜨락으로 내려오는 나무들/ 나무들의 귀가 / 늙은 혼(魂) 하나를 뽑아 올린다/ 바이올린 G선을 벗어나는 고음이/ 지층의 힘을 뽑아 올린다
>
> —「나무」부분3)

위의 시 「나무」에서 볼 수 있듯 "바이올린 G선을 벗어나는 고음"은 묵중한 죽음을 연상하게 하는데 이 부분에서 「영구를 보내며」에 실린 "바흐의 무반주 첼로 C단조"와 슬픔의 결을 같이 한다. 영구가 떠나는 정황과

---

3) 고정희, 『고정희 시전집1』, 또하나의 문화, 2011, 81쪽.

낙화의 슬픈 이미지를 바이올린의 C단조와 G선에서 출발하는 시인은 "지층의 힘을 뽑아 올린다"는 「나무」에서 동면이 끝나면 다시 생성할 의미를 부여한다. "그대 죽음은 또 어디쯤에서/ 누구의 지친 피를 열렬하게 일으켜 줄까?"라는 「영구를 보내며」의 행에서 알 수 있듯 죽음은 단순한 소멸이 아닌 남은 자와의 연대임을 암시하고 있다. 이처럼 시인의 작품들에서 보여준 타자를 향한 화자의 인식을 비추어 볼 때 생성과 소멸의 유기적 연대는 곧 너와 내가 아닌 '우리'로 추이할 수 있는 것이다. 이런 내용들을 종합할 때 시인은 타자의 실존적 문제를 자신의 삶으로 이입하고 있으며 타자가 처한 사회적 문제를 주관적으로 인식하고 있음일 알 수 있다. 이는 곧 시인이 폭넓게 탐구한 여성 문제와 민중을 향한 치열한 관심이 그의 작품 속에서 '시대에 불온한 우리'로 함께 하고 있음을 뒷받침 한다. 이러한 내용을 되짚어 볼 때 시인은 서정시에 초점을 둔 기도교적 의식에서 출발하였으나 자연의 순환처럼 생명이 있는 모든 존재들은 삶과 죽음의 경계를 넘어 연쇄작용을 담고 있음을 알 수 있다.

> 무덤에 잠드신 어머니는
> 선산 뒤에 큰 여백을 걸어두셨다
> 말씀보다 큰 여백을 걸어두셨다
> 석양 무렵 동산에 올라가
> 적송밭 그 여백 아래 앉아 있으면
> 서울에서 묻혀온 온갖 잔소리들이
> 방생의 시냇물 따라
> 들 가운데로 흘러흘러 바다로 들어가고
> (중략)
> 오 모든 사라지는 것들 뒤에 남아 있는
> 둥근 여백이여 뒤안길이여

모든 부재 뒤에 떠오르는 존재여
(중략)
나도 너로부터 사라지는 날
내 마음의 잡초 다 스러진 뒤
네 사립에 걸린 노을 같은, 아니면
네 발 아래로 쟁쟁쟁 흘러가는 시냇물 같은
고요한 여백으로 남 고 싶다
그 아래 네가 앉아 있는
    ─「모든 사라지는 것들은 뒤에 여백을 남긴다」 부분[4]

   존재의 소멸에 관한 내용을 담고 있는 위 시는 여백의 애상적 정서를 새로운 탄생으로 치환하고 있다. 부재하는 것들이 무(無)로 사라지는 것이 아니라 순환적 세계관계로 이어진다고 보고 있는 것이다. "무덤에 잠드신 어머니는/ 선산 뒤에 큰 여백을 걸어두셨다/ 말씀보다 큰 여백을 걸어두셨다" 먼저 죽음의 정황을 제시하고 있는 이 시는 "오 모든 사라지는 것들 뒤에 남아 있는/둥근 여백이여 뒤안길이여/ 모든 부재 뒤에 떠오르는 존재여" 사라짐 뒤에는 여백이 남는다고 말한다. 이 여백은 「영구를 보내며」에 실린 "누구의 지친 피를 열렬하게 일으켜 줄까?"에서 유추할 수 있듯 남은 자가 현실을 견디게 하는 자양분이 되고 힘이 되는 역설적 인식으로 전환케 한다. 이어 "나도 너로부터 사라지는 날/ (중략)/ 네 사립에 걸린 노을 같은, 아니면/ 네 발 아래로 쟁쟁쟁 흘러가는 시냇물 같은/ 고요한 여백으로 남고 싶다" 시인은 타자의 죽음을 시화하는 일에 그치지 않고 "나도 너로부터 사라지는 날" 자신의 죽음에 대해서도 "사립 걸린 노을"이나 "여백으로 남고 싶다"는 합일 정신을 보인다. 한국문학사에서 여성과 민중의 대변인의 목소리를 자처한 시인은 나와 타자 사이의 여백을 생멸의 순환으

---

4) 고정희, 『고정희 시전집2』, 또하나의 문화, 2011, 520쪽.

로 전환하고 있는 것이다. 또한 자연의 섭리 안에서의 죽음은 어둠의 새벽을 여는 시작이며 이는 죽음이라 어둠을 객체로 불리할 수 없는 시인의 주관적 변용에 가깝다. 표현론적 관점에서 고정희 시인의 시들은 개인의 역사적 서사가 아닌 사회적 문제와 인간을 향한 이타적 범례(範例)를 포괄하고 있다. 이러한 시인의 시 창작의 관점은 기독교적 의식에 이어 페미니즘 논의와 민중시 논의의 관점에 이를 수 있는 발화점이 되는 것이라 여긴다.

본고는 기독교적 종교관을 담고 있는 첫 시집『누가 홀로 술틀을 밟고 있는가』와『모든 사라지는 것들은 뒤에 여백을 남긴다』는 유고 시집에서 죽음에 관한 시편을 발췌하여 개인의 유한함이 다음 세대와 연대하며 남은 이들의 민중적 유대를 이루고 있음에 초점을 두었다. 이러한 고정희 시인의 시 의식의 바탕에는 타자를 향한 이타적 정신과 불합리한 사회에 대한 저항이 여성해방과 민중의 해방으로 이어지고 있음을 재확인 할 수 있었다. 이어 시인이 시대적 고통을 극복하기 위해 힘썼던 작품들을 더 면밀히 고찰하여, 앞으로 종교관에 관한 시와 별개로 기독교적 종교관 안에 담긴 샤머니즘에 관한 의미 구현을 위해 연구를 할 계획이다.

# 독신자

환절기의 옷장을 정리하듯
애증의 물꼬를 하나 둘 방류하는 밤이면
이제 내게 남아 있는 길,
내가 가야 할 저만치 길에
죽음의 그림자가 어른거린다

크고 넓은 세상에
객사인지 횡사인지 모를 한 독신자의 시신이
기나긴 사연의 흰 시트에 덮이고
내가 잠시도 잊어본 적 없는 사람들이 달려와
지상의 작별을 노래하는 모습 보인다

그러므로 모든 육신은 풀과 같고
모든 영혼은 풀잎 위의 이슬과 같은 것,
풀도 이슬도 우주로 돌아가, 돌아가 ―(한××)

강물 위에 떨어지는 빗방울이어라
강물 위에 떨어지는 빗방울이어라
바다로 흘러가는 강물이어라 ―(강××)

잊어야 할까봐

나는 너를 잊어야 할까봐

아무리 붙잡아도 소용없으니까 ―(노××)


하느님 보시기에 마땅합니까? ―(김××)


오 하느님

죽음은 단숨에 맞이해야 하는데

이슬처럼 단숨에 사라져

푸른 강물에 섞였으면 하는데요 ―(나)


뒤늦게 달려온 어머니가

내 시신에 염하시며 우신다

내 시신에 수의를 입히시며 우신다

저 칼날 같은 세상을 걸어오면서

몸이 상하지 않았구나, 다행이구나

내 두 눈을 감기신다


― 『고정희 시전집 2』, 또하나의문화, 2011, 561―562쪽

# 고정희의 시 「독신자」에 대한 단상

차성환

　「독신자」는 1992년에 발간된 고정희 유고시집 『모든 사라지는 것들은 뒤에 여백을 남긴다』에 마지막 작품으로 수록된 시이다. 시집의 편집후기를 쓴 이시영에 따르면, 이 시는 조용미 시인이 유족과 함께 고인의 집에서 유품을 정리하다가 책상 한가운데에 정서되어 놓여 있던 것을 발견했다고 한다. 이어서 그는 「독신자」가 예기치 못한 일로 유족의 동의 없이 <일간스포츠>(1991.6.17.)에 게재되어 신문사에 항의하는 문제도 생기기도 했지만, "시인의 불의의 죽음이 '예견'된 것"처럼 보인다는 이유로 묻어두기보다는 "이 시를 너무 작품 외적 사실로만 읽어 고정희 시인의 의외의 창발성과 뛰어난 시적 성취, 그리고 절정의 순간에 토해 낸 온몸의 청정한 숨결을 외면할 필요는 없을 것"이라며 유고시집에 싣는 선택을 하게 되었다는 연유를 밝히고 있다.

　고정희는 1991년 6월 9일 지리산 등반 중 뱀사골에서 실족사했다. 위의 증언에서 보다시피 고정희 시인이 지리산 등반을 위해 집을 떠나기 전에 시 「독신자」를 마치 자신의 죽음을 예언한 것처럼 유언과 같은 형태로 책상 위에 올려놓았다는 정황이 시인의 불행한 이른 죽음을 둘러싼 지나치게 자극적인 '외적 사실로만' 비춰질까봐 경계했던 것이다. 우연하게도 「독신자」의 최초 게재지면이 스포츠, 연예 기사들이 주를 이루는 오락성이 강한 <일간스포츠>였다는 사실도 분명 염려가 되었을 부분이다. 고인의 작품세계를 들여다보기도 전에 독신자로 살아온 한 여성 시인의 요절이라는 가십거리로 소비될 수 있다는 우려일터이다. 시인의 시가 죽음을 불러오는 것인지 아니면 죽음을 예언한 것인지는 모르겠지만 그럼에도 불구하고 고정희의 유고시 「독신자」는 윤동주, 기형도, 신기섭 시인의 요절과 관련된 일화들을 함께 상기시키면서 시의 언어가 가진 자기 죽음에 대한 예언적 기능을 좀처럼 외면할 수 없게 만든다. "내가 가야 할 저만치 길에/죽음의 그림자가 어른거린"다면서 자신의 죽음을 직감하는 대목이나 "객사인지 횡사인지 모를 한 독신자의 시신"이라는 부분에서 갑작스러운 뜻밖의 죽음을 정확하게 예언한 것도 그렇다.

  "뒤늦게 달려온 어머니"는 실제 시인의 어머니를 지칭하기보다는 문학적 상징으로 쓰인 것으로 여겨진다. 이미 1987년 시집 『지리산의 봄』을 쓸 때 6부를 따로 구성해 어머니의 죽음을 애도하는 7편의 시편들(「부음」, 「수의를 입히며」, 「하관」, 「비문」, 「유채꽃밭을 지나며」, 「탈상」, 「집」)을 실었고 자서(自序)에 "돌연한 어머님의 타계"를 언급하고 있기 때문이다. 고정희는 1989년 시집 『저 무덤 위에 푸른 잔디』에서부터 '어머니'란 시어를 중심 주제로 사용하는데 이 시집 후기에 "역사적 수난자"이자 "눌림받은 여성의 대명사"인 '어머니'를 중심으로 "잘못된 역사의 회개와 치유와 화해에 이르는 큰 씻김굿"을 구현하려고 했다고 밝히고 있다. "뒤늦게 달려온 어머니"가 시신을 염하면서 울고 두 눈을 감기는 의식(儀式)을 치르는 부분은 고정희의 죽음을 둘러싸고 남성 중심의 본 장례식 이후에 여성들('어머니')이 주축이 되어 뒤늦게 치러진 또 다른 추모제를 연상시킨다.

6월 11일 광주 기독병원 영안실 앞마당과 해남 장지에서 남성 문인들을 중심으로 장례식이 치러졌다. 유교문화권에서 장례식과 제사 의례를 남성이 주도하는 것은 익숙한 풍경이다. 하지만 <또 하나의 문화> 동인들을 중심으로 한 여성들은 이 장례식이 고정희가 바라는 의례가 아닐 거라면서 '여성주의자 고정희'를 떠나보내는 또 다른 '여성주의 의례'를 기획하게 된다. 15일 서울 수유리 아카데미 하우스의 팔모정에 300여명의 참가자들이 모여 '고정희를 보내고, 부르는 마당' 추모제가 거행된다. 다음은 추모제 '모시는 글'의 한 부분이다.

> 그는 부활을 믿는 기독교인이었습니다. 그러나 기독교만을 고집하는 기독교인은 아니었습니다. 우리는 오늘 기독교식으로 그를 불러들입니다. 불교식으로 그를 불러들입니다. 무교식으로 그를 불러들입니다. 아니, 오천 년, 오만 년, 이 땅의 고통과 한숨을 풀어온 모든 식으로 그를 불러들입니다. 오늘 우리는 또 하나의 방식으로, 여성해방의례를 창출해 내고자 하는 것입니다. 사제도 없고, 따르는 신도도 없는, 소외되는 사람 없는 마당을 펼쳐서 우리 어진 님 고정희를 보내고 맞아들이고자 합니다.[1]

추모제는 '우리 속에 다시 태어나는 고정희'라는 이름으로 '준비마당', '보내고 부르는 마당', '나눔마당' 3부로 진행되었다. 추모제의 본식인 2부 '보내고 부르는 마당'은 고정희의 태어남과 자람을 상징하는 '바람터', 그의 치열한 삶을 의미하는 '불터', 헤어짐과 슬픔을 의미하는 '물터', 그의

---

1) 조형 외 엮음,『너의 침묵에 메마른 나의 입술―여성해방문학가 고정희의 삶과 글』, 또 하나의 문화, 1993, 18쪽.

다시 살아남을 상징하는 '흙터'로 구성되어 있으며 씻김굿과 넋 내림을 받는 무당, 마당극과 풍물, 양희은의 대중가요, 찬송가, 고정희 시 낭독, 추모시와 조사, 성경낭독과 여목사의 기도 등이 뒤섞인, 다소 기이한 새로운 형식의 의례였다.[2]

　　고정희가 기독교신자이면서 민중운동가이자 여성해방운동가라는 것은 주지의 사실이다. 기독교식 추모와 당시 민중운동의 선봉에 선 마당극, 여성주의 의례로서 무당의 굿이 결합된 추모제는 고정희의 삶과 시가 가진 이러한 특징들을 세심하게 고려한 결과물일 것이다. <또 하나의 문화> 동인들이 고정희의 죽음을 두고 남성중심의 의례가 아니라 여성주의의 애도 방식으로 떠나보내기 위해 고민했다는 것은 큰 시사점을 가진다. 또한 이 추모제 자체가 고정희의 세 번째 시집 『초혼제』(1983)의 현실적 판본이기도 하다.

　　고정희는 서구 기독교의 부활 사상과 한국의 민중연희인 마당극, 전통 무속의 굿이 어우러진 『초혼제』를 통해 '환인(還人)'이라는, 그만의 독특한 개념을 만들어낸다. 『초혼제』는 『누가 홀로 술틀을 밟고 있는가』(1979), 『실락원 기행』(1981) 이후에 출간한 세 번째 시집으로 '이 시대의 아벨'(제 4시집 『이 시대의 아벨』, 1983)인 민중에 대한 애도를 통해 새로운 민중 주체의 도래를 기원하는 시적 실천으로 볼 수 있다. "'초혼'이 죽음으로부터 '돌아오는 새 주체들'에 대한 '호명'이라는 점을 상기할 때, 확언과 영접을 통해 실행되는 환인의 '선언'은 호명된 주체를 '도래한 사건적 주체'로 의미화하는 적극적 실천이라고 할 수 있다."[3] 그런 의미에서

---

2) 추모제 후기의 성격을 띤, 김정희와 김성례의 글(조형 외 엮음, 284−292쪽)을 참고할 것.
3) 정혜진, 「고정희 전기시 연구−주체성과 시적 실천을 중심으로」, 성균관대학교 석사논문, 2014.8, 71쪽.

추모제는 문화사적 사건이며 고정희의 죽음을 애도하는 것을 넘어서 고정희를 다시 불러내고 살리는 의례로 구성될 수밖에 없었다.

이러한 국면은 고정희의 시가 굿 양식을 빌어 죽음의 제의를 통한 삶의 정화를 시도했으며 억압받는 여성인 '어머니'를 중심으로 민중과 여성, 기독교를 하나로 융합시키려했다는 논의4)에 부합하다. 즉 '어머니─여성'을 중심으로 하는 대안 세계에 대한 꿈은 고정희의 작품에서뿐만 아니라 그의 사후 현실에서 가능태로 실현되었다는 것이다. 이것이 고정희의 시「독신자」의 자기 죽음에 대한 예언이면서 동시에 <또 하나의 문화> 동인들이 그에 대한 적극적인 화답이라고 할 수 있다.

---

4) 나희덕, 「시대의 염의를 마름질 하는 손; 고정희론」, 『창작과비평』 112호, 창작과비평사, 2001.6.

# 저자 약력

**유성호**
한양대 국문과 교수

**신동옥**
한양대 국문과 교수

**권준형**
한양대 박사 수료

**김재홍**
한양대 박사

**김치성**
한양대 겸임교수

**김혜진**
한양대 강사

**문혜연**
한양대 박사수료

**양진호**
한양대 강사

**이은실**
한양대 겸임교수

**장예영**
한양대 강사

**정보영**
한양대 박사수료

**정애진**
한양대 강사

**정치훈**

한양대 강사


**조수빈**

한양대 박사수료


**차성환**

한양대 겸임교수

# 고정희 시 읽기

| | |
|---|---|
| 초판 1쇄 인쇄일 | ㅣ 2023년 2월 27일 |
| 초판 1쇄 발행일 | ㅣ 2023년 3월 2일 |
| | |
| 지은이 | ㅣ 유성호 외 |
| 펴낸이 | ㅣ 한선희 |
| 편집/디자인 | ㅣ 우정민 김보선 |
| 마케팅 | ㅣ 정찬용 정구형 |
| 영업관리 | ㅣ 한선희 |
| 책임편집 | ㅣ 김보선 |
| 인쇄처 | ㅣ 으뜸사 |
| 펴낸곳 | ㅣ 국학자료원 새미(주) |

등록일 2005 03 15 제25100 · 2005 · 000008호
경기도 고양시 일산동구 중앙로 1261번길 79 하이베라스 405호
Tel 442 · 4623 Fax 6499 · 3082
www.kookhak.co.kr
kookhak2010@hanmail.net

| | |
|---|---|
| ISBN | ㅣ 979-11-6797-105-0 *93810 |
| 가격 | ㅣ 17,000원 |